A Faint Cold Fear Thrills Through My Veins
William Shakespeare

Zu diesem Buch

Seit 1964 hat Ruth Rendell sechsundzwanzig Romane und vier Bände mit Kurzgeschichten veröffentlicht, allesamt intelligent, geschliffen und sarkastisch. Die Plots sind gekonnt, und es gelingt ihr, Verständnis, wenn nicht sogar Mitgefühl, selbst für die unsympathischsten Charaktere zu wecken. Bisher war die Autorin eher ein Geheimtip für die Gourmets der Krimiliteratur. Aber «Die neue Freundin» wird ihr die breite Anerkennung bringen, die sie verdient. Es ist eine Sammlung von erschreckenden, erbarmungslosen Kurzgeschichten, komödiantisch und makaber und von brutaler Gerechtigkeit.

Fast alle Stories haben zwei Impulse als Triebfeder: Rache und der Wunsch, sich zu verstecken. Die Charaktere sind konventionelle Briten der Mittelklasse. Ihr Verhalten jedoch ist höchst grotesk. Das ironische «Wölfchen» z. B. wird im Verlauf der Ereignisse immer glaubwürdiger und grauenvoller. Die Erzählung ist Aufarbeitung des Werwolfthemas und zugleich das beunruhigende Porträt einer alles erstickenden Mutter und ihres emotionell retardierten Sohnes.

Besessenheit, verdrängte Sexualität, Furcht und Schuldgefühle sind das Lieblingsthema von Ruth Rendell; siehe «Die Mauer des Obstgartens» und «Die Uhr und die Trichterwinde».

Eine Geschichte hat schon einen Hauch von Übersinnlichkeit: «Die grüne Straße nach Quephanda», in der der Ich-Erzähler zum Schluß ganz im Denken des verachteten Fantasy-Autors aufgeht, der, verzweifelt über seine Erfolglosigkeit, Selbstmord begangen hat. «Er hat sein Publikum erreicht. Endlich hat er sein Publikum erreicht!» Ein cri de cœur von Ruth Rendell?   Aus: TIME, 5. 5. 1986

In der Reihe rororo thriller liegen vor: Dämon hinter Spitzenstores (Nr. 2677), Durch das Tor zum Himmlischen Frieden (Nr. 2684), Der Pakt (Nr. 2709), Flucht ist kein Entkommen (Nr. 2712), Die Masken der Mütter (Nr. 2723; ausgezeichnet mit dem Silver Dagger der Crime Writers' Association), Die Grausamkeit der Raben (Nr. 2741) und Der Tod fällt aus dem Rahmen (Nr. 2754).
Weitere Bücher der Autorin sollen folgen.

Ruth Rendell
Die neue Freundin

Kriminalstories

Deutsch von
Edith Walter

Rowohlt

rororo thriller
Herausgegeben von Bernd Jost

Deutsche Erstausgabe
Veröffentlicht im Rowohlt Taschenbuch Verlag GmbH,
Reinbek bei Hamburg, Dezember 1986
Die Originalausgabe erschien bei Hutchinson & Co., London,
unter dem Titel «The New Girl Friend and other stories»
Redaktion Jutta Schwarz
Umschlagentwurf Manfred Waller
Umschlagbild Bilderbox Hamburg, S. Reinhardt
Copyright © 1986 by Rowohlt Taschenbuch Verlag GmbH,
Reinbek bei Hamburg
Copyright © Kingsmarkham Enterprises Ltd 1985
Satz Bembo (Linotron 202)
Gesamtherstellung Clausen & Bosse, Leck
Printed in Germany
680-ISBN 3 499 42778 8

Inhalt

Die neue Freundin   7

Ein dunkelblaues Parfüm   18

Die Mauer des Obstgartens   28

Hares Haus   43

Bestechung und Korruption   54

Der Pfeifer   66

Die Uhr mit der Trichterwinde   84

Wölfchen   97

Fen Hall   110

Vatertag   124

Die grüne Straße nach Quephanda   137

Für Paul Sidey

Die neue Freundin

«Du weißt, was wir das letzte Mal gemacht haben?» sagte er.

Auf diesen Anruf hatte sie seit Wochen gewartet. «Ja.»

«Wie wär's mit einer Wiederholung? Hättest du Lust dazu?»

Das hatte sie, wollte aber auch nicht allzu eifrig auf seinen Vorschlag eingehen. «Warum nicht?»

«Dann am Freitagnachmittag, ja? Ich habe den ganzen Tag frei, und Angie fährt am Freitag immer zu ihrer Schwester.»

«Nicht *immer*, David.» Sie kicherte.

Auch er lachte kurz auf. «Aber diese Woche fährt sie. Ob wir wohl deinen Wagen nehmen können? Angie braucht unseren.»

«Aber klar doch. Ich hol dich gegen zwei ab, ja?»

«Ich lasse die Garage offen, damit du direkt hineinfahren kannst. Ach, und noch etwas, Chris – richte es so ein, daß du ein bißchen länger bleiben kannst. Ich wäre so gern einen ganzen Abend mit dir zusammen.»

«Ich will's versuchen», sagte sie und dann: «Ich kann's bestimmt einrichten, ich sag Graham einfach, ich treffe mich mit meiner neuen Freundin.»

Er sagte auf Wiedersehen, und er freue sich auf den Freitag. Christine legte den Hörer auf. Sie hatte es fast aufgegeben gehabt, auf seinen Anruf zu warten. Trotzdem mußte noch ein Körnchen Hoffnung in ihr gewesen sein, denn sie hatte den Hörer nie neben den Apparat gelegt, wie es ihre Gewohnheit war.

Das letzte Mal hatte sie es an einem Donnerstag vor drei Wochen getan, an dem Tag, an dem sie Angie besuchen wollte und David allein zu Hause gewesen war. Christine hatte sich angewöhnt, den Hörer in der Tagesmitte neben den Apparat zu legen, um nicht ständig Anrufe für die Midlandbank entgegennehmen zu müssen. Ihre Telefonnummer unterschied sich nur um eine Zahl von der der Bank. An den meisten Tagen nahm sie den Hörer um halb zehn ab und legte um halb vier wieder auf. Am Donnerstagnachmittag ging sie fast regelmäßig zu Angie und kümmerte sich nicht um das Telefon.

Christine kannte Angies Mann ziemlich gut. Wenn sie an den

Donnerstagen ein bißchen länger blieb, sah sie ihn, sobald er aus der Arbeit kam. Manchmal gingen sie und Graham, Angie und David zu viert aus. David war Firmenvertreter wie Graham – oder Verkaufsrepräsentant, wie er sich lieber nannte, und nach dem Lebensstandard ihrer Freundin zu schließen, mußte er wesentlich erfolgreicher sein als Graham. Sie hatte ihn nie besonders anziehend gefunden, denn obwohl er groß war, wirkte er irgendwie mädchenhaft und hatte hellblondes, welliges Haar.

Graham war ein schwer gebauter, sehr dunkler Mann mit dunkel gebräunter Haut. Er mußte sich zweimal täglich rasieren. Christine war mit ihm gegangen, seit sie fünfzehn gewesen war, und an ihrem achtzehnten Geburtstag hatten sie geheiratet. Sie hatte nie einen anderen Mann näher gekannt, und wenn sie jetzt mit einem Mann allein war, war sie verlegen und fürchtete sich vor ihm. Sie hatte Angst, daß ein Mann über sie «herfallen» könnte, und der Gedanke allein erschreckte sie. Lange Zeit trug sie ein Taschenmesser in ihrer Handtasche herum, für den Fall, daß sie sich verteidigen mußte. Als sie eines Abends mit ein paar Freunden von Graham aus gewesen waren und sie ein paar Gläser getrunken hatte, vertraute sie ihm ihre Ängste an.

Er sagte, sie sei albern, schien sich jedoch zu freuen, daß sie so empfand.

«Als du weggingst, um mit diesen Leuten zu reden und ich mit John allein blieb, war mir furchtbar zumute. Ich war schrecklich nervös und wußte nicht, was ich mit ihm reden sollte.»

Graham brüllte vor Lachen. «Willst du damit etwa sagen, daß du gedacht hast, der gute alte John könnte versuchen, dich mitten in einem überfüllten Restaurant zu vergewaltigen?»

«Ich weiß nicht», antwortete Christine. «Ich weiß nie, was sie tun werden.»

«Solange du dich nur nicht vor dem fürchtest, was ich tue», sagte Graham und fing an sie zu küssen. «Alles andere ist unwichtig.»

Es hatte keinen Sinn, ihm jetzt – zehn Jahre zu spät – noch zu sagen, daß sie sich vor dem fürchtete, was er tat. Daß sie sich immer davor gefürchtet hatte. Natürlich hatte sie sich inzwischen daran gewöhnt, hatte keine panische Angst davor. Sie ließ es resigniert über sich ergehen und fand es manchmal sogar recht lustig. David war jedoch der einzige Mann, bei dem sie sich wohl fühlte, wenn sie mit ihm allein war.

Beim erstenmal, an jenem Donnerstag, an dem Angie zu ihrer Schwester gefahren war und Christine telefonisch nicht erreicht hatte, um ihr abzusagen, hatte sie sich bei ihm wohl gefühlt. Und hinterher war sie glücklich und sorglos gewesen, obwohl das, was vorgegangen war, ihr am nächsten Tag wie ein Traum vorkam. Es schien einfach unglaublich. Schon ziemlich bald hatte er gefragt:

«Wirst du es Angie erzählen?»

«Nicht wenn du es nicht willst.»

«Ich glaube, es würde sie aufregen, Chris. Es könnte sogar das Ende unserer Ehe bedeuten. Siehst du ...» Er zögerte. «Siehst du, es war das erste Mal, daß ich ... Ich meine, bisher hat niemand ...» Er hatte ihr tief in die Augen gesehen. «Dem Himmel sei Dank, daß du es warst!»

Am nächsten Donnerstag hatte sie Angie besucht, wie gewöhnlich. In der Zwischenzeit hatte sie von David kein Wort gehört. Sie war lange geblieben, um ihn zu sehen, und ihr war vor lauter Spannung ein bißchen übel geworden. Als er hereinkam, hatte sie Herzklopfen bekommen.

Er sah ganz anders aus als am vergangenen Donnerstag, als er am Tisch gesessen und bei Radiomusik gelesen hatte. Er trug einen grauen Flanellanzug und eine graue, gestreifte Krawatte. Als Angie das Zimmer verließ, war Christine mit ihm eine Minute allein, und sie fühlte das Aufflackern jener Wachsamkeit, die der Vorläufer ihrer Angst war. Er brachte ihr einen Drink. Sie sah auf, begegnete seinem Blick, und alles war in Ordnung. Er lächelte ihr mit Verschwörermiene zu und legte den Zeigefinger auf seine Lippen.

«Ich ruf dich an», flüsterte er ihr zu.

Sie mußte aber noch zwei Wochen warten. In der Zwischenzeit war sie zweimal bei Angie, und Angie war zweimal bei ihr. Dann gingen sie zu viert zusammen aus, und während Graham die Drinks holte und Angie sich hinter der Tür mit der Aufschrift *Damen* aufhielt, sah David sie lächelnd an und berührte unter dem Tisch ihren Fuß ganz leicht mit dem seinen.

«Ich ruf dich an, ich hab's nicht vergessen.»

An einem Mittwoch rief er schließlich an. Am nächsten Tag erzählte Christine ihrem Mann, sie habe eine neue Freundin, ein Mädchen aus ihrer Firma. Am Freitag wolle sie mit dieser neuen Freundin ausgehen und komme nicht vor elf zurück. Sie hatte große Angst, daß er den Wagen nehmen würde – der *ihm* beziehungsweise der Firma gehörte –, aber zufällig hatte er den ganzen Tag im Büro zu tun, und dann fuhr er immer mit dem Zug. Christine hatte kein schlechtes Gewissen, weil sie ihn anlog, denn es handelte sich ja nicht um eine schmutzige Affäre. Es war ganz anders.

Am Freitag zog sie sich sehr sorgfältig an. Wenn sie zu Angie ging, trug sie normalerweise Jeans, ein T-Shirt und darüber einen Pullover. Das hatte sie auch das erste Mal angehabt, als sie mit David allein gewesen war. Jetzt schlüpfte sie in Rock und Bluse und holte ihre schwarze Samtjacke aus dem Schrank. Sie nahm die vorgeheizten Wickel aus dem Haar und bürstete es zu Locken, die ihr offen auf die Schultern fielen. Für Kleidung konnte sie nie viel ausgeben, dazu war nicht genug Geld da. Die Hypothek für das Haus fraß ein Drittel von Grahams Verdienst und die Hälfte des Gehalts, das sie für ihren Halbtagsjob bekam. Aber sie konnte sich eine schwarze Strumpfhose leisten, zu der sie die Schuhe mit den höchsten Absätzen trug, die sie besaß – ihre schwarzen Pumps.

Das Tor von Angies und Davids Garage stand weit offen, und der Wagen war nicht da. Christine bog in die Zufahrt ein, fuhr in die Garage und machte das Tor hinter sich zu. Eine Tür am Ende der Garage führte auf den Hof und in den Garten hinter dem Haus. Die Küchentür war unverschlossen wie am Donnerstag vor drei Wochen und eigentlich an jedem Donnerstagnachmittag. Sie machte die Tür auf und trat in die Küche.

«Bist du das, Chris?»

Die Stimme klang männlich. Nur sein Anblick konnte ihre Unruhe beschwichtigen. Als sie in der Halle stand, kam er die Treppe herunter.

«Du siehst bildhübsch aus», sagte er.

«Du aber auch.»

Er trug ein Kostüm aus marineblauer Seide mit einem Muster aus hellroten und weißen Blumen. Der Rock war sehr kurz, die Jacke mit einem breiten marineblauen Wildledergürtel an der Taille eng geschnürt. Das lange goldblonde Haar fiel ihm über die Schultern, er war stark geschminkt und hatte sich diesmal auch die Fingernägel lackiert. Er war viel schöner als das erste Mal.

Damals, vor drei Wochen, hatte laute Radiomusik Christines Eintritt übertönt, und sie hatte plötzlich vor diesem Mädchen gestanden, das am Tisch gesessen und in der *Vogue* gelesen hatte. Im ersten Moment hatte sie geglaubt, es sei Davids Schwester. Sie hatte vergessen, daß Angie ihr erzählt hatte, David sei ein Einzelkind. Das Mädchen hatte langes blondes Haar und trug ein rotes, getupftes Sommerkleid, weiße Sandalen und um den Hals eine weiße Perlenkette. Als Christine sah, daß sie kein Mädchen, sondern David vor sich hatte, wußte sie nicht, wie sie reagieren sollte.

Stumm und reglos hatte er sie angestarrt und dann das Radio ausgeschaltet. Und dann hatte Christine etwas absolut Albernes, in dieser Situation ganz und gar Unangebrachtes gesagt.

«Was machst du um diese Zeit zu Hause, David?»

Darüber hatte er lächeln müssen. «Ich bin fertig für heute, also habe ich mir den Rest des Tages freigenommen. Ich hätte die Hintertür abschließen müssen. Aber setz dich, da du schon mal hier bist.»

Sie setzte sich. Sie mußte ihn ununterbrochen ansehen. Er sah nicht aus wie ein als Mädchen verkleideter Mann, er sah aus wie ein Mädchen und war viel hübscher als sie oder Angie.

«Weiß Angie Bescheid?»

Er schüttelte den Kopf.

«Aber warum tust du es?» platzte sie heraus und sah sich im Zimmer um, in Angies kleinem, unordentlichem Wohnzimmer, betrachtete das Radio, das Exemplar der *Vogue*. «Was hast du davon?» Plötzlich fiel ihr etwas ein, das sie in einem Illustriertenartikel gelesen hatte. «Hat deine Mutter dir Mädchenkleider angezogen, als du noch klein warst?»

«Ich weiß nicht», erwiderte er. «Vielleicht. Ich erinnere mich nicht. Ich will kein Mädchen sein. Ich ziehe mich nur gern manchmal wie ein Mädchen an.»

Der erste Schock war vorüber, und sie fand zu ihrer alten Ungezwungenheit zurück. Sein Aussehen hatte nichts Groteskes. Er erinnerte sie auch nicht an einen dieser Männer, die auf der Bühne Frauen darstellten. Ihr kam der sonderbare Gedanke, daß es *schöner* und irgendwie kultivierter war, eine Frau zu sein, und wenn alle Männer den Frauen ähnlicher gewesen wären ... Das war natürlich albern, es war unmöglich.

«Und es genügt dir, dich schick zu machen und allein hier zu sitzen?»

Er antwortete nicht sofort. Dann meinte er: «Da du schon fragst – am liebsten würde ich ja so ausgehen, und ...» Er unterbrach sich und sah sie an. «Am liebsten möchte ich, daß viele Leute mich so sehen. Bisher hatte ich noch nie die Courage dazu.»

Die kühne Idee kam ihr, ohne daß sie einen Moment überlegen mußte. Sie wollte es tun, und sie begann vor Erregung zu zittern.

«Komm, dann gehen wir eben aus, du und ich. Und zwar jetzt sofort. Ich fahre mein Auto in eure Garage, damit du einsteigen kannst, ohne daß die Nachbarn dich zu sehen bekommen, und dann fahren wir irgendwohin. Genau das tun wir jetzt, David. Einverstanden?»

Sie wunderte sich hinterher, daß es ihr so großen Spaß gemacht hatte. Nach außen hin war es doch nichts anderes als ein Spaziergang zweier Mädchen in Hampstead Heath. Hätte Angie ihr den Vorschlag gemacht, hätte sie gedacht, daß sei eine trübsinnige Art, einen Nachmittag zu verbringen. Aber mit David ... Es hatte ihr nicht einmal etwas ausgemacht, daß er viel besser angezogen, größer, hübscher und anmutiger war als sie. Es störte sie auch jetzt nicht, als er die Treppe herunter auf sie zukam und vor ihr stehenblieb.

«Was unternehmen wir heute?»

«Diesmal gehen wir nicht in den Park», antwortete er. «Machen wir einen Einkaufsbummel.»

In einem der großen Warenhäuser kaufte er sich eine Bluse. Christine ging mit ihm in die Kabine, und er probierte die Bluse an. Später gingen sie doch in den Park. In den Hyde Park diesmal. Später am Abend aßen sie in einem Restaurant, und Christine stellte fest, daß sie die einzigen Frauen ohne männliche Begleitung waren.

«Ich bin dir dankbar», sagte David und legte auf dem Tisch die Hand über die ihre.

«Es macht mir Spaß», antwortete sie. «Es ist so – verrückt. Es macht mir wirklich einen Heidenspaß. Aber du solltest meine Hand lieber nicht festhalten. Der Mann dort drüben guckt schon komisch.»

Aber Frauen halten sich bei den Händen», wandte David ein.

«Nur *diese* Sorte Frauen. – David, das könnten wir doch an jedem Freitag machen, an dem du nicht arbeiten mußt.»

«Warum nicht?» sagte er.

Es gab nicht den geringsten Grund für Schuldgefühle. Sie tat Angie nicht weh und war Graham nicht untreu. Sie ging nur ganz harmlos mit einem anderen Mädchen aus. Graham interessierte sich nicht für ihre neue Freundin, er fragte nicht einmal, wie sie hieß. Christine begann sich nach den Freitagen zu sehnen, konnte sie kaum erwarten – besonders nicht jenen Moment, in dem sie Angies Haus betrat und David die Treppe herunterkam, und auch nicht jenen Moment, in dem sie aus dem Wagen stiegen und er die ersten Blicke auf sich zog. Sie besuchten den Holland Park, sie gingen in den Zoo, in die Kew Gardens. Im Kino legte der Mann auf dem Nachbarsitz David die Hand aufs Knie. David war begeistert, es war ein Triumph für ihn, aber Christine flüsterte ihm zu, sie müßten die Plätze wechseln, und das taten sie auch.

Wenn sie sich am Ende eines Abends trennten, küßte er sie zart auf die Lippen. Er duftete nach *Alliage, Je Reviens* oder *Opium*. Im Lauf des Nachmittags gingen sie gewöhnlich in eines der großen Kaufhäuser und besprühten sich aus den Probierflaschen.

Angies Mutter lebte im Norden Englands. Da sie nach einer Operation noch erholungsbedürftig war, fuhr Angie zu ihr, um sie zu pflegen. Sie rechnete damit, zwei Wochen auszubleiben, und in der zweiten Woche ihrer Abwesenheit mußte Graham mit dem Verkaufsmanager seiner Firma nach Brüssel reisen.

«Wir könnten übers Wochenende wegfahren», sagte David.

«Graham ruft bestimmt an», wandte Christine ein.

«Dann nur für eine Nacht. Nur von Samstag auf Sonntag. Du kannst ihm sagen, daß du mit deiner neuen Freundin ausgehst und erst spät nach Hause kommst.»

«Na schön.»

Sie war traurig, weil sie nichts Hübsches zum Anziehen hatte. David hatte eine kleine, aber sehr elegante Auswahl an Kostümen, Kleidern, Schuhen, Schals und schöner Unterwäsche. Er bewahrte sie in einem Schrank im Büro auf, zu dem nur er einen Schlüssel hatte. Hin und wieder nahm er in seinem Aktenkoffer das eine oder andere Stück heimlich nach Hause mit und brachte es auf demselben Weg wieder zurück ins Büro.

Christine fand es einfach ungerecht, daß sie in ihrem grauen Flanellrock, der weißen Seidenbluse und der schwarzen Samtjacke wegfahren sollte, während David in einem Kleid von Zandra Rhodes erschien. In einem Anfall von Leichtsinn kaufte sie sich für zwei Wochengehälter ein Leinenkostüm.

Sie fuhren mit Davids Wagen. Er hatte alle Vorbereitungen übernommen, und Christine dachte, ihr Ziel sei ein Motel, ungefähr zwanzig Meilen außerhalb von London. Sie hatte geglaubt, es sei David ziemlich gleichgültig, wohin sie fuhren. Doch er überraschte sie durch seine Wahl eines Hotels in einem dreihundert Jahre alten Haus an der Küste von Suffolk.

«Wenn wir's schon tun, dann auch mit Stil», sagte er.

Sie fühlte sich bei ihm geborgen, und sie war sehr glücklich. Immer wieder versuchte sie sich vorzustellen, was sie empfinden würde, wenn sie jetzt unterwegs wäre, um eine Nacht mit ihrem Geliebten in einem Hotel zu verbringen? Wenn die Person neben ihr kein schwarz und weiß gemustertes Seidenkleid mit scharlachroter Jacke, sondern einen Männeranzug mit Hemd und Krawatte getragen hätte? Wenn das Gesicht, das sie so gern ansah, nicht mit Rouge und Maskara geschminkt und gepudert, sondern rauh und nicht mehr ganz frisch rasiert gewesen wäre? Es gelang ihr nicht, sich das vorzustellen. Eigentlich konnte sie nur daran denken, daß sie dann wohl an der ersten roten Ampel aus dem Wagen springen würde.

Sie hatten nebeneinanderliegende Einzelzimmer. Sie waren sehr klein, aber Christine sah ein, daß ein Doppelzimmer für David ein paar Peinlichkeiten mit sich gebracht hätte, da er sich irgendwann einmal – sie dachte höchst ungern daran – rasieren und ausziehen, sich gewissermaßen in seinen Urzustand zurückversetzen mußte.

Als sie ihr Nachthemd und das zweite Paar Schuhe auspackte, kam er herein und setzte sich aufs Bett.

«Das macht Spaß, nicht wahr?»

Sie nickte, blinzelte ihr Spiegelbild an und bearbeitete ihre Lider mit einer kleinen Bürste. David schminkte sich die Augen immer sehr schön. Sie drehte sich zu ihm um und lächelte.

«Komm, jetzt gehen wir runter und trinken etwas», sagte er.

Der Speisesaal, die Bar, die Hotelhalle hatten niedrige Balkendecken und geschnitzte Wandtäfelungen. David sagte, es sei eine Täfelung mit Faltwerkfüllung. An den Wänden hingen goldgerahmte alte Landkarten und Jagdszenen, und auf den Tischen standen kupferne Krüge mit Rosen. Hohe, weit geöffnete Türen führten auf eine Terrasse. Die Sonne stand noch hoch am Himmel, und es war sehr warm. Während Christine auf der Terrasse in der Sonne saß, holte David die Drinks. Als er zurückkam, brachte er einen Mann mit, einen untersetzten, dicken Mann von etwa vierzig Jahren, der ein Tablett mit vier Gläsern trug.

«Das ist Ted», sagte David.

«Ich bin entzückt», sagte Ted, «und ich habe meinen Freund gebeten, sich uns anzuschließen. Sie haben doch nichts dagegen?»

Die Spielregeln verlangten, daß sie sagte, sie habe nichts dagegen. David sah sie an, und sein Blick verriet ihr, daß er Ted ganz bewußt «angemacht» hatte.

«Aber warum denn?» fragte sie ihn hinterher. «Warum wolltest du das? Du hast mir doch gesagt, es war dir unangenehm, als dir der Mann im Kino die Hand aufs Knie legte?»

«Das war so direkt – so körperlich. Das hier ist nur Spaß. Du glaubst doch nicht, daß ich mich von ihm anfassen lasse!»

Ted und Peter saßen beim Abendessen am Nebentisch. Christine war schweigsam und zurückhaltend, aber David flirtete mit den beiden. Ted beugte sich immer wieder herüber, flüsterte mit ihm, und David kicherte und lächelte. Man sah ihm an, daß er sich unglaublich amüsierte. Christine wußte, daß die beiden sie und David nach dem Abendessen auffordern würden, mit ihnen auszugehen, und sie begann sich zu ängstigen. Angenommen, David trieb den Spaß auf die Spitze und ließ sich dazu hinreißen, mit Ted zu verschwinden, ließ sie mit Peter allein? Peter hatte ein rotes Gesicht, ein schwarzes Bärtchen und einen Kinnbart und auf der linken Wange eine Warze, aus der schwarze Haare wuchsen. Christine und David aßen Steaks, und der Ober brachte ihnen scharfe und spitze Steakmesser. Sie benutzte ihr Messer nicht. Das Steak war sehr zart. Als niemand aufpaßte, steckte sie das Steakmesser in ihre Handtasche.

Ted und Peter tranken noch Kaffee und Brandy, als David plötzlich aufstand. «Kommst du?» wandte er sich an Christine.

«Ich nehme an, du hast mit den beiden noch eine Verabredung für später getroffen?» fragte Christine, nachdem sie den Speisesaal verlassen hatten.

David sah sie an. Seine scharlachroten Lippen verzogen sich zu einem breiten Lächeln. Dann lachte er.

«Ich habe ihnen einen Korb gegeben.»

«Hast du das wirklich?»

«Ich hab dir angesehen, daß du am liebsten das Weite gesucht hättest. Außerdem wollen wir doch allein sein, nicht wahr? Ich jedenfalls möchte mit dir allein sein.»

Ihre Erleichterung war so groß, daß sie fast laut seinen Namen gerufen hätte, so daß jeder es hören konnte. Sie beherrschte sich, aber sie zitterte. «Natürlich möchte ich mit dir allein sein», erwiderte sie.

Sie hakte ihn unter. Es war schließlich ganz alltäglich, daß Mädchen untergehakt gingen. Männer drehten sich nach David um, und einer pfiff sogar hinter ihm her. Sie wußte, daß der Pfiff nur David gelten konnte, weil er mit seinem langen blonden Haar und den hochhackigen roten Sandalen so attraktiv aussah. Sie schlenderten die kleine Seepromenade entlang. Es war auch jetzt, um halb neun, noch zu warm für einen Mantel. Es waren viele Leute unterwegs, aber keine Menschenmassen. Der Ort war zu exklusiv, um die Masse anzuziehen. Sie gingen bis ans Ende des Piers, tranken noch ein Glas im *Ship Inn* und ein zweites in den *Fishermen's Arms*. In den *Fishermen's Arms* versuchte ein Mann, David anzusprechen, doch diesmal war er kalt und abweisend.

«Ich würde gern den Arm um dich legen», sagte er auf dem Rückweg. «Aber ich glaube, das geht nicht gut, obwohl es dunkel ist.»

«Laß es lieber», sagte Christine. Und dann plötzlich: «Das war der schönste Abend meines Lebens.»

Er sah sie an. «Meinst du das wirklich ernst?»

Sie nickte. «Es war der schönste, ehrlich.»

Sie kamen ins Hotel. «Ich lasse uns noch ein paar Drinks heraufbringen. In mein Zimmer. Einverstanden?»

Christine setzte sich aufs Bett. David ging ins Bad. Um sich zu schminken, dachte sie, vielleicht auch um sich zu rasieren, bevor der Kellner ihn sieht, der die Drinks bringt. Es klopfte, und der Kellner kam mit einem Tablett herein, darauf standen zwei hohe Gläser mit einer Flüssigkeit, in dem Früchte und Blätter schwammen. Daneben zwei rosafarbene Servietten, zwei aufgespießte Oliven und zwei grün verpackte Pfefferminzbonbons.

Christine kostete den Drink. Sie aß eine Olive. Sie machte die Handtasche auf, nahm Spiegel und Lippenstift heraus und zog sich die Lippen nach. David kam aus dem Badezimmer. Er hatte die goldblonde Perücke abgenommen und sich das Gesicht gewaschen. Rasiert hatte er sich nicht, und auf Kinn und Wangen waren helle Bartstoppeln zu sehen. Er war barfuß, hatte nackte Beine und trug einen sehr männlichen marineblauen Frotteebademantel. Sie bemühte sich, ihre Enttäuschung zu verbergen.

«Du hast dich aber verändert», sagte sie strahlend.

Er zuckte mit den Schultern. «Es gibt Grenzen.»

Er hob sein Glas, und sie hob ihr Glas, und er sagte: «Auf uns!»

Irgendwo, ganz tief in ihr, begann sich Panik zu regen. Plötzlich war er so ganz, so unverwechselbar Mann. Sie rutschte ein Stückchen von ihm weg.

«Ich wünschte, wir hätten das ganze Wochenende für uns.»

Christine nickte nervös. Ihr wurde bewußt, daß sie angefangen hatte, am ganzen Körper leicht zu zittern. Er hatte es ebenfalls bemerkt. Schon einmal war ihm aufgefallen, daß starke Gefühlsaufwallungen sie zum Zittern brachten.

«Chris», sagte er.

Völlig passiv und verängstigt saß sie da.

«Ich bin in Wirklichkeit gar nicht wie eine Frau, Chris. Ich spiele es nur manchmal zum Spaß. Das weißt du doch, nicht wahr?» Die Hand, die sie berührte, roch nach Nagellackentferner. Auf dem Handgelenk wuchsen Haare, die sie bisher noch nie gesehen hatte. «Ich bin dabei, mich in dich zu verlieben», sagte er. «Und dir geht es genauso, nicht wahr?»

Sie konnte nicht sprechen. Er nahm sie bei den Schultern. Er preßte die Lippen auf ihren Mund, legte die Arme um sie und begann sie zu küssen. Seine Haut war ein wenig rauh, und er roch genauso nach Mann wie Graham. Sie schüttelte sich, ein Schauer überlief sie. Er stieß sie aufs Bett und fing an sie auszuziehen – seine Lippen lagen noch auf den ihren, sein Körper lastete schwer auf ihr.

Sie tastete hinter sich, schob die Hand in die offene Handtasche und zog das Messer heraus. Weil sie seinen regelmäßigen Herzschlag an ihrer rechten Brust fühlte, wußte sie, wohin sie stechen mußte, und sie stach und stach und stach. Hellrotes Herzblut sprudelte auf ihre Kleider, auf das Bett und auf die beiden Pfefferminzkrembonbons auf dem Tablett.

Ein dunkelblaues Parfüm

Man könnte ruhig sagen, daß noch kein Tag vergangen war, an dem er nicht an sie gedacht hatte, denn es war die reine Wahrheit. Es traf allerdings nicht auf seine mittleren Jahre zu. Damals hatten andere Frauen ihn abgelenkt, nur hatte ihm keine so viel bedeutet, daß er sie zu seiner zweiten Frau gemacht hätte. Als er jedoch in die Fünfziger kam, kehrte die Erinnerung an sie zurück und war so lebhaft wie früher. Wenn er andere Männer beobachtete, die mit einer liebenden Ehefrau an der Seite dem Alter ruhig entgegensehen konnten, sagte er oft ihren Namen vor sich hin: Catherine, Catherine...

Er hatte, seit sie ihn verließ, nie wieder in dem Land gelebt, in dem er geboren und aufgewachsen war. Seine Firma schickte ihn in der ganzen Welt umher. Jahrelang hatte er sich in Südamerika, Afrika, Westindien aufgehalten, war nur auf Urlaub nach Hause gekommen, und manchmal nicht einmal dann. Er wollte jedoch heimkehren, sobald er in den Ruhestand trat und hatte während eines Urlaubs ein Haus gekauft. Es stand in der Stadt, in der sie beide geboren waren, aber er hatte sich einen Bezirk ausgesucht, der von jenem, in den sie mit ihrem neuen Ehemann gezogen war, so weit entfernt war wie möglich, und noch weiter weg von dem Viertel, in dem sie zusammen gewohnt hatten. Denn gerade, als er das Haus kaufte, hatte er wieder angefangen, jeden Tag an sie zu denken.

Mit fünfundsechzig hörte er auf zu arbeiten und kam nach Hause. Er selbst nahm ein Flugzeug. Sein Hab und Gut, das sich mit den Jahren angesammelt hatte, vertraute er einem Schiff an. Darunter war auch die Waffe, die er vor vierzig Jahren erworben hatte und mit der er sich hatte erschießen wollen, wären die Dinge unerträglich geworden. Aber sie waren selbst damals nicht völlig unerträglich geworden. Zorn und Haß hatten ihn aufrechterhalten, und er war nicht einmal soweit gekommen, die kleine, ungebrauchte Automatic zu laden.

Es war Winter, als er nach Hause kam, düster, naß und viel kälter, als ihm erinnerlich war. Als es anfing zu schneien, blieb er zu Hause, heizte gut und bekam niemanden zu Gesicht. Es gab auch niemanden, den er besuchen konnte, sie waren alle weggezogen oder gestorben.

Als seine Sachen in drei Schrankkoffern eintrafen – mehr war es in vierzig Jahren nicht geworden, nur drei Schrankkoffer hübscher Nichtigkeiten –, packte er staunend aus. Nur die Pistole hatte er selbst hineingelegt, den Rest hatte sein Diener gepackt. Es kamen Dinge ans Licht, von denen er längst nicht mehr gewußt hatte, daß er sie besaß, Bücher, Kuriositäten und in einem Umschlag alle Fotografien, die er von ihr gemacht hatte. Und er hatte sich eingebildet, er habe sie seinerzeit vernichtet.

An einem Abend im Vorfrühling sah er sich die Fotos an. Seine Putzfrau hatte ihm eine Schale mit blauen Hyazinthen mitgebracht, und ihr süßer Duft hing schwer und schwül im Raum. Catherine, Catherine, sagte er, während er ein Bild betrachtete, das sie in ihrem gemeinsamen Garten zeigte, und ein anderes von der See mit im Wind wehenden Haaren. Wie anders wäre sein Leben verlaufen, wenn sie bei ihm geblieben wäre! Wenn er ein nachgiebiger Ehemann gewesen wäre, der alles ertragen, alles hingenommen und ihr verziehen hätte. Aber wie hätte er das ertragen können? Wie hätte er sie bei sich behalten können, obwohl sie von einem anderen Mann schwanger war?

Die Hyazinthen dufteten so stark, daß er sich schwach und matt fühlte. Er steckte die Fotos in den Umschlag zurück, schien aber auch durch das starke, undurchsichtige braune Papier hindurch ihr Gesicht zu sehen. Sie war ein bißchen älter gewesen als er und war jetzt fast siebzig. Sie war alt geworden, wahrscheinlich häßlich, vielleicht dick, vielleicht arthritisch, die festen Wangen zu Hängebacken erschlafft, die Augen in Hautfalten eingesunken, der weiße Hals sehnig, das glänzende kastanienbraune Haar ein graues Büschel. Kein Mann würde sie jetzt noch wollen.

Er stand auf und blickte in den Spiegel. Er war nicht sehr gealtert, hatte sich nicht sehr verändert. Das sagten alle. Das kam natürlich daher, daß er nicht intensiv gelebt hatte, und es war das Leben, das die Menschen altern ließ. Er hatte keine Glatze, er war schlanker als mit fünfundzwanzig, seine Augen hatten ihren Glanz bewahrt, waren wehmütig und voller Hoffnung. Die vier Jahre, die sie älter war als er, würden sich jetzt gravierend bemerkbar machen, wenn sie nebeneinander stünden.

Vielleicht war sie schon tot. Er hatte nie wieder von ihr gehört, nachdem die Scheidung ausgesprochen worden war und sie diesen Mann geheiratet hatte. Aldred Sydney. Vielleicht war Aldred Sydney gestorben und sie vielleicht Witwe? Er dachte an all das, was dieser Name in jeder Beziehung für ihn bedeutet, wie emotional er auf ihn reagiert hatte.

«Ich möchte dich mit dem neuen Generaldirektor Sydney Robinson bekannt machen.»

«Ja, man schickt uns nach Australien, nach Sydney, genauer gesagt.»

«Cameron und Sydney, Geometer und Taxatoren. Was kann ich für Sie tun?»

Lange Zeit hatte er gezittert, wenn er nur ihren Familiennamen hörte. Er fragte sich, wieso er anderen Leuten so mühelos von den Lippen ging. Aldred Sydney war kaum älter als siebzig, es gab keinen Grund zu glauben, er sei schon tot.

«Kennen Sie Aldred und Catherine Sydney? Sie wohnen in Nummer 22. Ein älteres Ehepaar, ja, das stimmt. Die beiden hängen sehr aneinander, es ist irgendwie rührend ...»

Sie wohnte bestimmt nicht mehr hier, nicht nach vierzig Jahren. Er holte sich das Telefonbuch aus der Halle, saß dann einen Moment mit dem Buch auf den Knien stocksteif da und atmete tief durch, weil sein Herz so schnell schlug. Dann schlug er das Buch auf und blätterte bis zum S. Aldred war ein so ausgefallener Name, daß es vermutlich im ganzen Land nur einen Aldred Sydney gab. Er konnte ihn jedoch nicht finden, obwohl viele A. Sydneys unter Adressen lebten, die ihm nichts sagten, keinerlei Bedeutung für ihn hatten. Hinterher fragte er sich, warum er noch weiter unten nachgesehen, mit den Augen der langen Reihe der Bs gefolgt war und schließlich ihren Namen entdeckt hatte, unverkennbar, unbestreitbar den ihren. Sydney, Catherine, Aurora Road 22 ...

Sie war noch da, sie wohnte noch da, und das Telefon war auf ihren Namen angemeldet. Aldred Sydney mußte tot sein. Er wünschte, er hätte nicht im Telefonbuch nachgesehen. Warum hatte er es getan? Er konnte in dieser Nacht kaum ein Auge zutun, und als er sehr früh am Morgen aus einem leichten Schlaf erwachte, hatte er ihren Namen auf den Lippen: Catherine, Catherine.

Er stellte sich vor, daß er sie anrief.

«Catherine?»

«Am Apparat. Wer spricht dort, bitte?»

«Weißt du's nicht? Rate mal. Es ist schon sehr, sehr lange her, Catherine.»

In der Phantasie war es möglich, in Wirklichkeit nicht. Er würde jetzt ihre Stimme nicht mehr erkennen, und wenn er ihr auf der

Straße begegnete, würde er sie nicht mehr erkennen. Um zehn Uhr holte er den Wagen aus der Garage und fuhr nach Norden, über den Fluß und durch die nördlichen Vorstädte. Vor vierzig Jahren hatte das Haus, in dem sie lebte, weit außerhalb der Riesenstadt gestanden, durch Felder und Wälder von ihr getrennt.

Er fuhr durch neue Straßen, neue Stadtviertel. Ohne seinen neuen Stadtplan hätte er keine Ahnung gehabt, wo er war. Die Landschaft war in diesen vier Jahrzehnten abgedrängt, weggestoßen worden. Sie drückte sich noch scheu am Rand der kleinen Stadt herum, die Vorstadt geworden war. Und hier war die Aurora Road. Er war noch nie hier gewesen, hatte nie ihr Haus gesehen, obwohl er die Straße auf jedem Stadtplan sofort fand, als sei ihr Name rot gedruckt und brenne ihm in den Augen.

Daß er sie endlich sah, tatsächlich hier war und das Haus sah, machte ihn schwindelig. Er schloß die Augen und blieb reglos sitzen, den Kopf tief über das Steuer gebeugt. Dann richtete er sich auf, drehte sich zur Seite und betrachtete das hübsche, kleine Haus. Es war frisch gestrichen, die Farbe lebhaft; die fünfzig Jahre alte Haustür war durch eine panellierte Eichentür und die Mauerlücke durch ein Bogenfenster ersetzt worden. Trotzdem war es ein armseliges, schäbiges Haus. Er empfand nichts als Spott für den toten Aldred, der seiner Frau nichts Besseres leisten konnte als das.

Angenommen, er ging zur Tür und klingelte? Aber er würde es nicht tun, der Schock wäre vielleicht zu groß für sie. Er war schließlich gewappnet. Sie aber müßte sich ohne Vorbereitung dem Mann stellen, mit dem sie vor langer Zeit verheiratet gewesen war und der sich kaum verändert hatte. Wie hätte er früher die Grausamkeit, die Rache genossen! Der gutaussehende Mann, der noch im mittleren Alter zu sein schien, tropische Bräune auf den Wangen, die Figur noch schlank und rank, und die gebrochene, alte Frau, gebeugt, grau, welk. Er seufzte. Sein Verlangen nach grausamer Rache war verflogen. Er wollte statt dessen gnädig sein, gütig. Wäre es nicht am gütigsten, sie in Frieden zu lassen? Sie ihrem alten Haus und den einfachen Freuden des Alters zu überlassen?

Er startete den Wagen wieder und fuhr ein Stück weiter. Überrascht stellte er fest, daß die Aurora Road sich am Rand der zurückweichenden Landschaft hinzog, daß Asphalt und Steinpflaster in Felder mündeten. Als sie jünger war, war sie wahrscheinlich manchmal hier spazierengegangen, unter den Bäumen, den Fußweg entlang. Er stieg aus dem Wagen und schlug selbst den Weg ein. Nach einiger Zeit sah er in der Ferne einen Zug, der zwischen

Wiesen, Baumgruppen, roten Dächern auftauchte, wieder verschwand und schließlich an einem Wegweiser vorbeikam, der zum Bahnhof zeigte. Vielleicht war sie hier Aldred Sydney entgegengegangen, wenn er nach der Arbeit nach Hause kam.

Er setzte sich auf eine Bank, die am Wegrand stand. Es war ein hübscher Platz, ganz frei, überhaupt nicht verbaut, man sah kaum ein Haus. Das Gras war von einem klaren, frischen Grün, die Hekken schimmerten weiß, die winzigen Blüten der wilden Pflaumen verströmten einen noch stärkeren Duft als die Hyazinthen. Es war warm für die Jahreszeit, und die Sonne schien. Eine Hummel, übriggeblieben vom letzten Sommer, flog brummend vorbei. Er legte den Kopf an die Lehne der Bank zurück und schlief ein.

Er hatte einen unerfreulichen Traum, sah sich in die Zeit versetzt, in der er fast noch ein Junge, sie aber schon eine erwachsene Frau gewesen war. Sie kam zu ihm, wie sie damals gekommen war, und sagte ihm ohne Umschweife, ohne Scham und ohne Scheu, daß das Kind, das sie erwartete, nicht von ihm war. Im Traum lachte sie ihn aus, obwohl er sich nicht erinnern konnte, daß sie das auch in Wirklichkeit getan hätte. Nein, gewiß nicht. Er wurde mit einem Ruck wach und wußte im ersten Moment nicht, wo er war. Ein paar Leute hatten ihn geweckt, die laut redend an ihm vorbeigekommen waren. Er stand auf, ging den Weg zurück und fuhr nach Hause.

Die ganze Woche wollte er sie anrufen. Er wollte sich unbedingt mit ihr treffen. Der Wunsch war so heftig, als sei er wieder verliebt, von einer sehnsüchtigen Besessenheit, unvermuteten Ängsten erfüllt, und er hatte merkwürdige Stimmungen. Eines Nachmittags sagte er sich, er werde sie Punkt vier Uhr anrufen, sobald es vier Uhr war, wollte er bis zehn zählen und dann ihre Nummer wählen. Aber als es vier war und er bis zehn gezählt hatte, weigerte sich sein Arm, ihm zu gehorchen und den Hörer von der Gabel zu nehmen, es war, als ob er gelähmt sei. Was war nur los mit ihm, daß er es nicht fertigbrachte, eine alte Frau anzurufen, die er einmal gekannt hatte.

Am nächsten Tag fuhr er am Spätnachmittag wieder in die Aurora Road. Drei ältere Frauen kamen auf ihn zu, sie gingen nebeneinander, aber nicht zum Haus, sondern in die entgegengesetzte Richtung. War sie eine von ihnen?

In den drei Gesichtern, eines blaß und runzlig, das andere rot und fest, das dritte wächsern, schlaff, suchte er nach den Zügen seiner Catherine. Er suchte im Gang der drei Frauen nach einer Ähnlichkeit mit ihrer Art zu gehen. Eine der Frauen trug einen burgunderroten Mantel und, tief über das graue Haar gezogen, einen burgunderroten Filzhut, der wie ein formloser Pudding aussah. Catherine hatte Weinrot sehr gern gemocht. Sie hatte Weinrot getragen, als sie ihn heiratete und vielleicht auch bei ihrer Hochzeit mit Aldred Sydney. Aber diese Frau war nicht sie, denn als sie an ihm vorbeikamen, drehte sie sich um und spähte in den Wagen. Ihre Augen begegneten ohne eine Spur des Erkennens den seinen.

Nach einer Weile fuhr er die Straße hinunter, ließ den Wagen stehen und schlenderte über den Fußweg. Die Blätter der Pflaumenblüten lagen verstreut im Gras, und der Weißdorn setzte grüne Knospen an. Schwach schien die Sonne aus einem wie geronnen aussehenden weißen Himmel. Diesmal setzte er sich nicht auf die Bank, sondern verließ den Pfad und ging unter den Bäumen weiter, denn heute war das Gras trocken und federnd. In der Ferne hörte er einen Zug.

Er war nicht darauf gefaßt gewesen, daß so viele Leute vom Bahnhof aus diesen Weg nahmen. Während der letzten zwei Minuten mußte ein gutes Dutzend vorbeigekommen sein. Er schritt energisch aus, als gehe er nicht nur einfach spazieren, sondern aus gesundheitlichen Gründen; denn was, würden sie denken, macht er denn dort unter den Bäumen, allein, ohne Skizzenblock? Einen Hund hatte er auch nicht. Der letzte kam vorbei – er vermutete zumindest, daß es der letzte war. Und dann hörte er leise Schritte, das Geräusch leichter Schuhe auf trockenem, sandigem Boden.

Hinterher sagte er sich, er habe ihren Gang erkannt. Als er die Schritte hörte, war er, ehrlich gesagt, nicht ganz sicher, er wagte es nicht, seiner Erinnerung zu vertrauen, konnte sich nicht auf sie verlassen. Und als sie auftauchte, geschah es ganz plötzlich an der Stelle, an der der Pfad aus dem Baumtunnel ins Freie trat. Sie ging in Richtung der Aurora Road und war, auf gleicher Höhe mit ihm, höchstens drei Meter von ihm entfernt.

Er stand völlig reglos, benommen und wie erstarrt. Es war durchaus möglich, daß er tot umfiel, wenn er sich bewegte. Sie ging nicht schnell, aber so leicht und federnd wie früher, und sie trug ihre Jahre mit der gleichen Leichtigkeit, mit der ihre Füße beim Gehen den sandigen Boden berührten. Ihr Haar war grau geworden, und sie war nicht mehr so schlank wie früher. Er entdeckte ein leichtes Doppelkinn, und die zarten Gesichtszüge hatten sich ein wenig vergröbert, aber wirklich nur ganz wenig. Also war auch sie jung geblieben, wie er. Es war, als hätten sie sich ihre Jugend für diesen Moment bewahrt.

Er wollte ihre Augen sehen, die so blau waren wie seine Hyazinthen, aber sie blickte starr geradeaus, dann machte der Weg eine Biegung, und sie verschwand aus seinem Blickfeld. Er schlich zu der Bank und setzte sich. Kein Wunder, die Überraschung hatte ihn zu sehr mitgenommen. Er hatte sie sich alt vorgestellt, und als er sie fand, war sie jung. Aber sie hatte ihn immer überrascht. Ihre Wandlungsfähigkeit, ihre Fähigkeit, ihn zum Staunen zu bringen, waren unbegrenzt.

Sie war, wie die anderen, mit dem Zug gekommen. Fuhr sie denn noch zur Arbeit? In ihrem Alter? Das taten viele. Warum nicht auch sie? Sydney war gestorben oder hatte sie verlassen, zweifellos war sie unversorgt. Sydney war tot ... Er dachte daran, wieder um sie zu werben, sie zu lieben, ihr zu verzeihen, um sie anzuhalten.

«Willst du mich heiraten, Catherine?»

«Ja, willst du mich denn noch – nach allem?»

«Alles war nur ein sehr langer, böser Traum ...»

Sie würde in sein Haus ziehen, ihm am Abend gegenübersitzen, mit ihm auf Urlaub fahren, seine Frau sein. Sie würden ihre Freunde mit kleinen Scherzen amüsieren.

«Wie lange seid ihr beiden eigentlich verheiratet?»

«Vorige Woche hatten wir unseren zweiten Hochzeitstag, und nächsten Monat feiern wir den fünfundvierzigsten.»

Er würde sie aber nicht anrufen, sondern morgen um die gleiche Zeit hier auf der Bank sitzen und warten, bis sie vorbeikam und ihn erkannte.

Bevor er von daheim fortging, sah er sich seine alten Fotografien an, die bei den ihren lagen. Er hatte damals ein volleres Gesicht gehabt und keine Brille getragen. Er legte die Hand auf seine hohe, fliehende Stirn und wunderte sich, weil sie auf den Bildern so niedrig wirkte. Die Männermode änderte sich nicht sehr. Das Sportjakkett, das er heute trug, war dem, das er auf der Hochzeitsreise getragen hatte, sehr ähnlich.

Beim Verlassen des Hauses fiel ihm auf, daß die Hyazinthen, die schon am Verblühen waren, jetzt einen unangenehmen, fast widerlichen Geruch verströmten. Dunkelblaue Blüten mit einem dunkelblauen Parfüm ... Aus einem Impuls heraus knipste er ihre Köpfe ab und warf sie in den Papierkorb.

Es war ein schöner Tag, und er öffnete das Schiebedach seines Wagens. Die Aurora Road, das Feld, der Fußweg ... Er nahm die Brille ab und schob sie in die Tasche. Ohne Brille sah er jedoch nicht sehr gut und stolperte ein paarmal beim Gehen.

Die Bank war leer. Er setzte sich genau in die Mitte. Er hörte den

Zug. Dann sah er ihn zwischen büscheligen Bäumen, den welligen, kleinen roten Dächern und den grünen Rechtecken dahinrattern. Er bringt mir, dachte er, mein Lebensglück. Angenommen, sie erreichte den Zug nicht immer, was dann? Oder es war eine einmalige Ausnahme gewesen, daß sie gestern hier vorbeigekommen war, nicht von der Arbeit, sondern von einem Besuch zurückgekehrt war?

Er hatte kaum Zeit, das gründlich durchzudenken, dann kamen auch schon die Pendler, einer und noch einer und dann zwei zusammen. Es sah ganz so aus, als seien es nicht so viele wie gestern. Er wartete, die Hände ineinander verschlungen, und als sie kam, hörte er sie fast nicht, so leise ging sie.

Ohne Brille sah er so schlecht, daß sie ihm wie hinter einem Dunstschleier verborgen schien, fast wie eine Erscheinung, ein Geist. Doch sie war es, ihre lebhaften Bewegungen, ihr kraftvoller sportlicher Gang, unverändert seit ihrer Mädchenzeit, unverändert auch das, was sie ausstrahlte, und an dem er sie auch erkannt hätte, wenn er nicht nur kurzsichtig, sondern blind und taub gewesen wäre.

Das Zittern, das ihn wieder überfallen hatte, hörte auf, als sie näher kam. Den Blick fest auf sie gerichtet, erhob er sich halb von der Bank. Und jetzt sah sie ihn auch an. Sie war sehr nahe, und plötzlich stand ihr Gesicht ganz deutlich vor ihm, ein Gesicht, in dem er Verständnislosigkeit, Wachsamkeit und dann ein leichtes Erschrecken las. Doch er war sicher, daß sie ihn erkannte. Er versuchte etwas zu sagen und brachte mit krächzender Stimme heraus:

«Erkennst du mich nicht?»

Sie ging rascher, begann zu laufen. Ungläubig starrte er ihr nach. Jetzt kam noch jemand vom Bahnhof, ein Mann, der den Baumtunnel verließ und sie einholte. Sie schauten sich um, sagten etwas zueinander. Und da hörte er ihre Stimme, nur ein bißchen älter geworden, ein bißchen rauher als an dem Tag, an dem sie sich kennenlernten. Er stand auf und ging, den Kopf in die Hände gestützt, unter den Bäumen auf und ab. Sie hatte ihn angesehen, schien ihn erkannt zu haben – und hatte ihn nicht erkennen wollen.

Als er wieder zu Hause war, begriff er, was er sich, seit er in den Ruhestand getreten war, nie ganz eingestanden hatte – daß es für ihn nichts gab, wofür es sich zu leben lohnte. In der vergangenen Woche hatte er für sie und für die Hoffnung gelebt, sie zurückzugewinnen. Er holte seine Pistole heraus, die kleine, noch ungebrauchte Automatic, lud und sicherte sie und sah sie dann lange an. Er wollte

Catherine schreiben, was er getan hatte, denn wenn sie seinen Brief bekam, würde er es getan haben, oder – besser noch – er wollte sie noch einmal sehen, wollte sie zwingen, ihn zu sehen, und dann würde er es tun.

Am nächsten Nachmittag fuhr er zu ihrem Haus in der Aurora Road. Es war fast halb sechs, sie mußte jeden Augenblick auftauchen. Er saß im Wagen und betastete die harte Waffe, die seine Tasche ausbeulte. Wenig später kam der Mann vorbei, der sie am Tag vorher eingeholt hatte, doch jetzt war er allein, ging bis ans Ende der Aurora Road und bog dann in eine Seitenstraße ab.

Sie hatte sich verspätet. Er ließ den Wagen stehen und machte sich auf, sie zu suchen, denn er ertrug es nicht mehr, noch länger stillzusitzen, der Schmerz und die quälende Spannung waren zu groß. Wie sie ihn angesehen hatte! Mit Widerwillen zuerst und dann voller Angst. Es gelang ihm einfach nicht, ihren Gesichtsausdruck zu vergessen.

Der nächste Zug tauchte zwischen den Baumkronen und den roten Dachfirsten auf. Er hörte ihn in den Bahnhof einfahren. Hatte das Grün, hatten diese so verschiedenen Grün gestern auch schon so satt geleuchtet? Das Grün des Grases, der jungen Birkenblätter und Maiknospen tat seinen Augen weh. Er ließ die Bank hinter sich und ging weiter, viel weiter als er bisher gegangen war, und gelangte in einen dämmrigen Wald, in dem sich die Baumwipfel über dem Fußweg wölbten. Das Geräusch ihrer Schritte war so leise, als trippelten Tauben über den Sand. Er blieb stehen. Er wartete auf sie.

Sie ging langsamer, als sie ihn sah, kam zögernd auf ihn zu und hob eine Hand vors Gesicht. Er machte einen Schritt auf sie zu. «Bitte», sagte er, «bitte, geh nicht. Ich möchte mit dir reden, möchte es so gern . . .»

Heute trug er die Brille, und kein Irrtum war möglich, seine Augen täuschten sich nicht. Ihr Gesichtsausdruck war nicht mißzuverstehen. Er war eine Mischung aus Haß und schrecklicher Angst. Aber diesmal konnte sie nicht weitergehen, ohne ihm direkt in die Arme zu laufen. Sie machte kehrt, um in die Richtung zurückzulaufen, aus der sie gekommen war, und als sie sich umdrehte, schoß er.

Er traf mit dem ersten Schuß, und sie stürzte zu Boden. Er lief auf sie zu, doch er konnte sie nicht ansehen und nahm sie nur sehr klein und wie von fern durch einen roten Nebel der Rache wahr. Er schoß wieder und wieder, und endlich fiel die ringlose weiße Hand, mit der sie unsicher ihr Gesicht schützen wollte, leblos herab. Sie war tot.

Die Pistole war leer. Er war mit ihrem Blut bespritzt, doch das war ihm egal. Ihm war egal, wer ihn sah oder ob jemand etwas merkte, wenn er nur bis nach Hause kommen und die Waffe für sich selbst neu laden konnte. Er war überrascht, daß er gehen konnte, doch soweit er es beurteilen konnte, ging er ganz normal. Er fühlte nichts, weder Schmerz noch Furcht, und sein Atem beruhigte sich allmählich, wenn auch sein Herz noch heftig schlug. Einen letzten flüchtigen Blick warf er noch auf die Tote, dann ging er, verließ den Baumtunnel, folgte dem Weg. Die Sonne warf helle Lichtstreifen und lange, sich verjüngende Schatten auf das Gras. Er ging die Aurora Road entlang zu seinem Wagen, der vor ihrem Haus parkte.

Als er den Wagen aufsperrte, wurde die Haustür geöffnet. Eine alte Frau trat ins Freie. Er erkannte sie, es war eine von den dreien, die er getroffen hatte, als er das zweite Mal hiergewesen war, und zwar die, die einen dunkelroten Mantel und einen dunkelroten Hut getragen hatte. Sie kam an die Gartenpforte, beugte sich leicht vor und schaute über die Pforte hinweg ein wenig besorgt nach links. Dann trat sie zurück und lächelte ihm zu. Etwas in seinem Blick schien sie jedoch zu einer Erklärung zu zwingen, offenbar wollte sie gegen den Fremden nicht unhöflich sein.

«Ich habe nur nachgesehen, ob meine Tochter schon kommt», sagte sie. «Sie hat sich heute ein bißchen verspätet, gewöhnlich nimmt sie den ersten Zug.»

Er legte die kalten Hände auf den oberen Querbalken der Pforte. Ihr Lächeln verschwand.

«Catherine», sagte er, «Catherine ...»

Fragend hob sie den Blick zu ihm auf. Ihre Augen waren so blau wie die Hyazinthen, die er weggeworfen hatte.

Die Mauer des Obstgartens

Ich habe noch niemandem davon erzählt.

Das Schlimmste war natürlich längst vorbei. Die heftige Scham war überwunden und auch die Erkenntnis, daß ich mich selbst zum größtmöglichen Narren gemacht hatte. Mehr als vierzig Jahre hatten das ihre getan. Das Gefühl, das mir angehaftet hatte, das Gefühl, daß ich auf eine verdorbene, schmutzige Weise frühreif, daß ich unrein war, hatte die Zeit weggespült. Ich hatte mich sehr bemüht, nie daran zu denken, alles auszulöschen, nie in mich eindringen zu lassen, was Mrs. Thorn mir damals gesagt hatte:

«Wie darfst du dich unterstehen, so etwas zu behaupten? Wie dich unterstehen, so widerwärtig zu sein? Ein Kind in deinem Alter! Du bist krank, von allen guten Geistern verlassen.»

Aber bestimmte Dinge beschworen die Erinnerung immer wieder herauf – der Duft des Geißblatts, ein Paar blutiger Tauben im Schaufenster einer Metzgerei, die ersten Kirschen im Jahr. Diese Dinge ließen mich immer zusammenzucken, mir wurde schon vom Anflug jenes Errötens heiß, das mich unter dem Baum brennen ließ vor Scham, während Daniels harte Hand mich bei der Schulter packte, und Mrs. Thorn vor Zorn und Empörung zitterte. Die Erinnerung, nie ganz ausgetrieben, hatte noch immer die Macht, die Erwachsene für den Irrtum des Kindes zu bestrafen.

Bis heute.

So muß es sein, wenn ein Psychotherapeut jemanden von einem Kindheitstrauma heilt, nur das meines von einer Zeitung geheilt wurde. Die Zeitung kam durch meine Tür und sagte mir, daß ich nicht widerwärtig, nicht krank, nicht von allen guten Geistern verlassen gewesen war. Ich hatte recht gehabt. In den entscheidenden Tatsachen zumindest hatte ich recht gehabt. Den ganzen Tag schon frage ich mich, was ich tun, wie ich handeln soll. Und soll ich überhaupt handeln? Wenigstens konnte ich ganz ruhig an alles denken; gelassen an Ella und Dennis Clifton denken, ohne schamrot zu werden; voller Mitleid an Mrs. Thorn und mit einer Spur von Wehmut an den schönen, verlorenen Ort denken.

Es war lange her. Ich war vierzehn. Ist man da noch ein Kind? Sie glaubten es, und ich glaubte es damals selbst. Die Wahrheit jedoch war, daß ich ein Kind war und auch keins, im Fluß paddelte, auf Bäume kletterte, Radschlagen konnte wie ein Akrobat – und zugleich von romantischer Liebe träumte. Ich befand mich in einem Übergangsstadium, eine Puppe, eine Schmetterlingspuppe, ich war vierzehn.

In London fielen Bomben. Ich war mit meiner Schule schon einmal evakuiert gewesen, aber wieder in die Vorstadt zurückgekommen, in der wir wohnten und die manchmal sicher zu sein schien und manchmal nicht. Meine Eltern hatten Angst um mich und schickten mich daher nach Inchfield zu den Thorns. Ich sah die Angst in den Augen meiner Mutter, sie flößte mir Unbehagen ein.

«Nur bis Ende August», redete sie beschwörend auf mich ein. «Es ist sehr schön dort. Stell dir vor, daß du besonders lange Sommerferien hast.»

Ich mußte an Hereford denken, an mein ehemaliges «Quartier», an die fremden Leute, das ungewohnte Essen.

«Diesmal wird es anders. Ella ist deine Tante.»

Sie war die um zwölf Jahre jüngere Schwester meiner Mutter. Dazwischen kamen noch ein Bruder und eine Schwester, die beide im Norden lebten. Ella war mit einem Farmer in Suffolk verheiratet – oder war es vielmehr gewesen, denn jetzt war er bei der Armee. Sein älterer Bruder verwaltete die Farm. Später, als Ella tot war, Philip Thorn wieder heiratete und alles, was ich mir von ihnen bewahrt hatte, die beschämende Sache war, die ich um jeden Preis vergessen wollte – viel später also erfuhr ich, daß Ella mit siebzehn geheiratet hatte, weil sie schwanger war, und in den dreißiger Jahren unter diesen Umständen eine andere Lösung als Heirat unvorstellbar war. Sie hatte geheiratet und sechs Monate später ein totes Kind zur Welt gebracht. Als ich nach Inchfield kam, war sie erst fünfundzwanzig, immer noch kinderlos, lebte mit Schwager und Schwiegermutter draußen auf dem Land, und ihr Mann kämpfte in Afrika.

Ich wollte nicht von zu Hause fort. Mit vierzehn fürchtet man sich nicht, man weiß, daß man unsterblich ist. Nach den Luftangriffen trieben wir uns auf der Straße herum und sammelten Schrapnellsplitter und Teile von Geschoßhülsen. Das Schlimmste für mich war, daß ich unter einem Morrison-Unterstand* schlafen mußte, anstatt in meinem Zimmer. Wieder ein eigenes Zimmer zu

---

* kleiner im Zimmer aufstellbarer Luftschutzunterstand aus Stahl.

haben, einen Platz, an dem ich allein sein konnte, war eine große Verlockung. Ich gab nach. Bis heute weiß ich nicht, ob ich eingeladen worden war, oder ob meine Mutter einfach geschrieben hatte, daß ich käme und sie mich aufnehmen mußten.

Ich fuhr in der zweiten Juniwoche. Daniel Thorn holte mich in Ipswich vom Bahnhof ab. Ich war wild romantisch, viel zu romantisch, hatte den Kopf voller Phantasien und Träume. Da ich wußte, daß ich abgeholt werden sollte, erwartete ich einen Ponywagen oder sogar einen Mann auf einem schwarzen Hengst, der eine braune Stute am Zügel führte, auf die ich mich schwingen würde, obwohl ich noch nie auf einem Pferd gesessen hatte. Daniel Thorn kam mit einem alten Ford-Lieferwagen.

Über von frischem Grün gesäumte Landstraßen und Heckenwege fuhren wir nach Inchfield. Es war sehr still, nur ab und zu hörte man einen Schuß. Ich dachte, die Knallerei müsse irgendwie mit dem Krieg zusammenhängen, machte mir jedoch nicht klar, wie.

«Der Krieg?» sagte Daniel, als sei das etwas, das sich zehntausend Meilen weit weg ereigne. Dann lachte er dieses uralte Lachen, mit dem die Leute vom Land seit jeher den Städter verspotten. «Hier gibt es keinen Krieg. Da ist nur einer auf Kaninchenjagd.»

Kaninchen – wir lebten praktisch davon; von gekochten, gebratenen, zu Pasteten verarbeiteten Kaninchen. Dazwischen gab es hin und wieder eine Waldtaube. Es war eine Abwechslung nach den Londoner Würstchen, aber ich habe seither nie wieder Kaninchen gegessen, nicht ein einziges Mal. Als mir einmal in der Küche einer Freundin der charakteristische Geruch kochenden Kaninchenfleischs in die Nase stieg, wurde mir fürchterlich übel. Mein Schierlingsbecher war gekochtes Kaninchenfleisch. Und Kirschkuchen.

Von der Farm war ich auf den ersten Blick begeistert. Das Haus, in dem ich in Hereford untergebracht gewesen war, war ein spät-viktorianisches Backstein-Cottage, rot und unverputzt und häßlich wie die Armut. Ein Haus wie «Cherry Tree Farm» hatte ich bisher höchstens in einem Kalender gesehen. Es war lang und niedrig, hatte ein Strohdach, und auch die beiden großen Scheunen waren mit Stroh gedeckt. Dahinter lagen flache grüne Hügel und dichte dunkle Wälder. Und über die weitläufigen, grasbewachsenen Hänge waren unzählige Kirschbäume verstreut. Einer stand so nah am Haus, daß seine Zweige die Scheiben eines Fensters streiften.

Sie kamen aus dem Haus, um mich zu begrüßen, Ella und Mrs.

Thorn, und Ella hielt mir ihre ziemlich kalte weiße Wange hin, um sich küssen zu lassen. Sie lächelte nicht. Sie sah gelangweilt aus. Es war daher besser, als ich erwartet hatte. Und schlimmer. Ella war schlimmer und Mrs. Thorn besser. Das Haus und die Umgebung waren zehnmal besser, einen Tee wie diesen hatte ich seit Anfang des Krieges nicht mehr bekommen, und mein Zimmer war nicht nur hübscher als der Morrison-Unterstand, es war auch hübscher als mein Zimmer daheim. Mrs. Thorn brachte mich hinauf, nachdem wir Maiskuchen, Korinthenbrot und Nußkuchen gegessen hatten.

Es hatte eine niedrige Decke mit steingrauen Ziernägeln im Putz. Über das Bett war eine Patchworkdecke gebreitet, und die Tapete hatte ein Kirschenmuster. Ich schaute aus dem Fenster.

«Man kann die Kirschbäume von hier aus nicht sehen», sagte ich. «Haben Sie deshalb Kirschen an die Wand geklebt?»

Sie schien über den Gedanken verblüfft, denn sie war eine schlichte, konservative Frau. «Das weiß ich nicht. Meiner Meinung nach wäre das eine merkwürdige Idee.»

Mein Zimmer ging nach hinten hinaus auf einen langweiligen, gepflegten Garten mit Rosenbeeten, die wie Tortenstücke aus einem Kreis herausgeschnitten waren. Es war Mrs. Thorns Garten, wie ich später erfuhr, und sie bearbeitete ihn selbst.

«Wer schläft in dem Zimmer mit dem Kirschbaum?» fragte ich.

«Dein Tantchen.» Mrs. Thorn sollte Ella immer so nennen, wenn sie mit mir sprach. Sie achtete sehr auf Respekt. «Es war immer das Zimmer meines Sohnes Philip.»

Immer. Ich beneidete den abwesenden Soldaten. Ein Baum mit Ästen, die bis ans Schlafzimmer reichten, bedeutete für mich, daß man daran hinunterklettern konnte, war ein Fluchtweg, eine Möglichkeit, vielleicht ohne zusammengeknotete Bettlaken ausrücken zu können. Das sagte ich auch, obwohl ich es ein bißchen herunterspielte, weil ich vermutete, daß Mrs. Thorn es in einem anderen Licht sah.

«Das hat er bestimmt nie getan», sagte sie dann auch. «So war er nicht.»

Worte, die Philip in meinen Augen zum Langweiler stempelten. Ich fragte mich, warum Ella ihn geheiratet hatte. Was hatte sie nur in diesem unromantischen Typen gesehen, der fünf Jahre älter und nicht «so» gewesen war, daß er aus dem Schlafzimmerfenster und einen Baum hinunter- oder auch heraufkletterte, wenn es nötig war ...

Ella war schön. Im ersten Kriegsjahr hatte ich zu Weihnachten das *Jahrbuch für Filmfreunde* geschenkt bekommen, in dem unter ande-

31

rem ein ganzseitiges Foto von Hedy Lamarr war. Ella sah genauso aus wie sie. Sie hatte die gleichen vollkommenen Züge, dunkles Haar und Augen, die nicht von dieser Welt zu sein und immer auf ferne Horizonte gerichtet schienen. Ich sehe sie jetzt vor mir – jetzt kann ich mir erlauben, sie vor mir zu sehen –, wie sie damals war, dünn, langbeinig, in einem geblümten Baumwollkleid mit Kragen, Manschetten und einem schmalen Gürtel, wie er heute wieder modern ist. Über der Stirn trug sie das Haar hochgesteckt, der Rest fiel ihr offen und lockig bis auf die Schultern, ihr Mund war himbeerrot bemalt, die Augen ungeschminkt, groß, dunkel, glänzend und mit einem Ausdruck, den ich erst Jahre später verstehen sollte. Ich glaube heute, daß es eine Mischung aus Rebellion, Sehnsucht und Verlangen war.

Manchmal verschwand sie am frühen Abend in den ersten Stock, und Mrs. Thorn erklärte respektvoll, «Tantchen» schreibe jetzt an Philip. Wir hörten gewöhnlich Radio. Natürlich wußte niemand genau, wo Philip war, doch wir vermuteten alle, daß er an den Kämpfen um Tobruk beteiligt war. Wenn Nachrichten gesendet wurden, wirkte Mrs. Thorn immer ganz verkrampft. Einmal stieß sie einen erstickten Laut aus, bedeckte die Augen mit der Hand und lief aus dem Zimmer. Das war mir irgendwie peinlich. Ella schaltete das Radio aus.

«Du solltest schon im Bett sein», sagte sie zu mir. «In deinem Alter ging ich immer schon um acht hinauf.»

Ich beneidete und bewunderte sie, obwohl sie nie besonders nett zu mir war und selten mit mir sprach, außer wenn sie sagte, ich «sollte eigentlich» das oder jenes tun. Wurde ihr, wenn sie diese Nichte ansah, die nur etwa zehn Jahre jünger war als sie, wurde ihr da vielleicht bewußt, was sie weggeworfen hatte? Eine hoffnungsvolle Zukunft, die Chance, wirklich zu leben?

Ich war nicht oft mit ihr zusammen. Mrs. Thorn nahm mich nach Ipswich zum Einkaufen mit, unterhielt sich mit mir, während sie buk, strickte und brachte mir das Stricken bei. Da man keine Wolle bekam, trennten wir alte Pullis auf, wuschen die Wolle, krempelten sie und machten neue Sachen. Ich verbrachte viel Zeit mit ihr. Entweder mit ihr oder allein. Natürlich gab es im Dorf Kinder meines Alters, die ich hätte kennenlernen können, aber das Dorf war zwei Meilen entfernt. Ich durfte spazierengehen, nicht aber das einzige vorhandene Fahrrad benutzen.

«Es ist zu groß für dich», sagte Mrs. Thorn, «es hat Achtundzwanzig-Zoll-Räder. Außerdem ist es ein Herrenrad.»

Ich wandte ein, es mache mir gar nichts aus, das Bein über den Sattel zu schwingen wie ein Mann.

«Solange du bei mir bist, wirst du es jedenfalls nicht tun.»

Ich verstand nicht. «Ich würde mich nicht verletzen.» Ich sagte, was ich auch zu meiner Mutter gesagt hätte. «Ich käme nicht zu Schaden.»

«So etwas tut eine Dame nicht», antwortete Mrs. Thorn, und dabei blieb es.

Solche Dinge bedeuteten ihr viel. Sie verbot mir, auf dem Rasen radzuschlagen, wenn Daniel in der Nähe war, obwohl ich Shorts anhatte. Dann durfte ich nur noch Röcke anziehen. Aber sie war freundlich und kümmerte sich sehr um mich. Wäre ich auf Ellas oder Daniels gelegentliche Bemerkungen angewiesen gewesen, hätte ich mich vielleicht mehr auf meine Eltern gefreut, die mich alle vierzehn Tage besuchten.

Als ich zwei oder drei Wochen da war, wurden allmählich die Kirschen reif. Daniel, der dazukam, als ich sie mir ansah, sagte, es sei eine sehr alte Sorte, die «Weiße Herzen von Inchfield» hieß.

«Früher hatten wir jedes Jahr ein Kirschenfest», sagte er. «Am ersten Sonntag nach dem 12. Juli. Es wurde getanzt und gut gegessen. Es hätte dir Spaß gemacht. Aber im letzten Jahr fiel das Fest aus, und in diesem Jahr wird es auch keines geben. Und nie wieder, so wie ich es sehe, auch nicht, wenn der dämliche Krieg vorbei ist.»

Er war ein typischer Suffolk-Mann, groß und dick, mit gelben Haaren und rötlicher Haut. Die Winkel seines breiten, sichelförmigen Mundes waren immer nach oben verzogen. Das bedeutete jedoch nicht, daß er lächelte, und er war nur selten fröhlich. Lachen hörte ich ihn nie. Er hatte die Gewohnheit, Menschen auf eine Art zu beobachten, die nervös machte, und ganz besonders Ella. Und wenn Gäste ins Haus kamen, Dennis Clifton oder Mrs. Leithman oder andere Farmer, die sie kannten, saß er da, beobachtete sie und warf nur selten ein Wort in die Unterhaltung ein.

Als ich eines Abends von einem Spaziergang zurückkam, sah ich, daß Ella und Dennis Clifton sich im Wald küßten.

Dennis Clifton war kein Farmer. Er war bei der R.A.F., war während der Schlacht um Britannien Jagdflieger gewesen, hatte eine Kopfverletzung gehabt, hatte im Lazarett gelegen und war jetzt auf Genesungsurlaub zu Hause. Er muß noch sehr jung gewesen sein, höchstens zwei- oder dreiundzwanzig. Während er im Lazarett gelegen hatte, war seine Mutter gestorben, bei der er gelebt hatte und die eine Freundin von Mrs. Thorn gewesen war. Sie hatte ihm ihr hübsches, kleines georgianisches Haus in Inchfield hinterlassen. Er kam häufig auf die Farm, angeblich, um die alte Freundin seiner Mutter zu besuchen.

Nach diesen Besuchen sagte Daniel regelmäßig: «Er wird bald wieder dort sein, wo's ganz besonders heiß hergeht», oder: «Der steigt bald wieder mit seiner Spitfire auf. Er kann's nicht mehr erwarten.»

Von da an beobachtete auch ich ihn, ich wollte wissen, ob es bestimmte Anzeichen dafür gab, daß er darauf brannte, wieder zur R.A.F. zu gehen. Seine Hände zitterten manchmal wie die eines alten Mannes. Auch er war blond und blauäugig, dennoch gab es zwischen seinem und Daniels Aussehen einen himmelweiten Unterschied. Mein Maßstab für Schönheit waren Filmstars, und ich fand, daß er wie Leslie Howard in der Rolle des Ashley Wilkes aussah. Er war groß und schlank, hatte ein empfindsames Gesicht und traurige Augen. Daniel beobachtete ihn, Ella saß stumm da, und ich las mein Buch, während er sich mit Mrs. Thorn unterhielt, sehr freundlich und ermutigend über ihren Sohn Philip mit ihr sprach und erklärte, er sei überzeugt, daß Philip nichts zustoßen, daß er überleben werde, und während er sprach, wurden seine Augen trauriger und verschleierten sich immer mehr.

Nein, das ist keine Erinnerung, es ist reine Phantasie von mir, ich habe es mir zusammengereimt, was ich später erfahren sollte. Er war einfach rücksichtsvoll und freundlich, ein gut erzogener junger Mann eben.

Ich hatte im Fluß gebadet. Ungefähr eine Meile flußaufwärts gab es einen Platz, der das Wehr genannt wurde. Die Ufer waren dort unter einem flachen Wasserfall mit Betonmauern befestigt, und dadurch war ein etwa anderthalb Meter tiefer Weiher entstanden, in dem ich an heißen Tagen badete. Wenn Mrs. Thorn davon gewußt hätte, hätte sie es mir verboten, aber sie wußte es nicht. Sie wußte nicht einmal, daß ich einen Badeanzug mithatte.

Der kürzeste Weg zur Farm führte durch den Wald. Ich hörte einen Schuß und dann weiter oben in den Wiesen einen zweiten. Daniel war auf Taubenjagd. Im Wald war es dämmrig und kühl, um mich herum und über mir zwitscherte es leise, raschelte Gefieder im trockenen Laub. Die blauen Glockenblumen waren längst abgeblüht, doch das Wald-Bingelkraut stand in voller Blüte. Es sah wie weiß gepudert aus, und in der Luft hing der alles durchdringende

Geruch des Geißblatts. Wieder ein Schuß, weiter weg diesmal, aber laut genug, um den Frieden zu stören, und mit heftigem Flügelschlagen ergriff ein Taubenvolk die Flucht. Durch die schwarzen Baumstämme und das Spitzenwerk der Äste und Zweige sah ich den gelben Himmel, von dem, auch noch eine Stunde vor dem Untergang, die Sonne herunterbrannte.

Ella lehnte am Stamm eines Kastanienbaums und blickte zu Dennis Clifton auf. Er preßte die flachen Hände zu beiden Seiten ihres Kopfes an den Stamm. Wäre sie je nett zu mir gewesen, hätte er je mehr als nur «hallo» zu mir gesagt, hätte ich mich wahrscheinlich bemerkbar gemacht und gerufen. Ich rief nicht, und im nächsten Moment wurde mir klar, daß sie ganz bestimmt nicht gesehen werden wollten.

Ich blieb, wo ich war. Ich beobachtete sie. Oh, ich war absolut kein Voyeur, ich hatte keine schlüpfrigen Hintergedanken, war nicht neugierig und hatte noch weniger den Wunsch, sie bei irgend etwas zu ertappen. Mich überwältigte ganz einfach das Romantische dieser Szene, ich war hingerissen vor Staunen. Ich sah zu, wie er sie küßte. Er nahm die Hände herunter, legte die Arme um sie und küßte sie, so daß ich ihre Gesichter nicht mehr sah, nur sein helles und ihr dunkles Haar und ihre aneinandergepreßten, gestrafften Schultern. Ich hielt den Atem an und fröstelte im warmen Dämmerlicht des Waldes.

Sie gingen vor mir, gingen – einer den Arm um die Taille des anderen gelegt – in Richtung der Straße davon. In dem Zimmer der «Cherry Tree Farm», das noch immer Salon genannt wurde, saßen Mrs. Thorn und Daniel beim Tee und hörten Radio. Kaum fünf Minuten später kam Ella herein. Auch wenn ich nicht gesehen hätte, was ich gesehen hatte – wäre mir ihr Aussehen vermutlich aufgefallen. Oder hätten die strahlenden Augen, die geröteten Wangen, das Weidenblatt in ihrem Haar und der Brombeerzweig an ihrem Rock mir nicht zu denken gegeben?

Daniel sah sie an. Er hatte Blut unter den Fingernägeln, obwohl er sich die Hände fest geschrubbt hatte. Mir wurde ein bißchen übel. Ella fuhr sich mit den Fingern durch das Haar, zupfte das Blatt heraus und ging in ihr Zimmer hinauf.

«Sie schreibt an Philip», sagte Mrs. Thorn.

Wieso war ich nicht empört? Wieso nicht entsetzt? Ich war erst vierzehn und kam aus einer konventionellen Familie. Ehebruch begingen nur die Menschen in der Bibel. Wahrscheinlich könnte ich sagen, daß ich nicht mehr als einen Kuß gesehen hatte und von

Ehebruch nicht die Rede sein konnte. Aber es war Ehebruch, ich wußte es. Ohne eigene Erfahrung, mit einem bestenfalls bruchstückhaften Wissen, fühlte ich, daß sich diese Liebe nicht mehr mit Küssen begnügte, daß die beiden nicht auf halbem Weg stehengeblieben waren, obwohl Ella mit einem Soldaten verheiratet war, der an der Front für sein Land kämpfte. Mir war auch klar, daß meine Eltern Ellas Verhalten verachtenswert, vielleicht sogar durch und durch schlecht finden würden. Doch das war mir ganz egal. Für mich war es eine Romanze, waren die beiden Lancelot und Guinevere, ein wunderbares Abenteuer, das zwei schöne junge Menschen miteinander erlebten – und wie ich es vielleicht eines Tags erleben würde.

Sie benutzten mich nicht als Botin. Für sie existierte ich kaum. Sie gönnten mir kein Wort, kein Lächeln, und sie vertrauten mir vor allem keine Botschaften an, die ich überbringen sollte. Sie hatten das Telefon, und sie hatten Autos.

Aber obwohl sie mich an ihrer Liebesgeschichte nicht teilhaben ließen und ich nicht einmal genau berechnen konnte, wann sie stattfand, beschäftigte sie meine Gedanken. Nach außen hin änderte sich nichts an meinem Tagesablauf, wie Mrs. Thorn und ich ihn geplant hatten, aber ich dachte nur an Dennis und Ella, überlegte, wo sie sich treffen mochten, stellte mir vor, was sie miteinander redeten, daß sie sich ewige Liebe schworen, und spielte mit filmischen Variationen immer wieder den einen Kuß durch, den ich gesehen hatte.

Die tiefste Freude, die schönsten Stunden des Hingerissenseins erlebte ich, wenn er kam. Dann beobachtete ich die beiden so unablässig wie Daniel. Manchmal bildete ich mir ein, einen sehnsüchtigen Blick aufzufangen, der zwischen ihnen hin und her ging, und einmal erlebte ich sogar mit, wie sie sich im Flur begegneten, als Ella mit dem Teetablett aus der Küche kam und Dennis etwas für Mrs. Thorn aus seinem Wagen geholt hatte. Ich stand im Schatten zwischen der Standuhr und der Treppe, und sie sahen mich nicht.

«Heute?» flüsterte er. «Am selben Ort?»

Sie nickte, ihre Augen waren riesengroß. Als er an ihr vorüberging, streichelte er ihr ganz langsam über die Schulter.

In diesen Nächten schlief ich schlecht. Es war sehr heiß geworden. Mrs. Thorn achtete streng darauf, daß ich um neun im Bett lag, und danach gab es für mich keine Möglichkeit, von ihr ungesehen aus dem Haus zu kommen. Ich beneidete Ella um den Baum vor ihrem Fenster; sie konnte hinunterklettern und verschwinden. Ich stellte mir vor, daß ich im Mondschein den Fluß entlang oder im Wald spazierenging und mich an einem verabredeten Ort mit meinen Liebhabern traf. Meine Liebhaber, deren geflüsterte Worte und bedeutsame Blicke mich erregten und sich mit der überhitzten Luft vermischten . . .

Die Kirschen färbten sich hellgelb, mit einem rötlichen Hauch da und dort. In der ersten Juliwoche kam der Krieg nach Inchfield, und ein deutscher Bomber, der sich verirrt hatte und vom Kurs abgekommen war, lud seine Bombenlast auf eins der Thornschen Felder ab.

Es gab keine Verletzten, aber eine Kuh wurde getötet. Wir sahen uns das Chaos auf dem Feld an, den Krater und den entwurzelten Baum. Daniel schüttelte drohend die Faust zum Himmel. Die Detonationen waren sehr laut gewesen, und wir waren hinterher gegen plötzliche Geräusche überempfindlich. Sogar ein Knall aus Daniels Jagdgewehr ließ seine Mutter zusammenzucken.

Die Hitze war stickig geworden, und am Himmel zogen Wolken auf, doch es regnete nicht. Mrs. Leithman, die regelmäßig einmal wöchentlich zum Tee kam, sagte, sie höre in jedem Donnergrollen eine zweite Bombe. Ella bekamen wir kaum zu sehen. Sie hielt sich fast immer in ihrem Zimmer auf oder war irgendwo draußen – mit Dennis natürlich. Ich spekulierte mir im Zusammenhang mit ihnen alles mögliche zusammen, wob Phantasien um sie herum, stellte mir vor, daß Philip Thorn im Kampf fiel und Ella wieder frei war. In einer so naiven oder zumindest puritanischeren Zeit aufgewachsen, war ich so arglos, daß ich nie auf die Idee kam, dieses kinderlose Ehepaar könnte sich scheiden lassen. Auch stellte ich mir Ella und Dennis nie verheiratet vor, sondern auf immer und ewig in ihr gefährliches und romantisches Idyll verstrickt vor. Ich fand sogar, daß Julias Textzeilen – die Worte eines Mädchens, das so alt gewesen war wie ich jetzt – die Situation der beiden treffend schilderte, und flüsterte vor mich hin, daß die Gartenmauer hoch, schwer zu erklimmen und die Stätte Tod sei: «Bedenk nur, wer du bist . . .»

Als ich einmal spät nachts nicht schlafen konnte und an meinem Fenster saß, tauchte die schattenhafte Gestalt von Dennis Clifton aus der tiefen Dunkelheit an der Seite des Hauses auf und verschwand durch die Pforte im Rosengarten.

Aber das vernichtende Ende und meine Demütigung kamen immer näher. Ich hatte mich inzwischen eingewöhnt, ich fing an, mich glücklich zu fühlen. Die Wahrheit ist, wie ich vermute, daß ich mich mit Ella identifizierte, daß in meinen verschlungenen Phantasien ich es war – vermischt mit einer gehörigen Portion Julia –, die Dennis umarmte, berührte und liebte. Ich war viel engagierter als ein reiner Beobachter.

Ein Schuß fiel, es klang sehr nah. Er weckte mich, was mir, bevor die Bomben fielen, bestimmt nicht passiert wäre. Ich fragte mich, auf welche Beute Daniel um diese Zeit aus sein konnte, denn die Nacht war tiefdunkel, samten und still. Der Knall, der das Dunkel zerrissen und die Stille durchbohrt hatte, wiederholte sich nicht. Ich schlief wieder ein und erwachte erst wieder, als der Tag schon angebrochen war.

Ich stand früh auf, wie an den meisten Morgen, ging hinunter in die Stille des Hauses, die Stille eines schönen Sommermorgens, und lief ins Freie. Mrs. Thorn war in der Küche, schlug Eier auf und briet Speck für die Männer. Ich wußte nicht, ob ich es tun durfte, oder ob alle Kirschen für einen geheimen Zweck aufgehoben werden sollten, aber auf dem Weg zur Pforte streckte ich den Arm aus und pflückte eine reife Kirsche von einem tiefhängenden Ast. Es war die knackigste und süßeste Kirsche, die ich je gekostet habe, obwohl ich zugeben muß, daß ich seither nicht mehr viele gegessen habe. Ich vergrub den Kern dicht an der Pforte in der Erde. Vielleicht bekam er Wurzeln und wuchs. Vielleicht steht neben dem Eingang zur «Cherry Tree Farm» heute ein schon recht betagter Baum, der viele Sommer lang Früchte getragen hat.

Wie es sich ergab, war das, trotz ihrer reichen Ernte, die einzige Kirsche, die ich dort essen sollte. Nach einer halben Stunde kam ich zurück, schob die Tür auf, blieb einen Moment stehen und sah zum Farmhaus hinüber. Auf die besonnten Mauern und das Dach malten die Schatten der Bäume ein wirres Laubmuster. Ich betrachtete den großen mit rotgoldenen Früchten behangenen Baum, der seine Zweige an Ellas Fenster rieb. Auf halber Höhe, einen oder zwei Meter von der Scheibe entfernt, hing in einer Astgabel die Leiche eines Mannes.

Obwohl ich in der heißen Sonne stand, wurde mir eiskalt. Bis heute erinnere ich mich an dieses Gefühl, durch eine Kälte zu erstarren, die tief aus meinem Innern kam, während draußen die Sonne schien, die Drossel sang und die Schwalben unter dem Traufenbrett wegtauchten und dann wieder hervorschossen. Meine Augen konnten sich nicht lösen, starrten, vor Schreck und Angst wie hypnotisiert, den blonden, schlaff vor Ellas Fenster hängenden Mann an. Den Kopf hatte er im Todeskampf zurückgeworfen.

Wenigstens wurde ich nicht hysterisch. Ich sagte mir, ich müsse mich zusammennehmen und ganz ruhig bleiben, wie ein Erwachsener. Mir klapperten die Zähne. Starr und steif betrat ich die Küche, und da waren sie alle, saßen um den Tisch herum: Daniel, die beiden Arbeiter, Ella, und am Kopfende Mrs. Thorn, die den Tee einschenkte.

Ich wollte ganz ruhig zu ihr gehen und es ihr ins Ohr flüstern. Aber ich schaffte es nicht. Zwar war ich ohne zu rennen, zu stolpern und zu schreien bis in die Küche gekommen, aber jetzt war ich mit meiner Beherrschung am Ende. Wie ein lauter, abgehackter Schrei brachen die Worte aus mir heraus, und ich weiß noch, daß ich die Hände ballte und in die Höhe streckte.

«Mr. Clifton ist erschossen worden! Er ist erschossen worden, er ist tot! Seine Leiche hängt im Kirschbaum vor Ellas Fenster!»

Stille ...

Zuerst jedoch fielen Messer und Gabeln klappernd auf den Tisch, klirrten Tassen auf Untertassen, wurden Stühle quietschend zurückgeschoben. Dann diese absolute, quälende Stille. Nie wieder – in all den Jahren, die seither vergangen sind, habe ich nie wieder einen Menschen so weiß werden sehen wie Ella damals. Sie wurde so weiß wie ein Blatt Papier, und ihre Augen waren schwarze Höhlen. Feuriges Rot überschwemmte Daniels Gesicht. Er fluchte. Er benutzte Worte, die mich zusammenzucken und zurückprallen ließen. Zitternd starrte ich die entsetzlichen und entsetzten Gesichter vor mir der Reihe nach an.

Mrs. Thorn war die erste, die etwas sagte. Ihre Stimme klang eisig vor Zorn.

«Wie darfst du dich unterstehen, so etwas zu behaupten? Wie dich unterstehen, so widerwärtig zu sein? Ein Kind in deinem Alter! Du bist krank, von allen guten Geistern verlassen!»

Daniel war aufgesprungen. Er packte mich grob am Arm. Aber sein Griff war nicht fest, seine Hand zitterte, wie die von Dennis gezittert hatte. Er schleifte mich förmlich hinaus, und seine Mutter lief wie eine aufgescheuchte Henne hinter uns her. Wir waren noch fünf oder sechs Meter vom Baum entfernt, als ich es sah. Das Blut schoß mir heiß ins Gesicht und pulsierte unter der Haut. Ein Gesicht aus Lumpen, Haare aus gelber Wolle – aus unserer eigenen aufgetrennten und frisch gekrempelten Wolle – der ausgestopfte Sackkörper, die zerschlissenen Stiefel ...

Eiskalt vor Empörung, sagte Mrs. Thorn: «Hast du noch nie eine Vogelscheuche gesehen?»

«Aber Vogelscheuchen stehen doch auf Feldern!» rief ich verzweifelt, als wollte ich sie auch noch angesichts dieses unwiderlegbaren Beweises von meiner Behauptung überzeugen.

«Nicht in unserer Gegend», antwortete Daniel mit dünner, heiserer Stimme. Hätte Dennis Clifton tatsächlich im Baum gehangen, hätte Daniel auch nicht erschrockener aussehen können. Sein Gesicht wirkte völlig eingefallen. «In unserer Gegend hängen wir die Vogelscheuchen in die Obstbäume. Ich habe sie gestern abend dort hingetan. Sie alle habe ich gestern in die Bäume gesetzt.» Und er zeigte mir, was mir bisher entgangen war: den Mann auf dem Baum an der Mauer, den Mann auf dem Baum inmitten des Rasens.

Ich lief ins Haus, in mein Zimmer hinauf und warf mich, vor Scham halb außer mir, mit dem Gesicht nach unten aufs Bett. Der nächste Tag war ein Samstag, und meine Eltern wurden erwartet. Sie würden es ihnen erzählen und mich mit Schimpf und Schande nach Hause schicken. Um die Mittagszeit kam Mrs. Thorn an meine Tür und forderte mich auf, zum Lunch hinunterzukommen. Sie war völlig verändert, hart und mürrisch. Ich kannte die Redewendung «sich nicht an jemand schmutzigmachen wollen» damals noch nicht, aber als ich sie später hörte, begriff ich, daß Mrs. Thorn sich genau so gegen mich verhalten hatte. Sie behandelte mich, als sei ich eine aussätzige Psychopathin.

Wir aßen allein, aber ich brachte kaum etwas hinunter. Als wir fertig waren und ich eben meinen Teller beiseite schob, kam Daniel herein, setzte sich und sagte, sie hätten alle die Sache durchgesprochen und seien zu dem Schluß gekommen, es sei am besten, wenn mich meine Eltern morgen nach Hause mitnähmen.

«Selbstverständlich», erklärte Mrs. Thorn, «werde ich ihnen haargenau berichten, was du gesagt hast, was du angedeutet und wie du dein Tantchen gekränkt hast.»

Daniel, der nicht mehr zitterte und nicht mehr so feuerrot war wie am Morgen, dachte eine Weile schweigend nach. Dann sagte er unerwartet – oder für mich unerwartet: «Nein, Mutter, das werden wir nicht tun. Nein. Es hat keinen Sinn. Je weniger davon wissen, um so besser. Du mußt an Ellas Ruf denken.»

«Ich dulde sie nicht länger hier», entgegnete seine Mutter.

«Da bin ich ganz deiner Meinung. Sie kann sagen, daß sie Heimweh hat, oder ich sage, daß dir die Arbeit zuviel wird, wenn sie hier ist.»

Ella versteckte sich den ganzen Tag.

«Sie schreibt ihren Brief an Philip», sagte Mrs. Thorn.

Am nächsten Morgen saß sie mit den anderen bei Tisch. Daniel berichtete, er sei im Dorf gewesen und habe erfahren, Dennis Clifton sei zu seinem Geschwader bei der R.A.F. zurückgekehrt.

«Bald wird er wieder da sein, wo's am heißesten hergeht», fügte er hinzu.

Ella saß mit gesenktem Kopf da und zerkrümelte mit nervösen Fingern ein Stück Brot. Ihr Gesicht war ohne das übliche Make-up völlig farblos. Ich erinnere mich nicht, noch ein einziges Wort von ihr gehört zu haben.

Ich packte meine Sachen. Meine Eltern hatten nichts dagegen, mich nach Hause mitzunehmen. Nach Liebe hungernd, durch die Liebe anderer tief verletzt, klammerte ich mich an meinen Vater. Die Vogelscheuchen grinsten uns an, als wir hinter Daniel in den Lieferwagen stiegen. Ich sehe sie jetzt noch vor mir – ich kann es mir erlauben, sie jetzt vor mir zu sehen –, sehe sie mit ausgebreiteten Armen in den Bäumen hängen. Sie beschützten die reifenden Früchte und sahen so lebensecht aus, daß sogar die Schwalben einen weiten Bogen um sie machten.

Im nächsten Frühling starb Ella, nachdem sie wieder eine Totgeburt gehabt hatte. Meine Mutter weinte, denn Ella war ihre kleine Schwester gewesen. Doch sie war zu scheu, um ihren Kummer offen zu zeigen. Sie und mein Vater waren ängstlich darauf bedacht, mich – und natürlich auch alle anderen – darüber im unklaren zu lassen, daß Philip Thorn seit gut fünfzehn Monaten nicht mehr auf Heimaturlaub gewesen war. Was aus Daniel und seiner Mutter geworden ist, habe ich nie erfahren. Ich wollte es auch nicht wissen. Daß Philip wieder heiratete und seine zweite Frau eine Nichte von Mrs. Leithman war, hat man mir ganz gegen meinen Willen zugetragen.

Nur jemand, der die Zeitung sehr gründlich las, konnte die Notiz entdecken. Ich habe die Gewohnheit, außer den Sportnachrichten jede Zeile zu studieren, und nur deshalb entging mir der Artikel nicht, den ich zwischen einem Bericht über scharfe Maßnahmen der Kommunalverwaltung und der Meldung über den Selbstmord eines Finanziers fand. Während ich las, drehte sich das Rad der Zeit zurück, und die Tatsachen sprachen mich frei. Ich wußte, daß ich etwas tun mußte, habe mich jedoch gefragt, was. Ich hab den ganzen Tag überlegt, doch jetzt weiß ich, daß ich die Geschichte dem Coroner erzählen muß. Meine Geschichte – die Geschichte meines Irrtums; die Geschichte von Daniels Zorn.

Auf einem Acker in der Nähe von Inchfield, Suffolk, hatte ein Landarbeiter einen Blindgänger aus dem Zweiten Weltkrieg gefunden. Man nahm an, es handle sich um eine Bombe aus einer Ladung, die 1941 dort abgeworfen worden war. Ausgrabungen an dieser Stelle hatten ein Skelett zutage gefördert, das man für das eines jungen Mannes hielt, der ungefähr um dieselbe Zeit den Tod gefunden hatte. Merkwürdigerweise hatte man in der Schädelhöhle eine Gewehrkugel gefunden.

> «Die Gartenmau'r ist hoch, schwer zu erklimmen;
> die Stätt' ist Tod, bedenk nur, wer du bist,
> wenn einer meiner Vettern dich hier findet ...»

Hares Haus

Ein Mörder habe in diesem Haus gelebt, erzählte der Immobilien-makler. Und der Mord sei auch hier begangen worden. Norman fand, er sei offen und ehrlich.

«Die Nachbarn hätten es bestimmt erwähnt, auch wenn ich es verschwiegen hätte», sagte der Makler.

Jetzt verstand Norman, warum das Haus so billig war. Es war ein sogenanntes Stadthaus, obwohl Norman nie verstanden hatte, warum sie so hießen, denn man traf sie häufig auch auf dem Land an. Eine offene Treppe in der Mitte des Hauses führte in die beiden Stockwerke. Es sei ungefähr fünfzehn Jahre alt, sagte der Makler, und seit zwölf Jahren unbewohnt.

«Einzelheiten des Falles kenne ich leider nicht.»

«Ich will sie gar nicht wissen», erwiderte Norman. «Ich möchte sie lieber nicht wissen.» Er öffnete die Tür des Badezimmers im Erdgeschoß und steckte den Kopf durch den Spalt. Nie hätte er es für möglich gehalten, einmal ein Haus mit mehreren Badezimmern zu besitzen. Zog er denn ernsthaft in Betracht, dieses zu kaufen? Es war wirklich spottbillig. «Wie hat er geheißen?»

«Der Mörder? Hare. Raymond Hare.»

Erleichtert stellte Norman bei sich fest, daß er sich an keinen Mordfall Hare erinnern konnte. «Wo ist er jetzt?»

«Er starb im Gefängnis. Das Haus gehört einem Neffen.»

«Es gefällt mir», sagte Norman zurückhaltend. «Ich muß sehen, was meine Frau dazu sagt.»

Die Gegend, in die er aus beruflichen Gründen umziehen mußte, war vornehmer als die, in der sie jetzt wohnten. Er hätte nie ge-dacht, daß sie sich etwas Besseres als eines der Reihenhäuser in der Inverness Street leisten konnten. Eine so vorteilhafte Gelegenheit würde sich ihm nie wieder bieten. Wenn er nicht sicher gewesen wäre, daß Rita von dem Mord erfahren würde, hätte er vermieden, mit ihr darüber zu sprechen.

«Wieso ist es so billig?» fragte sie.

Er sagte es ihr.

Sie war klein, untersetzt, hatte braunes Haar, braune Augen, ein ziemlich langes, spitzes Gesicht und die Gewohnheit, den Hals zu strecken und das Gesicht nach vorn zu schieben. Norman hatte sie einmal im stillen mit einem Maulwurf verglichen, obwohl Maulwürfe natürlich sehr hübsch sein können. Sie schob den Kopf jetzt vor.

«Verschweigst du mir irgend etwas Schreckliches?»

«Ich habe dir alles gesagt, was ich weiß. Über Einzelheiten bin ich nicht informiert.» Norman war ein geduldiger und bequemer Mann, der jedoch dazu neigte, mürrisch und nachtragend zu sein. Er sah gut aus, hatte ein jungenhaftes, offenes Gesicht und lockiges braunes Haar. «Wir könnten es uns morgen zusammen ansehen.»

Rita wäre ein Reihenhaus in der Inverness Street mit einem großen Garten und weniger Treppen lieber gewesen. Aber Norman hatte sein Herz an das Stadthaus gehängt und war imstande, monatelang zu schmollen, wenn etwas nicht nach seinem Kopf ging. Außerdem sah man dem Haus nicht an, daß Hare dort gelebt hatte. Vielleicht war es dumm von ihr gewesen, aber irgendwie hatte Rita Blutflecke auf der Treppe oder ein verschlossenes Zimmer erwartet.

«Also, ich kann mich an diesen Hare überhaupt nicht erinnern. Du etwa?»

«Lassen wir's dabei», erwiderte Norman. «Du hast selbst gesagt, es sei besser, nichts zu wissen. Ich werde Mr. Hare, dem Neffen, ein Angebot machen, einverstanden?»

Das Angebot wurde akzeptiert, und Norman und Rita zogen Ende September ein. Die Nachbarn auf der einen Seite wohnten seit acht Jahren dort, die auf der anderen Seite seit sechs Jahren. Sie hatten Raymond Hare nicht gekannt. Eine gewisse Familie Lawrence, die seit mehr als zwanzig Jahren in ihrem von einem Garten umgebenen, großen alten Haus lebte, mußte ihn – wenigstens vom Sehen – gekannt haben, aber Norman und Rita sprachen nie mit den Leuten. Man grüßte sich, das war alles.

Sie ließen das Haus frisch streichen und neue Teppichböden legen. Alles in allem gab es nur zweierlei zu beanstanden: erstens die Treppe. Man lief ständig treppauf, treppab, um etwas zu holen, das man vergessen hatte. Das zweite war das Badezimmerfenster – oder vielmehr der Riegel des Badezimmerfensters.

Manchmal, besonders wenn Norman in der Arbeit war, fragte sich Rita, wo der Mord geschehen sein mochte. Dann blieb sie mit dem Staubtuch in der Hand stehen, sah sich um und überlegte, ob «es» in diesem oder in jenem Zimmer oder vielleicht sogar in ihrem und Normans Schlafzimmer passiert war. Dann marschierte sie ins Schlafzimmer, schob den Kopf vor und sah sich mit zusammengekniffenen Augen um. Ihre Mutter sagte, sie habe in den Ecken mancher Häuser ein «komisches Gefühl», sie sei, sagte sie, für übersinnliche Einflüsse empfänglich. Rita hätte diese Gabe gern geerbt, mußte jedoch zugeben, daß sie in keinem Teil dieses Hauses komische Gefühle hatte.

Norman und sie sprachen nie über Raymond Hare. Sie mieden das Thema Mord. Rita hatte früher gern Detektivgeschichten gelesen, aber damit aufgehört. Es schien ihr besser so. Ihre Nachbarin Dorothy, es war die, die seit acht Jahren hier wohnte, wollte sich eines Tages mit ihr über den Fall Hare unterhalten, doch Rita meinte, es wäre ihr lieber, wenn sie es nicht täten.

«Kann ich gut verstehen», sagte Dorothy. «Ich finde das sehr klug.»

Es war ein warmes Haus. Die Zentralheizung funktionierte gut, und außer im oberen Badezimmer gab es überall Doppelfenster. Dieses Bad war sehr hoch, und das Fenster lag ungefähr drei Meter über dem Fußboden. Der Raum war in der Mitte des Hauses und hatte keine Außenwand, daher hatte der Architekt ihn höher hinausgebaut und so zwischen dem Dach des Hauses und dem des Badezimmers Platz für ein Fenster geschaffen. Es war sehr lästig, daß man es nur mit einer langen Stange öffnen konnte, die am oberen Ende einen Haken hatte. Sie lehnte im Badezimmer an der Wand. Aber der Herbst war trüb und feucht und der Winter kalt, so daß das Fenster lange Zeit überhaupt nicht geöffnet zu werden brauchte.

Norman hatte die Absicht, das untere Bad selbst neu zu fliesen und ging in die Bibliothek, um sich ein Do-it-yourself-Handbuch zu besorgen. Die Bibliothek, eine kleine Filiale, war ganz in der Nähe, zwischen seinem Haus und der U-Bahn-Station. Da er die Bücher für Heimwerker nicht gleich fand, ließ er die Augen am Regal von oben nach unten wandern: Gartenbau, Botanik, Biologie, Allgemeine Naturwissenschaften, Sozialwissenschaften, Kriminalistik ...

Mit Verbrechen wollte Norman im Moment nichts zu tun haben. Rita und er sahen sich nicht einmal mehr Thriller-Serien im Fernsehen an. Sein erster Impuls war, schnell den Blick von den Prozeßberichten und Fallrekonstruktionen abzuwenden, und er wandte ihn auch ab, doch erst nachdem er auf einem Buchrücken den Namen Hare entdeckt hatte.

Norman machte schnell auf dem Absatz kehrt. Durch einen glücklichen Zufall fand er sich dem Regal mit dem Etikett *Innendekoration* direkt gegenüber. Was er brauchte, war schnell gefunden. Dann blieb er mit dem Buch in der Hand stehen und überlegte. Sollte er noch einmal einen Blick riskieren? Vielleicht hieß der Autor zufällig Hare und hatte mit «seinem» Hare überhaupt nichts zu tun. Aber das glaubte Norman natürlich selbst nicht. Plötzlich hatte er ein merkwürdiges Flattern im Magen, und zugleich stieg Erregung in ihm auf. Rasch drehte er sich um und nahm das Buch aus dem Regal. Der Titel lautete *Mordfälle der sechziger Jahre*, und der Autor war ein gewisser H. L. Robinson. Die Fälle, denen er nachgegangen war, waren auf dem Schutzumschlag aufgeführt: *Renzini und Boyce; Das Geheimnis von Oasthouse; Hare; Die Popgruppen-Morde.*

Norman schlug das Buch aufs Geratewohl auf. Er stellte fest, daß er mitten in den Fall Hare geraten war. Zwei Seiten weiter stieß er auf zwei Fotografien. Die obere zeigte einen Mann mit einem ausdruckslosen Gesicht ohne besondere Merkmale. Die Augen hatte er halb geschlossen. Auf der anderen war eine lächelnde blonde Frau zu sehen. Laut Bildunterschrift handelte es sich um Raymond Henry Montagu Hare und Margaret Hare, geborene Kentwell. Norman klappte das Buch zu und stellte es ins Regal zurück. Sein Herz schlug merkwürdig schwer. Nachdem sein Do-it-yourself-Buch gestempelt war, mußte er sich große Mühe geben, nicht aus der Bibliothek zu stürzen, als brenne es hinter ihm. Ich benehme mich wirklich unmöglich! dachte er. Ich muß mich zusammenreißen. Entweder verdränge ich Hare ganz aus meinem Gedächtnis und beschäftige mich nie wieder mit ihm, oder ich benehme mich wie ein logisch denkender, vernünftiger Mensch, lese den Fall nach, mache mich mit den Fakten vertraut und lerne, mit ihnen zu leben.

Er tat keins von beiden und ging nie wieder in die Bibliothek. Als sein Buch ihn alles über das Fliesen von Wänden und Fußböden gelehrt hatte, bat er Rita, es zurückzubringen. Er versuchte nicht mehr an Hare zu denken, aber es war zu schwierig. Wo hat er den Mord begangen? war die Frage, die Norman sich am häufigsten stellte, und dann begann er sich dafür zu interessieren, wen Hare ermordet und wie er die Tat begangen hatte. Die Antworten waren in einem Buch zu finden, das keine Viertelmeile entfernt in einem Regal stand. Norman mußte an jedem Morgen auf dem Weg zum Bahnhof und am Abend auf dem Rückweg an der Bibliothek vorbeigehen. Er gewöhnte es sich an, die andere Seite der Straße zu benutzen. Manchmal erinnerte er sich an die Bemerkung von Rita, daß es vielleicht etwas Schreckliches gab, das er ihr verschwieg.

Der Frühling kam früh, und im März gab es schon ein paar warme Tage. Rita bemühte sich, das Badezimmerfenster zu öffnen und benutzte dazu die Stange mit dem Haken am oberen Ende, doch der Riegel bewegte sich nicht. Als Norman nach Hause kam, überredete sie ihn, sich von Dorothys Mann Roy eine Leiter auszuleihen, hinaufzuklettern und nachzusehen, was mit dem Fensterriegel nicht in Ordnung war.

Norman fand, daß Roy ihm einen ziemlich komischen Blick zuwarf, als er sagte, wozu er die Leiter brauchte. Er zögerte, bevor er sagte, Norman könne sie haben.

«Ist schon okay, wenn Sie sie nicht verleihen wollen», sagte Norman. «Ich denke, es geht auch anders, ich muß nur irgendwo einen festen Halt für die Füße finden.»

«Nein, nein, Sie können die Leiter selbstverständlich haben», entgegnete Roy und zeigte Norman das Badezimmer in seinem Haus, das mit dem im Nachbarhaus identisch war. Roy hatte nur das Fenster herausnehmen und durch eine glatte Scheibe mit Ventilator ersetzen lassen.

«Sehr hübsch», sagte Norman. «Ich habe trotzdem lieber ein Fenster, das ich öffnen kann.»

Das trug ihm einen zweiten komischen Blick von Roy ein. Norman lehnte die Leiter an die Wand, kletterte zu dem Fenster hinauf und sah sofort, warum es sich nicht öffnen ließ. Bolzen und Schaft des senkrecht angebrachten Riegels waren fest mit Draht umwikkelt. Das war, vermutete Norman, das Werk der Maler, die das Haus frisch gestrichen hatten. Er konnte sich aber nicht vorstellen, warum sie es getan haben sollten. Er wickelte den Draht ab, schob den Riegel zurück und kippte das Fenster so weit es ging, bis zu einem Winkel von ungefähr fünfundsiebzig Grad.

Am 1. April fielen die Temperaturen fast bis auf Null, und es schneite. Rita schloß das Badezimmerfenster. Sie nahm die Stange, schob den Haken durch den Ring am Ende des Riegels, hob das Fenster an, schloß es, schob den Riegel durch den Schaft und drehte ihn herum. Als sie aus dem Badezimmer kam, blieb sie auf dem Treppenabsatz stehen, sah sich um und fragte sich, wo Hare den Mord begangen haben mochte. Einen Moment bildete sie sich ein, ein komisches Gefühl zu haben, doch es verging. Rita ging in die

Küche hinunter und machte sich eine Tasse Tee. Sie schaute in den winzigen viereckigen Vorgarten, in den flaumiger Schnee fiel, der schmolz, sobald er das Gras berührte. Im Garten der Inverness Street hätte sie Blumenzwiebeln pflanzen können, Osterglocken und Narzissen. Rita seufzte. Sie schenkte sich Tee ein und rührte den Zucker in der Tasse um, als ein lautes Krachen durch das Haus hallte. Es kam von oben. Rita stieß vor Schreck fast die Tasse um.

Sie rannte die zwei Treppen hinauf und fragte sich, was um Himmels willen zerbrochen sein mochte. Aber nichts war verändert, alles an seinem Platz. Sie hatte von Häusern gehört, in denen es spukte und lautes Krachen an der Tagesordnung war, weil dort Poltergeister ihr Unwesen trieben. Ihre Mutter hatte es immer gefühlt, wenn ein Poltergeist in der Nähe war. Rita fürchtete sich, und ihr brach der Schweiß aus allen Poren ihres langen, spitzen Gesichts. Ihr fiel auf, daß die Badezimmertür geschlossen war. War sie so laut zugefallen? Gewiß nicht. Rita öffnete die Tür und sah, daß das Fenster aufgekippt war. Also, das war's gewesen, mehr steckte nicht dahinter. Sie nahm die Stange, steckte den Haken durch den Ring am Riegel, stieß das Fenster zu, schob den Riegel nach oben und drehte ihn herum.

Es war ziemlich windig gewesen, aber der Wind hatte nachgelassen. Am nächsten Tag wurde es allmählich wieder wärmer. Norman öffnete das Badezimmerfenster, und es blieb offen, bis es anfing zu regnen. Rita schloß es.

«Das Fenster ist ganz problemlos, sobald man den Dreh mit der Stange raus hat», sagte Norman. «Ich habe es mir viel schwieriger vorgestellt.»

Er bemühte sich, locker und fröhlich zu wirken und sich so zu benehmen, als sei nichts passiert. Auf der Heimfahrt hatte er in der U-Bahn zufällig neben Lawrence gesessen, dem Mann, der ihm gegenüber wohnte, und sie waren miteinander ins Gespräch gekommen.

«Es ist gut, daß Ihr Haus endlich wieder bewohnt wird», sagte Lawrence, «ein leeres Haus wirkt immer irgendwie heruntergekommen.»

Norman lächelte nur. Er fühlte sich unbehaglich.

«Meine Frau hat Mrs. Hare recht gut gekannt, wissen Sie.»

«Ach, wirklich?» sagte Norman.

«Eine nette Frau. Soweit ersichtlich, gab es für das, was er getan hat, überhaupt keinen Grund. Aber Sie haben wahrscheinlich ohnehin schon alles über den Fall nachgelesen und sich mit den Fakten abgefunden. Na ja, ich meine, das mußten Sie doch, oder?»

«O ja», sagte Norman.

Mit dem Nachbarn an seiner Seite konnte er nicht die Straße überqueren, um nicht an der Bibliothek vorübergehen zu müssen. Vor dem Eingang überkam ihn das fast unerträgliche Verlangen, hineinzugehen und das Buch aus dem Regal zu nehmen. Eins wußte er jetzt, ob er nun wollte oder nicht – Hare hatte seine Frau ermordet.

Kurz nach Mitternacht wurde er von einem lauten Krachen geweckt. Er fuhr im Bett in die Höhe.

«Was war das?»

«Das Badezimmerfenster, nehme ich an», antwortete Rita im Halbschlaf.

Norman stand auf. Er nahm die Stange, steckte den Haken in den Ring am Riegel, drückte das Fenster zu, schob den Riegel hoch und drehte ihn im Uhrzeigersinn fest herum. In dieser Nacht wurden sie nicht mehr gestört. Zwei oder drei Tage später öffnete Rita das Fenster wieder, weil es warm geworden war. Sie ging ins Schlafzimmer, wechselte die Laken und fragte sich, eigentlich ganz ohne Grund, ob Hare wohl seine Frau ermordet hatte? Ich nehme an, es war seine Frau, dachte sie und dann: Wie schrecklich, wenn er es im Bett getan hätte! Hares Bett mußte an demselben Platz gestanden haben wie jetzt das ihre. Es war wegen der elektrischen Steckdosen nicht anders möglich. Vielleicht war er eines Nachts nach Hause gekommen und hatte sie im Bett ermordet.

Ein starker Wind, der sich beinahe zum Sturm auswuchs, brachte Kälte ins Haus. Rita schloß das Fenster. Ungefähr eine Stunde, nachdem Norman nach Hause gekommen war, drückte der Wind es mit einem lauten Knall auf.

«Es springt auf», sagte Norman, nachdem er es geschlossen hatte, «weil du, wenn du es zugemacht hast, den Riegel nicht fest genug herumdrehst.»

«Es springt auf, weil der Wind es aufdrückt», sagte Rita.

«Der Wind könnte ihm nichts anhaben, wenn du es richtig zumachtest.» Normans hübsches Gesicht hatte einen mürrischen Ausdruck, und er blieb den ganzen Abend verdrossen.

Als das Fenster das nächste Mal offen war, wehten die Blütenblätter der Obstbäume herein und ließen sich auf dem dunkelblauen Teppich nieder. Rita schloß es etwa eine Stunde bevor Norman nach Hause kam. Unten saß Dorothy, die auf eine Tasse Tee herübergekommen war.

«Ich an Ihrer Stelle ließe den Fensterriegel mit Draht befestigen», sagte Dorothy und fügte mit seltsamer Betonung hinzu: «Nur um sicherzugehen.»

«Das Bad ist so heiß und stickig.»

«Dann lassen Sie das Fenster offen und halten die Tür geschlossen.»

Der Knall, mit dem das Fenster aufsprang, weckte Norman um zwei Uhr morgens. Er war wütend und machte beim Schließen großen Lärm, um Rita zu wecken.

«Ich habe dir gesagt, daß das Fenster nicht mehr aufspringen könnte, wenn du nur den Riegel fest genug herumdrehen wolltest! Ich erschrecke jedesmal zu Tode bei dem Krach. Meine Nerven halten das nicht aus.»

«Was stimmt nicht mit deinen Nerven?»

Norman antwortete nicht. «Ich verstehe nicht, wieso du etwas so Einfaches nicht schaffst.»

«Es liegt nicht an mir, das macht der Wind.»

«Unsinn! Red keinen solchen Unsinn! Es ist ganz windstill.»

Rita machte das Fenster auf, um das Schließen zu üben. Sie übte eine Stunde, schloß das Fenster, schob den Riegel hoch, drehte ihn im Uhrzeigersinn fest herum. Während sie übte, hatte sie ein ganz merkwürdiges Gefühl. Sie hatte das Gefühl, jemand stehe hinter ihr und sehe ihr zu. Natürlich war niemand da. Es war ein sonniger, trockener Tag, und Rita wollte das Fenster offenlassen, aber als sie es vielleicht zum zehntenmal geschlossen hatte, klingelte das Telefon. Daher blieb das Fenster geschlossen, und Rita dachte nicht mehr daran.

Sie jätete den winzigen Vorgarten, als eine Frau, die neben Lawrence wohnte, die Straße überquerte, mit einer Sammelbüchse rasselte und um eine Spende für die Krebsforschung bat.

«Hoffentlich nehmen Sie's mir nicht übel, wenn ich Ihnen sage, wie gut mir ihr Schlafzimmervorhang gefällt.»

«Vielen Dank, Sie sind sehr freundlich», sagte Rita.

«Mrs. Hare hatte einen weißen Vorhang aus Gittertüll. Aber das ist natürlich schon ein paar Jahre her. Es macht Ihnen also nichts aus, in diesem Zimmer zu schlafen? Oder benutzen Sie eins von den Zimmern, die nach hinten hinaus gehen?»

Rita bekam weiche Knie. Sie war sprachlos.

«Aber er hat die Tat ja auch nicht direkt im Schlafzimmer begangen. Eigentlich direkt vor der Tür, auf dem Treppenabsatz, nicht wahr?»

Rita gab ihr ein Pfund, um sie schnell loszuwerden. Sie ging hinauf, blieb auf dem Treppenabsatz stehen und fühlte sich sehr, sehr komisch. Sollte sie es Norman erzählen? Doch wie konnte sie es

Ein schlechter Ruf...

... kann den Wert einer Immobilie erheblich mindern, wie Hares Haus, in dem ein Mord geschehen ist.

Ob Immobilie oder Wertpapier – man legt sein Geld dort an, wo ein traditionell guter Ruf für Bestand und Sicherheit bürgt.

Pfandbrief und Kommunalobligation

Meistgekaufte deutsche Wertpapiere - hoher Zinsertrag - schon ab 100 DM bei allen Banken und Sparkassen

Verbriefte Sicherheit

ihm sagen, wie sollte sie anfangen, nachdem er das Thema nie wieder erwähnt hatte, seit sie hier wohnten? Sie war überzeugt, daß er überhaupt nicht mehr daran dachte. Sie beobachtete ihn während des Abendessens. Er ließ es sich schmecken, als habe er überhaupt keine Sorgen. Das Fenster sprang auf, als er beim Pudding angelangt war. Mit einem zornigen Aufschrei sprang er auf.

«Du kommst auf der Stelle mit mir ins Bad hinauf, und ich bring dir bei, wie man dieses Fenster schließt, und wenn es das letzte ist, was ich auf der Welt tue.»

Er stand hinter ihr, als sie die Stange nahm, den Haken in den Ring am Riegel steckte, das Fenster zudrückte, den Riegel hochschob und fest herumdrehte.

«Da, siehst du, du hast ihn verkehrt herumgedreht! Ich habe gesagt ‹im Uhrzeigersinn›. Weißt du nicht, was das bedeutet?»

Norman öffnete das Fenster, und Rita mußte es wieder schließen. Diesmal drehte sie den Riegel nach rechts. Das Fenster sprang auf, bevor sie am Fuß der Treppe angelangt waren.

«Siehst du, es liegt nicht an mir, es ist der Wind!» rief Rita.

«Der Wind könnte es nicht aufdrücken, wenn du es richtig zumachtest!» Normans Stimme bebte vor Zorn. «Er drückt es ja auch nicht auf, wenn ich es zumache.»

«Dann mach es zu und wart's ab. Du wirst schon sehen.»

Norman machte es zu. Der Krach weckte ihn um drei Uhr morgens. Fluchend stand er auf und ging ins Bad. Rita wurde wach, sprang aus dem Bett und lief ihm nach. Mit der Stange in der Hand, krebsrot im Gesicht, mit hervorquellenden Augen, kam Norman aus dem Badezimmer.

«Du bist», schrie er Rita an, «aufgestanden, nachdem ich eingeschlafen war, hast das Fenster geöffnet und auf deine Art zugemacht, nicht wahr?»

«Was hab ich getan?»

«Leugne nicht! Du versuchst mich mit diesem Fenster um den Verstand zu bringen. Du wirst keine Gelegenheit mehr dazu haben, das sag ich dir!»

Er hob die Stange und schlug sie Rita mit ganzer Kraft auf die Schläfe. Sie stieß einen furchtbaren, heiseren Schrei aus und hob die Hände, um sich gegen die Schläge zu wehren, die auf sie niederprasselten. Norman schlug fünfmal mit der Stange zu, und Rita lag bewußtlos auf dem Boden, bevor ihm klarwurde, was er tat. Er schleuderte die Stange den Treppenschacht hinunter, nahm Rita auf die Arme und telefonierte nach einem Krankenwagen.

Rita starb nicht. Sie hatte einen Schädelbruch, einen Kieferbruch und ein gebrochenes Schlüsselbein, aber sie würde überleben. Als sie wieder zu Bewußtsein kam und den Kiefer wieder bewegen konnte, erzählte sie den Leuten im Krankenhaus, sie sei nachts aufgestanden, im Dunkeln über das Geländer und den Treppenschacht hinuntergestürzt. Merkwürdig allerdings war, daß sie das selbst zu glauben schien.

Allein und voller Reue, mußte Norman immer wieder daran denken, wie sonderbar es doch war, daß unter diesem Dach um ein Haar ein zweiter Mord geschehen wäre. Er ging zum Immobilienmakler und sagte, er wolle das Haus wieder verkaufen. Hares Haus, wie er es in jenen Tagen immer bei sich nannte, nie dachte er «mein» oder «unser Haus». Im Maklerbüro machten sie sorgenvolle Gesichter und schüttelten die Köpfe, doch ihre Mienen hellten sich auf, als Norman den sehr niedrigen Preis nannte, für den er es losschlagen wollte.

Seit er beschlossen hatte, das Haus zu verkaufen, begann Norman über Hare anders zu denken. Es hätte ihm nichts mehr ausgemacht zu wissen, was Hare getan hatte, die Einzelheiten, die Fakten zu erfahren. Eines Samstags kam ein Kaufinteressent, geriet über Normans Maler- und Tapeziererarbeiten und über die neuen Fliesen im unteren Badezimmer geradezu in Verzückung und schien sich den Teufel um Hare zu scheren. Das gab Norman Mut, und sofort nachdem der Mann gegangen war, marschierte er die Straße hinunter zur Bibliothek und holte sich das Buch *Mordfälle der sechziger Jahre*. Er las den Fall Hare, nachdem er Rita im Krankenhaus besucht hatte.

Raymond und Diana Hare waren ein allem Anschein nach glückliches Paar. Eines Morgens fand die Putzfrau Mrs. Hare erschlagen und in einer Blutlache liegend auf dem obersten Treppenabsatz vor der Badezimmertür. Hare legte bald ein Geständnis ab. Er hatte mit seiner Frau wegen eines Fensters, das ständig mit einem lauten Knall aufsprang, um Mitternacht eine heftige Auseinandersetzung gehabt und sie, außer sich vor Zorn, mit einer hölzernen Stange angegriffen. Kein sehr interessanter oder spektakulärer Mord. Robinson, der Autor, sagte in seinem Vorwort, er habe ihn nur zu den anderen vier Fällen genommen, weil sie alle eins gemeinsam hatten – allen fehlte ein verständliches Motiv.

Aber wie ist es möglich, daß ich aus demselben Grund beinahe das gleiche getan hätte? fragte sich Norman. Schwebt die Tat wie ein Fluch über Hares Haus? Ein Fluch, der zu unmotivierten Handlungen zwingt? Oder ist es möglich, daß ich, als ich das erste Mal einen flüchtigen Blick in das Buch warf, mehr sah oder las, als ich mit meinem Bewußtsein erfaßte, aber nicht mehr, als in meinem Unterbewußtsein haften blieb? Ein rational denkender Mensch muß letzteres glauben.

Er lieh sich noch einmal die Leiter von Roy und umwickelte den Fensterriegel wieder fest mit Draht.

«Ach, ich wollte Sie übrigens etwas fragen», sagte er. «Das ist nicht dieselbe Stange wie damals, oder?»

«Die – Mordwaffe, meinen Sie? Die, mit der Hare ... O nein, ich weiß nicht, was aus ihr geworden ist. Ich nehme an, sie steht in einem Polizeimuseum. Sie haben unsere. Als wir uns statt des Fensters die Glasscheibe einsetzen ließen, boten wir sie Hares Neffen an, und er nahm sie mit Freuden.»

Norman fand schließlich einen Käufer für Hares Haus. Rita war bis zur endgültigen Genesung in ein Sanatorium geschickt worden, und Norman mußte während ihrer Abwesenheit ein neues Heim für sie beide finden. Er hatte keine große Auswahl bei dem miserablen Preis, den er für Hares Haus erzielte. Er leistete eine Anzahlung für eines der Reihen-Cottages in der Inverness Street und hoffte, die arme Rita würde darüber nicht allzu unglücklich sein.

Bestechung und Korruption

In London weiß jeder, der oft und gern zum Essen ausgeht, daß *Potters* in der Marylebone High Street eines der kostspieligsten Restaurants ist. Nicholas Hawthorne, der gewöhnlich seine Mahlzeiten in seinem möblierten Zimmer oder in einem Steakhouse einnahm, ließ sich durch den bescheiden klingenden Namen täuschen. Als Annabel sagte: «Gehen wir zu *Potters*», war er sofort einverstanden.

Er führte sie zum erstenmal aus. Sie war ein kleines, hübsches Mädchen, für das eigentlich nicht viel sprach. Ein schmales Gesichtchen, riesige, sprechende Augen – ein Fledermausgesicht, dachte Nicholas. Sie schlug vor, ein Taxi zu nehmen, «weil *Potters* so schwer zu finden ist.» Als Nicholas das große Gebäude direkt in der Mitte der Marylebone High Street sah, stellte er bei sich fest, daß es zu Fuß nicht schwerer zu finden gewesen wäre als mit dem Taxi, aber er sagte nichts.

Schon fing er sich an zu fragen, was das Essen wohl kosten werde. *Potters* war ein vornehmes und imposantes Restaurant. Die Fenster waren aus dem klaren, aber leicht fehlerhaften Glas, das auf ein hohes Alter schließen läßt, und das dunkelrote Holz der Tür sah aus, als sei es während der vergangenen fünfzig Jahre jeden Tag auf Hochglanz poliert worden. Weil die Vorhänge zugezogen waren und man von draußen nicht in das Lokal hineinsehen konnte, hatte man den Eindruck, sich einem Privathaus zu nähern, dem Stadthaus eines reichen Mannes vielleicht.

Gleich hinter der Tür lag die Bar. In den schwarzen Ledersesseln saßen lässig drei Paare. Ein Ober nahm Annabel den Mantel ab und führte sie zu einem Tisch im Restaurant. Obwohl noch jung, war Nicholas sehr scharfsinnig. Er hatte erwartet, das Lokal werde Annabel genausso einschüchtern wie ihn, der voller Hemmungen war, doch sie überließ dem Ober ihren Mantel ganz ohne Scheu. Und als die Ober mit Speise- und Weinkarte kamen, erklärte sie unverfroren, sie fange mit einem Pernod an.

Was würde das alles nur kosten? Unglücklich studierte Nicholas die Preise und war dankbar, daß er seine erst kürzlich erworbene

Kreditkarte bei sich hatte. Leb jetzt, zahle später – aber, o Gott, zahlen mußte er trotzdem.

Als Vorspeise wählte Annabel Spargel und als zweiten Gang gebratenes Waldhuhn. Das Waldhuhn war das teuerste, das die Speisekarte zu bieten hatte. Nicholas begnügte sich mit Gemüsesuppe und einem Schweinekotelett. Er fragte Annabel, ob sie lieber Weißwein oder Rotwein trinke, und sie antwortete, eine Flasche sei ohnehin nicht genug, warum also nicht von jeder Sorte eine bestellen?

Während sie aßen, sprach sie kein Wort. Er erinnerte sich, einmal ein Gedicht gelesen zu haben, in dem ein Dichter über einen Schulmeister bewundernd sagte, er begreife nicht, wie man in einen einzigen kleinen Kopf so viel Wissen speichern könne. Nicholas fragte sich, wie ein einziger kleiner Körper mit alldem fertig wurde, was Annabel aß. Zu Ihrem Waldhuhn nahm sie Bratkartoffeln, Rotkraut, grüne Bohnen, und als sie hörte, daß der Ober den Leuten am Nebentisch geschmorte Artischocken empfahl, sagte sie, sie wolle auch ein paar. Er betete im stillen darum, daß sie nicht noch einen Gang wollte. Aber dieser katzbuckelnde, schmeichlerische Ober mußte natürlich mit dem Servierwagen daherkommen, auf dem die Desserts ausgestellt waren.

«Wir haben frische Erdbeeren, Madam.»

«Im November?» sagte Annabel, endlich ihr Schweigen brechend. «Das ist ja phantastisch!»

Natürlich wollte sie Erdbeeren haben. Während er den allerletzten Rest seines Weins trank, sah Nicholas zu, wie sie Erdbeeren mit Schlagsahne verzehrte und sich dann noch ein Stück Schokoladenbisquit aussuchte. Nicholas bestellte Kaffee. Wünschten Sir und Madame vielleicht noch ein kleines Likörchen? Nicholas schüttelte heftig den Kopf. Annabel sagte, sie trinke einen grünen Chartreuse. Nicholas wußte, daß das die Krone aller Liköre war – und selbstverständlich der allerteuerste.

Inzwischen jagte der Gedanke an die Rechnung ihm so große Angst ein, und gleichzeitig widerte Annabels hemmungslose Trinkerei ihn so an, daß er sich unbedingt ein paar Minuten von ihr absetzen mußte. Es war klar, daß sie nur mit ihm ausgegangen war, um sich vollzustopfen und bis zur Bewußtlosigkeit zu betrinken. Er entschuldigte sich, stand auf und entfernte sich in Richtung der Herrentoilette.

Um sie zu erreichen, mußte er an einem Ende der Bar vorbeigehen. Sie war noch immer halb leer, aber während der vergangenen

Stunde – es war jetzt neun Uhr – war noch ein Paar hereingekommen und hatte an einem Tisch in der Mitte Platz genommen. Ein Mann im mittleren Alter mit dichten silbergrauen Haaren und einem straffen, leicht gebräunten Gesicht. Den rechten Arm hatte er seiner Begleiterin, einem sehr jungen, sehr hübschen blonden Mädchen, um die Schultern gelegt und flüsterte ihr etwas ins Ohr. Nicholas erkannte ihn sofort. Es war der Präsident der Firma, bei der Nicholas' Vater bis vor zwei Jahren Verkaufsdirektor gewesen war. Dann hatte man ihn unter einem lächerlichen Vorwand entlassen. Die Firma hieß Sorensen-McGill, und der Silberhaarige war Julian Sorensen.

Nicholas haßte ihn mit der ganzen Leidenschaft eines jungen Menschen, der bedingungslos zum Vater hielt, den er liebte. Doch Nicholas war auch noch sehr jung und brachte es nicht fertig, Sorensen zu schneiden. Er murmelte steif «guten Abend» und stürmte in die Herrentoilette, wo er seine Taschen ausleerte, die Banknoten in seiner Brieftasche zählte und versuchte zu überschlagen, wieviel er der Kreditkartengesellschaft bereits schuldete. Wenn nötig, mußte er seinen Vater anpumpen, obwohl ihm das furchtbar gegen den Strich ginge, weil er wußte, daß sein Vater, seit dieses Biest Sorensen ihn gefeuert hatte, von einem viel geringeren Einkommen leben mußte als früher. Seinen Vater anpumpen, vielleicht – wenn möglich – die Miete einen Monat schuldigbleiben, weniger rauchen oder das Rauchen sogar ganz aufgeben ...

Ihm war beinahe übel, als er aus der Toilette herauskam. Sorensen und das Mädchen saßen jetzt nicht mehr so eng beieinander. Sie sahen ihn nicht an, und Nicholas schaute ebenfalls auf die andere Seite. Annabel trank ihren zweiten grünen Chartreuse und schaufelte *petit fours* in sich hinein. Er hatte ihr Gesichtchen mit dem einer Fledermaus verglichen, doch jetzt fiel ihm ein, daß zur Gattung der Fledermäuse auch die Vampire gehörten. Sie verschlang eben eine Marzipanorange und sah dabei wie ein raubgieriger kleiner Vampir aus. Und sie war sehr betrunken.

«Ich bin furchtbar schläfrig und mir ist so komisch», sagte sie. «Vielleicht habe ich irgendeinen Virus erwischt. Laß dir die Rechnung bringen, ja?»

Nicholas mußte lange warten, bis der Ober einmal zu ihm hersah. Und als er Nicholas' Blick endlich aufgefangen hatte, rückte er mit der Kaffeekanne an. Aber Nicholas bewies Entschlossenheit, worüber er selbst am meisten überrascht war.

«Die Rechnung, bitte», sagte er im Ton eines Menschen, der

einem Mächtigeren zurief, daß er, ein dem Tode Geweihter, ihn begrüße – *morituri te salutant.*

Der Ober kam schon nach einer halben Minute wieder. Ob Nicholas wohl so freundlich wäre, ihn zu begleiten? fragte er. Der Maître d'Hôtel wünsche ihn zu sprechen. Nicholas nickte beklommen. Was war passiert? Was hatte er angestellt? Annabel war auf ihrem Stuhl zusammengesackt, ihr Kopf hing nach hinten, ihre Augen waren halb geschlossen, und aus ihrem Mund tröpfelte ein orangefarbenes Rinnsal. Man würde ihm nahelegen, sie aus dem Restaurant zu entfernen, weil sie sich unmöglich benommen habe. Und bestimmt bekam er Hausverbot. Mit geballten Händen ging er hinter dem Ober her.

Der Maître d'Hôtel war ein riesiger Mann mit der Nase und dem prachtvollen Habitus eines Königspinguins. «Ihre Rechnung ist bereits beglichen, Sir.»

Nicholas starrte ihn verständnislos an. «Wie meinen Sie das, Sir?»

«Ihr Vater hat das erledigt, Sir. Mir wurde aufgetragen, Ihnen zu sagen, Ihr Vater habe Ihre Rechnung bezahlt.»

Nicholas war ungeheuer erleichtert. Er schien wieder zu wachsen, fühlte sich unbeschwert und frei. Es war, als habe ihm jemand – wieviel mochte es gewesen sein? Sechzig – siebzig Pfund? – geschenkt. Und er begriff sofort. Sorensen hatte die Rechnung bezahlt und sich als sein Vater ausgegeben. Es war eine kleine Entschädigung für das, was Sorensen seinem Vater angetan hatte, als er ihn entließ. Er hatte sechzig Pfund lockergemacht, um zu zeigen, daß er es gut meinte, um zu zeigen, daß er seine Ungerechtigkeit auf bescheidene Weise wiedergutmachen wollte.

Sehr aufrecht, frei und selbstsicher sagte Nicholas: «Rufen Sie mir bitte ein Taxi.» Dann ging er und schüttelte auf höchst vornehme Art Annabel wach.

Seine Euphorie hielt fast noch eine Stunde an, nachdem er die schlaftrunkene Annabel durch ihre Wohnungstür geschoben hatte, die Treppe zu dem möblierten Zimmer hinaufgestiegen war, in dem er zur Miete wohnte, und es sich mit einem Kreuzworträtsel aus der Zeitung gemütlich machte. Alles wäre ganz anders gekommen, hätte er dieses Kreuzworträtsel nicht angefangen. Zwölf waagrecht: moralischer Verfall mit zehn Buchstaben. Der dritte Buchstabe «R» und der neunte Buchstabe «O» hatten sich schon ergeben. Nicholas fand die Lösung schon nach ein paar Sekunden. Sie lautete «Korruption». Einundzwanzig senkrecht: «hängt gewöhnlich mit zwölf waagrecht zusammen», hieß es da. Der Begriff hatte ebenfalls zehn Buchstaben, und der neunte war das «N» aus Korruption. Auch er war nicht schwer zu erraten. Er lautete «Bestechung».

Nicholas legte die Zeitung aus der Hand und starrte auf die gegenüberliegende Wand. Bestechung hing mit Korruption zusammen. Wie hatte er nur ein solcher Idiot sein können, ein so naiver und argloser Idiot! Wie hatte er nur annehmen können, ein Mann wie Sorensen mache sich Gedanken über Ungerechtigkeit, denke je an eine ungerechte Entlassung oder glaube auch nur einen Moment, er könne Unrecht getan haben? Selbstverständlich hatte er auch nicht versucht an Nicholas etwas gutzumachen, und ebensowenig hatte er die Rechnung bezahlt, weil er ein anständiger Mensch war und bereute, was er Nicholas' Vater angetan hatte. Es war ein Bestechungsversuch gewesen.

Er hatte Nicholas bestechen wollen, damit er den Mund hielt, weil niemand erfahren sollte, daß er mit einem jungen Mädchen in einer Bar gewesen war, daß er ein junges Mädchen umarmt hatte, das nicht seine Frau war. Es war reinste Bestechung, die Art von Bestechung, die korrupt machte.

Vor ungefähr drei Jahren war Nicholas einmal mit seinen Eltern bei einer Party gewesen, die Sorensen für seine Angestellten gegeben hatte, und bei der Mrs. Sorensen als Gastgeberin fungiert hatte. Eine kleine, unscheinbare, braunhaarige Frau in Nicholas' Augen. Sorensen hatte die Rechnung bezahlt, weil seine Frau nicht erfahren sollte, daß er eine Freundin hatte, die jung genug war, seine Tochter zu sein.

Er hat mich gekauft, dachte Nicholas, hat mich bestochen und korrumpiert – oder hat es zumindest versucht. Doch es sollte ihm nicht gelingen. Er brauchte sich nicht einzubilden, er könne die Familie Hawthorne auch jetzt noch nach seinem Belieben herumstoßen. Er hatte es einmal getan, und das hatte genügt.

Es war ein angenehmer Gedanke gewesen, daß er nicht mehr als die Hälfte seines Wochengehalts an dieses gräßliche Mädchen verschwenden mußte, aber seine Ehre war ihm wichtiger. Ehre bedeutete schließlich nichts anderes, als materielle Dinge einem Prinzip zu opfern. Nicholas hatte eine schlechte Nacht, denn er wurde häufig wach und dachte an die materiellen Dinge, die er sich während der nächsten Wochen verkneifen mußte, um seiner Ehre Genüge zu tun. Dennoch war am nächsten Morgen sein Entschluß gefaßt. Mit einem Griff in die Tasche überzeugte er sich, daß er sein Scheckbuch eingesteckt hatte, dann ging er zur Arbeit.

Ein paar Stunden vergingen, ehe er den Mut aufbrachte, bei Sorensen-McGill anzurufen. Was sollte er tun, wenn Sorensen sich weigerte, ihn zu empfangen? Hätte er nur ein mit fünfhundert Pfund gut gepolstertes Bankkonto gehabt, hätte er Sorensen mit großer Geste einen Blankoscheck mit einem kurzen, verächtlichen Begleitschreiben schicken können.

Die Telefonistin, die schon zu Zeiten seines Vaters in der Firma gewesen war, meldete sich auch jetzt.

«Sorensen-McGill. Was kann ich für Sie tun?»

Mit vor Erregung heiserer Stimme fragte Nicholas, ob er noch heute in einer dringenden Angelegenheit einen Termin bei Mr. Sorensen bekommen könne. Er wurde zu Sorensens Sekretärin weiterverbunden. Es gab eine Verzögerung. Klingeln schrillten und Schalter klickten. Das Mädchen meldete sich wieder, und Nicholas war überzeugt, es werde ihm eine abschlägige Antwort geben.

«Mr. Sorensen läßt fragen, ob Ihnen ein Uhr paßt?»

In der Mittagspause? Selbstverständlich paßte es ihm da. Aber was, in aller Welt, konnte Sorensen bewogen haben, seinetwegen auf den Lunch zu verzichten, der zu Lasten seines fetten Spesenkontos ging? Nicholas brach zum Berkeley Square auf und rätselte unterwegs daran herum, wieso der Mann so entgegenkommend war. Eine schwache, hoffnungsvolle innere Stimme begann ihm wieder die Argumente vorzuhalten, die im Lauf des Abends von seinem gesunden Menschenverstand so unbarmherzig zerpflückt worden waren.

Vielleicht hatte Sorensen es wirklich gut gemeint, vielleicht würde er Nicholas erklären, er habe die Rechnung nicht bezahlt, um ihn zu bestechen, sondern um dem Sohn eines hochgeschätzten früheren Angestellten ein kleines Geschenk zu machen. Das hübsche Mädchen war vielleicht Sorensens Tochter gewesen. Nicholas wußte nicht, ob der Mann Kinder hatte. Es war durchaus möglich, daß er eine Tochter hatte. Dann wäre es keine Korruption, kein Verrat an seiner Ehre, er müßte das Rauchen nicht aufgeben und bei seinem Hauswirt nicht um gut Wetter bitten.

Man kannte ihn bei Sorensen-McGill. Er war mit seinem Vater dagewesen, und außerdem war er seinem Vater wie aus dem Gesicht geschnitten. Das hübsche blonde Mädchen hatte Sorensen überhaupt nicht ähnlich gesehen. Eine Sekretärin führte Nicholas ins Büro des Firmenchefs. Sorensen saß in einem gelben Ledersessel hinter einem Rosenholzschreibtisch mit einer Platte aus intarsiertem gelbem Leder. Die Wand hinter ihm bedeckte ein Wandgemälde im Stil von Modigliani, und auf dem Schreibtisch stand ein übervoller Aschenbecher aus dunkelgrüner Jade. Die Sekretärin nahm ihn weg und ersetzte ihn durch einen sauberen aus hellgrüner Jade.

«Hallo, Nicholas», sagte Sorensen, ohne zu lächeln. «Setzen Sie sich.»

Die einzige andere Sitzgelegenheit war eines jener niedrigen High-tech-Gebilde aus Leder, das an einem Metallrahmen aufgehängt war. Neben diesem Sessel stand ein niedriger Kaffeetisch aus schwarzem Glas mit schwarzen ledergepolsterten Kanten, und auf dem Tischchen lag ein in der Mitte aufgeschlagenes Magazin, auf dessen Faltblatt ein nacktes Mädchen zu sehen war. Es gibt Menschen, die es verstehen, anderen die Befangenheit zu nehmen, und solche, die wissen, wie man andere in Schwierigkeiten bringt. Nicholas setzte sich, und er saß tief, sehr tief – etwa sieben Zentimeter über dem Boden.

Sorensen zündete sich eine Zigarette an, ohne Nicholas eine anzubieten. Er sah Nicholas an und bewegte ganz langsam den Kopf von einer Seite auf die andere.

«Darauf hätte ich eigentlich gefaßt sein müssen», sagte er schließlich.

Nicholas öffnete den Mund, um etwas zu sagen, aber Sorensen hob die Hand. «Nein, zuerst hören Sie mir zu, dann können Sie reden.» Sein Ton wurde hart und schroff. «Das Mädchen, mit dem Sie mich gestern abend gesehen haben, war eine ... Um es nicht ganz so unverblümt zu sagen – ich habe sie in einer Bar aufgelesen. Ich habe sie vorher nie gesehen, und ich werde sie nie wiedersehen. Sie ist in keinem Sinn des Wortes meine Freundin oder Geliebte. Warten Sie», warf er ein, als Nicholas ihn unterbrechen wollte. «Lassen Sie mich zu Ende sprechen. Meine Frau ist nicht gesund. Sollte ihr je zu Ohren kommen, wo und mit wem ich gestern abend zusammen war, wäre sie zweifellos sehr unglücklich. Wahrscheinlich würde sie wieder krank. Wobei ich selbstverständlich von einer seelischen, nicht von einer körperlichen Krankheit rede, aber ...»

Er zog ausgiebig an seiner Zigarette. «Trotz allem aber, und was auch die Konsequenzen sein mögen – ich lasse mich um keinen Preis erpressen. Ist das klar? Ich habe gestern abend Ihr Essen bezahlt, und das ist genug. Ich möchte nicht, daß meine Frau erfährt, was Sie gesehen haben, aber Sie dürfen es ihr ruhig sagen, Sie dürfen es in alle Welt schreien, von mir bekommen sie keinen Penny mehr.»

Bei dem Wort «erpressen» hatte Nicholas' Herz zu hämmern begonnen. Das Blut schoß ihm ins Gesicht. Er war gekommen, um seine Ehre zu schützen, und man hatte sein Motiv völlig mißverstanden. Mit erstickter Stimme stieß er hervor:

«Sie haben keinen Grund – es war nicht ... Warum sagen Sie so etwas zu mir?»

«Es ist kein schönes Wort, nicht wahr? Aber es anders zu nennen wäre reine Spiegelfechterei. Sie sind doch hier, weil Sie mehr Geld haben wollen, nicht wahr?»

Nicholas sprang auf. «Ich bin hier, um Ihnen Ihr Geld zurückzugeben!»

«Ach ja?» Sorensen sagte das in einem sehr seltsamen Ton – skeptisch, verbindlich, zynisch und zugleich erstaunt. Er drückte seine Zigarette aus. «Ich verstehe. Jugend ist moralisch. Unerfahrenheit ist puritanisch. Sie werden es meiner Frau auf jeden Fall sagen, weil sie nicht käuflich sind. Hab ich recht?»

«Nein, ich bin nicht käuflich.» Nicholas zitterte. Er legte die Hände flach auf Sorensens Schreibtisch, aber sie zitterten immer noch. «Ich werde keiner Menschenseele erzählen, was ich gesehen habe, das versichere ich Ihnen. Aber ich kann mir von Ihnen nicht mein Abendessen bezahlen lassen, und Sie dürfen sich auch nicht als mein Vater ausgeben.» Hinter seinen Augenlidern brannten Tränen.

«Oh, setzen Sie sich, setzen Sie sich doch. Warum, zum Teufel, sind Sie denn hergekommen, wenn Sie mich nicht erpressen wollen und Ihre Lippen versiegelt sind? Ist es ein rein gesellschaftlicher Besuch? Oder soll's ein kleines Schwätzchen von Mann zu Mann über die Damen sein, die wir ausgeführt haben? Wie Sie wissen, gehört Ihre Familie nicht gerade zu meinen engsten Freunden.»

Nicholas wich ein Stückchen zurück, er fühlte die Macht dieses Mannes. Es war die Macht des Geldes und die Macht, die jenen selbstverständlich ist, die immer Geld gehabt hatten. Sorensen hatte etwas an sich, was Nicholas bisher nie aufgefallen war, das aber jetzt deutlich zutage trat: er sah aus, als sei er aus Metall – die Haut Kupfer, das Haar Silber, der Anzug Zinn.

Dann verschleierten sich Nicholas Augen so sehr, daß er alles nur noch verschwommen sah. «Wie hoch war meine Rechnung?» fragte er mühsam.

«Ach, um Himmels willen!»

«Wie hoch?»

«Siebenundsechzig Pfund und ein paar Zerquetschte», antwortete Sorensen. Es klang belustigt.

Für Nicholas war es ein kleines Vermögen. Er nahm das Scheckbuch heraus, füllte den Scheck auf J. Sorensen aus und schob ihn über den Tisch. «Hier haben Sie Ihr Geld», sagte er. «Aber Sie brauchen sich keine Sorgen zu machen. Ich werde keinem sagen, daß ich Sie gesehen habe. Das verspreche ich Ihnen.»

Während er das sagte, kam er sich edel und heldenhaft vor. Er schluckte die Tränen hinunter. Sorensen betrachtete den Scheck und zerriß ihn.

«Sie sind ein lästiger junger Mann. Ich will Sie hier nicht haben. Gehen Sie!»

Nicholas ging. Er verließ das Gebäude mit hocherhobenem Kopf. Er dachte noch immer daran, Sorensen einen zweiten Scheck zu schicken, als er, zwei Tage später, morgens im Zug die Zeitung las und den verhaßten Namen entdeckte. Zuerst sah er keinen Zusammenhang zwischen dem Artikel und «seinem» Sorensen – und dann erkannte er, daß es kein anderer sein konnte. Die Schlagzeile lautete: *Frau tot im Wald aufgefunden. Ehefrau eines Industriekapitäns ermordet.*

Und darunter der Bericht:

Gestern abend wurde in einem verlassenen Wagen im Hatfield Forest, Herefordshire, die Leiche einer Frau entdeckt. Die Frau war erdrosselt worden. Heute ist es der Polizei gelungen, sie als Mrs. Winifred Sorensen, 45, wohnhaft am Eaton Place, Belgravia, zu identifizieren. Sie war die Frau von Julius Sorensen, Präsident von Sorensen-McGill, einer Büromöbelfabrik.

Mrs. Sorensen war bei ihrer Mutter, Mrs. Mary Clifford, in Much Hadham zu Besuch gewesen. Mrs. Clifford hat ausgesagt: «Meine Tochter wollte noch zwei Tage bei mir bleiben. Ich war sehr überrascht, als sie mir am Dienstagabend sagte, sie wolle nach London zurückfahren, nach Hause.»

«Ich habe meine Frau am Dienstagabend nicht erwartet», erklärte Mr. Sorensen. «Daß sie nicht mehr bei ihrer Mutter war, wußte ich nicht und habe es erst erfahren, als ich gestern dort anrief. Als mir klarwurde, daß sie vermißt wurde, habe ich sofort die Polizei informiert.»

Die Mordkommission hat die Ermittlungen aufgenommen.

Diese arme Frau, dachte Nicholas. Während sie zu ihrem Mann nach Hause fuhr, sich wahrscheinlich nach ihm sehnte, seine Nähe brauchte, bei ihm Geborgenheit suchte, trieb er sich mit einem Mädchen herum, das er irgendwo aufgelesen hatte, einem Mädchen, von dem er nicht einmal den Familiennamen kannte. Er mußte jetzt von Reue überwältigt sein. Nicholas hoffte nur, daß es ätzende, peinigende Reue war. Der Kontrast war es, den Nicholas so furchtbar fand: Sorensen, Wange an Wange mit diesem Mädchen, mit dem er getrunken und später bestimmt auch geschlafen hatte. Und seine Frau, die allein war, und sich an einem einsamen Ort in der Dunkelheit gegen einen Angreifer zur Wehr setzte.

Nicholas wäre natürlich überrascht gewesen, wenn Sorensen es selbst getan hätte. Nichts, was Sorensen tun konnte, hätte ihn überrascht. Dieser Mann war zu jeder Schändlichkeit fähig. Nur konnte er diese nicht begangen haben, das wußte niemand besser als Nicholas. Daher war es ein kleiner Schock für ihn, daß zwei Polizeibeamte ihn ansprachen, als er am Abend nach Hause kam. Sie hatten in einem Wagen gewartet, der vor der Gartentür parkte, und stiegen aus, als er näher kam.

«Nur keine Sorge, Mr. Hawthorne», sagte der ältere der beiden, der sich als Detective Inspector vorstellte. «Es handelt sich um eine reine Routinesache. Haben Sie heute zufällig in Ihrer Zeitung vom Tod einer Mrs. Winifred Sorensen gelesen?»

«Ja, das hab ich.»

«Dürfen wir hineinkommen?»

Sie folgten ihm nach oben. Was konnten sie von ihm wollen? Nicholas las manchmal Detektivgeschichten, und er stellte sich vor, daß sie vielleicht von seiner oberflächlichen Verbindung mit Sorensen-McGill wußten, und sich bei ihm nach Sorensens Charakter und Familienleben erkundigen wollten. In diesem Fall waren sie an den richtigen Zeugen geraten.

Er konnte ihnen einiges erzählen. Er konnte ihnen sagen, warum es sich die arme Mrs. Sorensen, eifersüchtig und mißtrauisch – denn das war sie bestimmt gewesen – in den Kopf gesetzt hatte, zwei Tage früher als vorgesehen, nach Hause zu fahren. Sie hatte ihren Mann inflagranti ertappen wollen. Und sie hätte ihn ertappt. Hätte festgestellt, daß er nicht zu Hause war oder vielleicht sogar dieses Mädchen in ihr gemeinsames Heim mitgenommen hatte. Nur war sie nie daheim angekommen. Ein Mörder war vorher zu ihr ins Auto gestiegen. O ja, Nicholas konnte einiges erzählen!

In seinem Zimmer setzten sie sich. Sie mußten sich auf dem Bett niederlassen, denn er hatte nur einen Stuhl.

«Es steht fest», sagte der Inspector, «daß Mrs. Sorensen am Dienstagabend zwischen acht und zehn Uhr ermordet wurde.»

Nicholas nickte. Er konnte seine Erregung kaum unterdrücken.

Was für ein Schock würde es für sie sein, wenn er ihnen vom Privatleben dieses angeblich so respektablen Geschäftsmannes berichtete. Nur einen Sekundenbruchteil später fühlte Nicholas sich nur noch klein und häßlich und sah den Inspector sprachlos an.

«An diesem Abend hielt sich ihr Mann, Mr. Julius Sorensen, um neun Uhr in Begleitung einer jungen Dame im Restaurant *Potters* in der Marylebone High Street auf. Das hat er bei uns zu Protokoll gegeben.»

Sorensen hatte es ihnen gesagt. Er hatte gestanden. Nicholas' Enttäuschung war kaum zu überbieten.

«Ich glaube, Sie waren um diese Zeit auch in diesem Restaurant.»

«O ja, das war ich», antwortete Nicholas mit zaghaft klingender Stimme.

«Am nächsten Tag, Mr. Hawthorne, erschienen Sie im Büro von Sorensen-McGill, wo sie eine längere Unterredung mit Mr. Sorensen hatten. Wollen Sie mir sagen, um was es bei dieser Unterredung ging?»

«Darum, daß ich ihn am Abend vorher im *Potters* gesehen hatte. Er wollte, daß ich . . .» Nicholas unterbrach sich. Er wurde rot.

«Einen Moment, Sir. Ich glaube, ich kann erraten, warum Ihnen deshalb so unbehaglich zumute ist. Sie sind noch sehr jung, wenn ich das, ohne Sie zu kränken, sagen darf, und junge Menschen sind manchmal ein bißchen unsicher, wenn es sich um Fragen der Loyalität handelt. Habe ich recht?»

Nicholas nickte verblüfft.

«Ihre Pflicht liegt klar auf der Hand. Sie müssen die Wahrheit sagen. Werden Sie es tun?»

«Ja, selbstverständlich.»

«Gut. Hat Mr. Sorensen versucht, Sie zu bestechen?»

«Ja.» Nicholas holte tief Atem. «Ich habe ihm ein Versprechen gegeben.»

«Dem Sie kein Gewicht beimessen dürfen, Mr. Hawthorne. Lassen Sie mich wiederholen: Mr. Sorensen wurde zwischen acht und zehn ermordet. Mr. Sorensen hat uns gesagt, er habe um neun Uhr im *Potters* gesessen. In der Bar. Das Personal dort kann sich nicht an ihn erinnern. Den Familiennamen der Dame, die ihn begleitet hat, kennt er angeblich nicht. Aber er behauptet, Sie seien dagewesen und hätten ihn gesehen.» Der Inspector schaute zu seinem Kollegen hinüber und sah dann wieder Nicholas an. «Nun, Mr. Hawthorne. Das ist eine sehr ernste Sache.»

Nicholas verstand. Erregung wallte wieder in ihm auf, doch er ließ es sich nicht anmerken. Ihnen würde klarsein, warum er zögerte. Endlich sagte er:

«Ich war von acht bis gegen halb zehn im *Potters*.» Sorgfältig hielt er sich streng an die Wahrheit. «Am Mittwoch waren Mr. Sorensen und ich in seinem Büro verabredet, und wir unterhielten uns darüber, daß ich im *Potters* gewesen war und ihn dort gesehen hatte. Und – er bezahlte mir mein Abendessen.»

«Ich verstehe.» Was der Inspector für scharfe Augen hatte! Wieviel er über Jugend und Alter, Weisheit und Naivität, Unschuld und Korruption zu wissen glaubte. «Also, bitte – haben Sie Mr. Sorensen am Dienstagabend wirklich im Restaurant *Potters* gesehen?»

«Ich kann mein Versprechen nicht brechen», sagte Nicholas.

Natürlich konnte er das nicht. Er brauchte dieses Versprechen nur zu halten, und die Polizei würde Sorensen wegen Mordes anklagen. Er schlug die Augen nieder.

«Ich habe ihn nicht gesehen», sagte er mit schuldbewußt und bekümmert klingender Stimme. «Selbstverständlich habe ich ihn nicht gesehen.»

Der Pfeifer

Jeremy fand den Schlüssel in einer der Ferienwohnungen, als er für Manuel arbeitete. Die Wohnungen waren einheitlich in einer Farbe gestrichen, die sich «champagner» nannte, und bisher hatten sie keine Maschine aufgetrieben, die die Arbeit tun konnte. Jeremy hoffte, sie würden erst eine finden, bis der Auftrag erledigt war. Manuel war amerikanischer Staatsbürger, stammte aber von irgendwo südlich der Grenze – aus Cuba, wie Jeremy seit jeher vermutete. Jeremy kam von weit, weit her aus dem Norden, aus England, um genau zu sein; seit zwei Jahren schlug er sich gewissermaßen durch die Vereinigten Staaten und gab nie die Hoffnung auf, daß es ihm eines Tages gelingen würde, sein Glück zu machen. Der Schlüssel, dachte er, könnte dieses Glück bedeuten.

Er lag hinter der Jalousie versteckt, im Schlafzimmer, in einer Ecke des Fensterbretts. Manuel war im Wohnzimmer und pfiff Country music. Wenn er arbeitete, pfiff er ununterbrochen, nie etwas Spanisches, immer Western- oder Country-Melodien, und er schaltete nie das Radio ein, was Jeremy wesentlich lieber gewesen wäre. An dem Schlüssel hing an einer Schnur ein kleines Schild. Auf diesem Schild stand eine Adresse. Jeremy begann – oder dachte daran, zu sagen: «He, Manuel, schau dir mal das an ...» Dann biß er sich auf die Lippen und schluckte die Worte hinunter. Das Pfeifen wurde nicht unterbrochen. Wollte er das, was die Adresse auf dem Schild eventuell zu bieten hatte, wirklich mit Manuel teilen müssen? Oder schlimmer, wollte er, daß Manuel ihm den Schlüssel abnahm?

Daß man in den Wohnungen etwas fand, war nicht ungewöhnlich. Die Leute waren sehr nachlässig. Sie mieteten in der Hauptsaison diese Wohnungen in Juanillo Beach für zwei Wochen und ließen, wenn sie wieder nach Hause fuhren – nach Ney Jersey oder Moskau in Idaho, oder woher sie sonst kamen – ihren Schmuck und ihre Kameras zurück, ganz zu schweigen von Kleinigkeiten wie Büchern, Tonbändern und so weiter. Die Gesellschaft, der die Wohnungen gehörten, sollte sie eigentlich kontrollieren, bevor Manuel mit der Arbeit begann, aber sie ließ so ziemlich fünf gerade sein. Jeremy hatte in einem Küchenschrank eine Geldrolle gefunden, über achtzig Dollar, und in einer Lücke zwischen dem Fliesenboden und der Wand einen Diamantring. Ein Juwelier in Downtown Miami hatte ihm für den Ring zweihundertfünfzig Dollar gegeben, und das war vermutlich nur ein Bruchteil seines Wertes gewesen. Er hatte den Fehler gemacht, Manuel davon zu erzählen. Die Banknoten hatten ihn nicht interessiert, aber wegen des Ringes hatte er sich aufgeregt. Zwar war er nicht ehrlicher als Hinz und Kunz, aber er hatte einen Vertrag mit der Juanillo Beach Properties Inc., den er nicht verlieren wollte. Auf jeden Fall hatte er Jeremy davor gewarnt, Fundsachen aus den Wohnungen zu behalten – und schon das allein wäre für Jeremy ein Grund gewesen, den Schlüssel in der Tasche seiner Jeans verschwinden zu lassen. Im Nebenzimmer wurde weitergepfiffen, sehr übermütig und sehr nach den Rocky Mountains klingend.

Es wurde allmählich heiß, und die Klimaanlage funktionierte nicht. Oder die Juanillo Beach Properties Inc. hat den Strom abschalten lassen, dachte Jeremy. Das traue ich ihnen nämlich zu. Gegen Mittag mußten sie mit über dreißig Grad rechnen. Aber er war schließlich wegen des Klimas hergekommen, und wegen des Klimas blieb er. Armut läßt sich in einem warmen Klima leichter ertragen. An England dachte er nur mit Entsetzen zurück, ausgewiesen zu werden und dahin zurückkehren zu müssen, war sein schlimmster Alptraum. In Wirklichkeit konnte es so schrecklich gar nicht sein, war auch nicht so schrecklich, aber das Land, in dem er geboren war, war in seiner Erinnerung grün und kalt, voller reicher älterer Leute, die rund ums Jahr ihre Kamine mit Holz heizen konnten, ein Land zwischen Arbeitslosigkeit für die einen und unzähligen Privilegien für die anderen. Obwohl er, wie schon gesagt, dort geboren war, hatte er immer das Gefühl gehabt, unwillkommen zu sein. Jetzt, da die Jalousie hochgezogen war, lag vor ihm der subtropische Garten, in den die Wohnanlage eingebettet war – ein Garten mit Palmen, Zitrusbäumen, indischen Rachenblütlern und Oleandern; und dazwischen hin und wieder die geteilten speerförmigen Blätter eines Bananenbaums. Zebraartig gelb- und schwarzgestreifte Schmetterlinge flitzten zwischen den prallen, glänzenden Blättern hin und her. Die Sonne brannte von einem klaren blauen Himmel herunter. Es gefiel ihm hier, oder – besser gesagt – es hätte ihm hier gefallen, hätte er nur ein bißchen Geld gehabt.

In London hatte er ein sehr kleines Zimmer bewohnt, für das er wöchentlich fünfundzwanzig Pfund zahlen mußte. Die zwei Stockwerke tiefer liegende Küche und das Bad mußte er mit vier anderen Mietern teilen. Das Motelzimmer mit Bad – nun ja, mit Dusche eigentlich –, das er hier gemietet hatte, kostete ihn viel weniger. Und er brauchte keine Küche, weil man sehr preiswert außer Haus essen konnte. Aber, dachte er manchmal, ich bin fünfzig Jahre zu spät in die Vereinigten Staaten gekommen, zu spät, um hier noch mein Glück zu suchen. Das hatte Josh gesagt, dem das Motel gehörte. Josh wußte natürlich nicht, daß Jeremy illegal im Land war. Oder wenn er es wußte, erwähnte er es nie.

Nach der Arbeit tranken er und Josh auf der Veranda hinter dem Büro des Motels manchmal ein Bier zusammen. Das Motel stand in einer rauhen Gegend und war ziemlich schäbig, aber eins hielt Josh immer in Ordnung, und das waren die Fliegengitter um die Veranda, denn sie war, laut Josh, der Versammlungsort aller Moskitos aus der Diaspora, nachdem man sie aus ihren üppigeren Pfründen vertrieben hatte.

Plötzlich erinnerte sich Jeremy an die Adresse. «Wo ist die Eleventh Avenue?»

Auf dem Tisch standen noch zwei Büchsen *Coors*, eiskalt beschlagen, und daneben lag eine Tüte mit gerösteten Pekannüssen. Außen huschte eine kleine braune Eidechse das Fliegengitter hinauf.

«Was meinst du mit Eleventh Avenue? Die Elfte Avenue – wo?»

«In Miami.»

«Du findest in diesem Land nicht viele Städte, in denen die Avenuen numeriert sind. Straßen – ja. Warum? Weshalb fragst du?» Er wartete Jeremys Antwort nicht ab. «Nimm L.A., nimm Philly – dort gibt es keine numerierten Avenuen.»

«In New York schon.»

«New York ist eine Ausnahme», erwiderte Josh, und das war etwas, was die Amerikaner immer sagten, das war Jeremy längst aufgefallen.

«Also, wie steht's mit Miami?»

«Klar, Miami hat eine Eleventh Avenue. In Downtown. Im Büro hängt ein Stadtplan.»

Jeremy sah ihn sich an. Die Adresse, die an dem Schlüssel hing, lautete: 11. Ave. 1562A. Keine Stadt, kein Staat. Das Etikett war ein bißchen verschmiert. Es hatte noch mehr darauf gestanden, zwei Großbuchstaben waren noch undeutlich sichtbar. Der zweite bestimmt ein J oder ein Y. Y für York? J für Juanillo? Er wußte jedoch, daß es in Juanillo nicht einmal eine First Avenue gab, geschweige denn eine 11. 11. Avenue war eine merkwürdige Schreibweise, eigentlich mehr die europäische Art, nur numerierten die Europäer ihre Straßen sehr selten.

Nach Miami gehörte der Schlüssel wahrscheinlich nicht. Leute aus Miami mieteten keine Wohnung in Juanillo Beach. Aber er konnte es versuchen. Ein Einbruch wäre kinderleicht und nicht einmal besonders kriminell, wenn man eigentlich gar nicht einbrechen mußte. An diesem Abend wollte er mit Manuel und Lupe zum Essen gehen, in ein Thai-Restaurant im eleganten Fort Cayne, wo Manuel wohnte. Aber zuerst würde er eine kleine Fahrt nach Downtown unternehmen und den Schlüssel an der Tür des Hauses 1562A in der Elften Avenue ausprobieren.

Das Haus wurde nicht bewacht, alles war still. Er klingelte, wartete, klingelte noch einmal, versuchte den Schlüssel ins Schloß zu stecken. Er paßte nicht. Im Taxi, das ihn nach Fort Cayne brachte, dachte er darüber nach, daß Josh gesagt hatte, es gebe in Amerika nicht viele Städte mit numerierten Avenuen. Josh konnte sich natürlich irren, er hatte nur drei Städte genannt ... Doch war es nicht ohnehin wahrscheinlicher, daß dieser Schlüssel die Tür einer New Yorker Wohnung öffnete? Was für eine Straße war die Eleventh Avenue in New York, und wie weit uptown lag wohl Nummer 1562A. Wäre es Nummer 1562 in der Fifth gewesen, hätte er Bescheid gewußt. Seine Phantasie gaukelte ihm eine prächtige New Yorker Wohnung voller Schätze vor, die nur darauf warteten, daß jemand kam und sie holte. Die Schwierigkeit war, daß die Rückfahrkarte nach New York rund dreihundert Dollar kostete.

Das Restaurant hieß *Phumiphol* und lag an einer eleganten Promenade. Jeremy war als erster da und bestellte Wodka on the rocks. Schreiben Sie's bitte auf die Rechnung. Ein bißchen peinlich würde ihm das Wiedersehen mit Lupe schon sein. Keine große Sache natürlich, mit so etwas wurde er spielend fertig, aber er brauchte den Wodka.

Ihr richtiger Name war Guadelupe oder Maria del Guadelupe oder so ähnlich, und sie war illegal eingewandert – wie er. Ein kleines, dunkles, schönes Mädchen mit den riesigen Augen und den ebenmäßigen Zügen der mexikanischen Hollywood-Stars aus den dreißiger Jahren. Sie ähnelte einem Foto, das er von Dolores del Rio gesehen hatte. Manuel würde sie heiraten, und sie würde bald Amerikanerin sein, Bürgerin wie die Frau des Präsidenten oder eine Tochter der amerikanischen Revolution.

Der Wodka wurde serviert und mit ihm ein Schüsselchen mit

etwas, das wie gesalzene Käfer aussah, aber natürlich konnten es keine Käfer sein. Jeremy hatte Lupe in Manuels Wohnung das erste Mal gesehen. Selbstverständlich lebte sie nicht mit ihm zusammen. Manuel hatte in dieser Beziehung sehr strenge, sehr spanische Ansichten. Die Frau, mit der er verlobt war, mußte Jungfrau sein, und mußte vor aller Welt demonstrieren, daß sie noch Jungfrau war.

Merkwürdigerweise war Lupe es tatsächlich gewesen. Jeremy war bisher noch nie einer begegnet. Sie bewohnte ein Zimmer in einer Damenpension, die einer Kubanerin gehörte, und kam täglich zu Manuel, um seine Wohnung zu putzen und seine Hemden zu bügeln. Manuel steckte die Hemden zwar selbst in die Waschmaschine, aber Lupe bügelte sie. Wo sie auch herkam, sie wollte auf keinen Fall dorthin zurück, und nur deshalb, davon war Jeremy überzeugt gewesen, bediente sie Manuel und gehorchte ihm; sie hoffte, daß er sie heiraten werde. Manuel war häßlich wie die Nacht, sehr dünn, irgendwie einer Spinne ähnlich, mit einem scharfgeschnittenen, pockennarbigen Gesicht, während Jeremy groß, blond und hübsch war. Zweifellos lag es zum Teil auch daran, daß Lupe sich in ihn verliebt hatte.

Oder wie man es nennen wollte. Jedenfalls war ihr Widerstand nicht von langer Dauer gewesen. Manuel war nach Hause gefahren, weil sein Vater im Sterben lag. Er starb, bevor Manuel kam, der deshalb nur zwei Tage wegblieb, aber sie reichten aus. Jeremy und Lupe lagen schon in der Wohnung der Hacienda Alameda miteinander im Bett, bevor Manuel in seiner Maschine saß. Daß Lupe noch Jungfrau war, kam überraschend und war ein bißchen erschreckend, aber nach dem dritten oder vierten Mal war es, als schliefen sie schon seit fünf Jahren miteinander.

Schlimm war nur, daß sie nicht aufhören konnten, und schließlich kam Manuel dahinter. Eines blödsinnigen Nachmittags, an dem Jeremy frei hatte und Lupe Manuels Wohnung putzte, vergaßen sie die gebotene Vorsicht und erlagen der Versuchung. Wir hätten doch ins Motel gehen können, dachte er hinterher. Manuel überraschte sie nicht, so nackt waren die Tatsachen nicht. Er fand ein blondes Haar und ein kastanienbraunes lockiges Haar auf dem Kissen, auf dem nur ein schwarzhaariger Mann schlief.

Jeremy trank seinen Wodka aus, als Manuel und Lupe hereinkamen. Manuel war fröhlich und sah selbstzufrieden aus und sprach davon, daß er, sobald es in Florida richtig heiß wurde, in kühleren Zonen Urlaub machen wollte. Noch vor ein paar Monaten hätte Jeremy unbefangen erwidert, Manuel solle den Urlaub doch gleich zur Hochzeitsreise machen. «Angeblich soll Alaska im Sommer wunderschön sein.» Jetzt hatte er Hemmungen, so etwas zu sagen. Manuel hatte seit jenem Abend nie wieder von Heirat gesprochen.

Sie aßen eine klare Suppe, in der Blüten schwammen. Auf dem Tisch standen eine Karaffe mit Sake und eine Flasche Mineralwasser. Weder Manuel noch Lupe tranken viel. Dann kamen kleine Pfannkuchen, geschnetzeltes Gemüse, eine mit Räucherwerk zubereitete Ente. Es war, als hätten Puppen gekocht. Lupe aß geziert, kaute jeden Bissen zwanzigmal, hielt den Kopf gesenkt.

«Ich möchte mich wie ein zivilisierter Mensch benehmen», hatte Manuel gesagt, und Jeremy hatte pathetisch gedacht: wie ein echter amerikanischer Gentleman. Manuel sah lächerlich aus, wenn er unglücklich war, eine schwarze Krähe mit schlammigem Gefieder. «Meine Vorfahren hätten dich umgebracht – und sie auch.»

Jeremy hatte die Augen nach oben verdreht. Ach, du lieber Gott ...

«Aber die Zeiten haben sich geändert. Für mich wird es sein, als sei es nie geschehen.» Manuel hatte Lupe angesehen. «Doch es darf nie wieder vorkommen.»

«Es wird nie wieder vorkommen», sagte Lupe.

«Selbstverständlich nicht.» Jeremy wollte sie ohnehin nicht mehr. Dieses ganze Getue konnte einem auch begehrenswertere Frauen als Lupe Garcia verleiden.

«Dann bleibst du und arbeitest weiter für mich», sagte Manuel zu Jeremy. «Und Vergangenes soll vergangen sein.» Er lächelte und bestand darauf, Jeremy die Hand zu schütteln. Dann ging er in die Küche, um eine Flasche Wein aufzumachen, und pfiff den *Tennessee Waltz*. Eine treffende, wenn auch taktlose Wahl, dachte Jeremy, aber vielleicht kennt Manuel den Text nicht. Lupe versuchte seinen Blick einzufangen, aber Jeremy wich ihren Augen beharrlich aus.

Das war jetzt zwei Monate her, und seither hatte er Lupe nicht wiedergesehen – bis heute. Die ganze Situation löste ein geradezu archaisches Gefühl in ihm aus. Es war schon eine seltsame Vorstellung, daß er Lupe mit dem allerersten Akt, von den anderen ganz zu schweigen, für Manuel «unbrauchbar» gemacht hatte, sie für ihn nur noch eine «schadhafte Sache» war. Sie selbst war noch unterwürfiger, sah aber nicht unglücklich aus. Sie aßen kleine Teigfladen in Sirupsauce.

Manuel war mit dem Wagen gekommen, obwohl er nur um die Ecke wohnte. Er bat Jeremy auf eine Tasse Kaffee in seine Wohnung. Er ging ins Bad und sah dort die unverkennbaren Anzeichen dafür, daß Lupe jetzt hier wohnte, eine Dose Hautcreme, einen Lidstift, eine Flasche ihres Eau de Toilette. Also war es mit Manuels Prinzipien auch nicht so weit her, dachte Jeremy leise in sich hineinlachend.

«Ja, ich bin eingezogen», sagte Lupe zu ihm.

Er schaute auf ihre Hand, und sie sah, daß er hinschaute. Sie trug nicht einmal einen Verlobungsring.

Manuel fuhr ihn nach Hause. Er hatte eben seinen neuen Wagen bekommen, fuhr immer das neueste Modell. Manchmal rätselte Jeremy, woher das Geld kam. Davon, daß man Decken strich, konnte man sich keine Eigentumswohnung in der eleganten Hacienda Alameda und jedes Jahr einen neuen Wagen leisten; und außerdem noch alle zwei Monate nach Hause fliegen und seine Familie besuchen. Aber es ging ihn nichts an. Er zog ohnehin bald weiter. Vielleicht nach Kalifornien, wenn er das Fahrgeld aufbrachte.

In den Kokospalmen um Joshs Motel raschelten die Baumfrösche wie Geister, und ihr ununterbrochenes Quaken zerrte an den Nerven. Sie hielten Jeremy wach. Statt nach Kalifornien konnte er nach New York gehen, um den Schlüssel auszuprobieren. Nach 11. Av. standen noch zwei Großbuchstaben auf dem Schildchen, und einer konnte ein Y sein. Vielleicht gab es in den Vereinigten Staaten nur zwei Städte mit numerierten Avenuen – und vielleicht gab es Dutzende.

Ein paar Tage später nahmen Manuel und er das nächste Apartment in Angriff. Es glich dem, in dem sie vorher gearbeitet hatten, aufs Haar, nur hatte hier niemand einen Schlüssel auf dem Fensterbrett liegenlassen. Manuel pfiff im Nebenzimmer. Ein Lied über die Sonnenblumen von Kansas. Er hatte den ausgefallenen modischen hellblauen Blouson ausgezogen und über den Rand der Badewanne geworfen. Es gab keinen anderen Platz, wo man etwas ablegen konnte. Jeremy durchsuchte die Taschen. Er hatte das schon früher getan, wenn er knapp bei Kasse gewesen war, und sich mit der Zeit fünfzig Piepen angeeignet. Manuel ging so sorglos mit dem Geld um, daß er nichts merkte. Das Pfeifen dauerte an, nur die Melodie wechselte in südlichere Gefilde – *The Yellow Rose of Texas*. Jeremy zog ein dickes Bündel Geldscheine heraus, lauter Zwanziger, eine Menge Geld.

Er konnte sie nicht einfach einstecken, das wäre nicht gut. Er sah sich um und überlegte rasch. Der Badewannenstöpsel war aus Metall und wurde mit einem Hebel unterhalb der Wasserhähne betätigt, aber man konnte ihn entfernen. Jeremy nahm ihn heraus und schob die zusammengerollten Geldscheine vorsichtig hinein. Die

Rolle lockerte sich ein bißchen, so daß sie jetzt, ganz wie er es vorausgesehen hatte, genau in das Abflußrohr paßte. Er brachte den Stöpsel wieder an.

Mittags holten Manuel oder er gewöhnlich zwei Mords-Hamburger, Zwiebelringe und zwei Colas. Es war immer Manuel, der bezahlte. Er unterbrach sein Pfeifen und ging ins Bad an seine Jacke, um Jeremy die sechs oder sieben Dollar zu geben, die er im *Burger King* brauchen würde. Diesmal nahm er den Verlust des Geldes nicht mit philosophischer Ruhe hin.

«Ich weiß, daß du mich nicht verdächtigst», sagte Jeremy. «Ich weiß, daß dir das nicht einmal im Traum einfallen würde, aber ich fühle mich erst wohler, wenn du dich überzeugt hast.»

Er zog die leeren Taschen seiner Jeans heraus, streifte das Hemd ab, schleuderte die Schuhe von den Füßen, reichte Manuel seine Drillichjacke, in der genau acht Dollar steckten.

«Ich weiß nicht, wieviel du bei dir gehabt hast, Manuel, aber du hast das Ding sehen lassen, als wir bei mir in den Wagen gestiegen sind. Es ist eine ziemlich rauhe Gegend da draußen bei Josh ...»

«Und gefunden heißt behalten, wie?» Manuel benutzte eine Menge seltsamer altenglischer Ausdrücke, die, mit seinem spanischen Akzent ausgesprochen, reichlich komisch klangen. «Schlimmere Dinge geschehen auf See», sagte er. «Jetzt mußt du eben den Lunch bezahlen.» Lachend klopfte er Jeremy auf den Rücken.

Bevor Jeremy nach Hause ging, holte er die Geldscheine aus dem Abfluß. Es waren sechzehn, mehr als genug, um nach New York zu fahren. Doch angenommen, das Schloß, in das der Schlüssel paßte, war gar nicht in New York? Dann hätte er das ganze schöne Geld für nichts und wieder nichts hinausgeworfen. Es ist ein teuer aussehender Schlüssel, einer, der Klasse hat, dachte er. Glänzender, schwerer, kunstvoller gefeilt als die Schlüssel zu Manuels Wohnung in der Hacienda Alameda.

In der nächsten Woche fuhr Manuel nach Hause, und Lupe war allein. Aber Jeremy wollte sich auf keinen Fall wieder mit ihr einlassen. Er hatte die Absicht, sich während der vier Tage, die Manuel fortblieb, in Fort Cayne überhaupt nicht blicken zu lassen.

Sie kam zu ihm. Er saß mit Josh auf der Veranda, als sie in Manuels neuem Wagen auf den Parkplatz einbog. In der Art, wie sie fuhr und den Wagen parkte, lag etwas Unsicheres, Verletzliches. Manuel kannte niemanden, der ein so geringes Selbstwertgefühl hatte wie sie. Weil sie sich selbst für ein Stück Dreck hielt, behandelten die Leute sie auch so, obwohl sie körperlich von geradezu krankhafter Reinlichkeit war, und täglich zweimal badete oder duschte. Es waren die Orientalinnen, nicht die Lateinamerikanerinnen, die man mit Blüten verglich, aber Lupe erinnerte an eine Blüte – eine Hibiskusblüte vielleicht.

«So ein Glück sollte ich einmal haben!» sagte Josh.

«Bedien dich.» Jeremy zuckte mit den Schultern. Lupe hatte die Fliegengittertür geöffnet und kam zögernd die Stufen herauf. «Wir haben hier neue Vorschriften», sagte er zu ihr. «Keine Angehörigen des anderen Geschlechts nach Sonnenuntergang in den Gästezimmern.» Er lachte über seinen eigenen Witz.

Sie wurde feuerrot. Josh, der sonst viel Humor hatte, lachte aus irgendeinem Grund nicht, forderte sie auf, sich zu setzen und fragte sie, ob das Haus ihr einen Drink spendieren dürfe. Lupe sagte leise, sie hätte gern eine Cola.

Josh brachte es ihr und fragte, wo Manuel sei. Er war ihm ein- oder zweimal begegnet.

«In San José», sagte Lupe.

Jeremy war überrascht. «Seine Mutter lebt in Kalifornien? Das wußte ich nicht.»

«Nicht Kalifornien, Costa Rica», sagte Josh. «Ich hab doch recht, oder? In der Hauptstadt von Costa Rica?»

Sie nickte. Jeremy wußte kaum, wo Costa Rica war, und es war ihm auch ganz egal. Josh sagte, er sei nie dort gewesen, habe aber gehört, sie hätten keine Armee, und es sei die einzige echte Demokratie in Zentralamerika. Lupe war auch noch nie dort gewesen. Sie kam aus Nicaragua. Sie führten tatsächlich eine vernünftige Unterhaltung. Und so soll es auch bleiben, dachte Jeremy.

Er wußte nicht, ob sie an Manuel hing oder nur an seinem Geld und an seiner Staatsbürgerschaft. Was es auch war, sie redete ununterbrochen von ihm. Er war seiner Mutter ein liebevoller und fürsorglicher Sohn, er hatte ihr in der besten Wohngegend einer Vorstadt von San José ein Haus gekauft. Lupe hatte Fotos mitgebracht, die sie ihnen zeigte: einen mit Bougainvilleen überwucherten Bungalow mit vergoldeten Fenstergittern.

Jeremy betrachtete die Fotos, die von einem Berufsfotografen gemacht worden waren. Die Rückseite trug seinen Stempel. *2. Ave.*, stand da, *San José, Costa Rica*.

In einer Buchhandlung in Downtown Miami besorgte sich Jeremy einen Stadtplan von San José. Es war eine Stadt, in der die Straßen oder *Calles* ebenso numeriert waren wie die Avenuen oder *Avenidas*. «Ave.» konnte natürlich nur die Abkürzung von Avenue oder *Avenida* sein. Die Straßen glichen mehr oder weniger einem Raster. Die Avenuen verliefen von Ost nach West, die *Calles* von Nord nach Süd. Bei Juanillo Properties bekam er die Auskunft, das Apartment sei zuletzt an ein Paar aus Costa Rica vermietet gewesen. Viele Costaricaner kamen für eine Woche oder auch nur ein paar Tage nach Florida. Sie konnten hier besser und billiger einkaufen. Elektrogeräte, zum Beispiel, kosteten in San José das doppelte. Doch, so leid es ihnen tat, die Adresse konnten sie Jeremy nicht geben. Falls er etwas in der Wohnung gefunden hatte, sollte er es abgeben, und Juanillo Beach Properties würden dafür sorgen, daß die Leute ihr Eigentum zurückbekamen. Jeremy händigte der Büromaus zwei Filmrollen aus, die er eigens zu diesem Zweck bei Gray Drug gekauft hatte. Das Mädchen sah ihn an, als habe er den Verstand verloren.

Im Reisebüro stellte man ihm eine Dreitagereise zusammen, die viel weniger kostete, als er Manuel geklaut hatte. Manuel war auch wieder da, und sie renovierten das letzte Apartment in diesem Block. Als Jeremy sagte, er hätte gern die ganze nächste Woche frei, hatte Manuel nichts dagegen, und er schien sich auch nicht dafür zu interessieren, daß Jeremy nach New York wollte. Lächelnd klopfte er Jeremy auf die Schulter, sagte etwas über den «Big Apple» und fügte dann mit einer altmodisch verschnörkelten Phrase hinzu, er solle nichts tun, was er, Manuel, auch nicht tun würde. Dann nahm er einen sauberen Pinsel und den Eimer mit der Emulsion und verschwand, das Lied von dem Jungen namens Sue pfeifend, im Schlafzimmer.

Jeremy kam am Spätnachmittag in San José an. In der Maschine saßen mehr Costaricaner als Nordamerikaner, und als der Captain durchsagte, sie setzten zur Landung an, klatschten sie in die Hände, riefen hurra und stampften mit den Füßen. Ganz offensichtlich eine patriotische Bande. Ein Bus der Reisegesellschaft brachte Jeremy in die City. Sie lag 1170 Meter über dem Meer, und obwohl viel näher am Äquator, war es hier kühler als in Florida. Hinter den Kaffeeplantagen und Bananenhainen ragten blaue Berge auf, und die ganze Landschaft war mit Feuerbäumen getüpfelt, die brennenden Fackeln glichen. Jeremy hatte schon einiges von der Dritten Welt gesehen und erwartete, direkt vor den Toren der Stadt die Hüttenstädte der Armut zu finden, die Hütten aus Wellblech, Säcken und Plastiktüten, die Abfallhaufen und die Fliegenschwärme. Armut interessierte ihn nicht, er dachte nie darüber nach, aber hier erwartete er sie rein unbewußt, ebenso wie er in seiner Heimat Regen und Tudorschlößchen erwartet hätte. Doch es war weit und breit keine Armut zu sehen. Nur hübsche, stuckverzierte Bungalows und kleine Häuser wie in einer englischen Gemeindesiedlung.

Da er damit gerechnet hatte, daß sein Stadtplan falsch war, war es für ihn ein Trost, die *Avenidas* zu sehen. Das *Hotel Latinoamericana* auf der Avenida Central war zwar nicht gerade das Hilton, aber trotzdem das beste, in dem Jeremy je gewohnt hatte, und ungefähr fünf Sterne über dem von Josh. Um sechs Uhr wurde es dunkel. Carmen, die Reiseführerin, hatte ihn vor Taschendieben gewarnt, da Eigentumsdelikte in der Stadt überhandnahmen, Jeremy beschloß, früh schlafen zu gehen. San José gab ihm ein gutes Beispiel, die Hotelbar schloß Punkt zehn.

Am nächsten Morgen schwamm er im Hotelpool. Die Luft auf der Avenida Central war zum Schneiden dick und stank nach Abgasen. Er ging ein Stück in Richtung Innenstadt, aber die Luftverschmutzung, die wie eine blaue Dunstglocke über der Stadt hing und die Berge fast auslöschte, brachte ihn zum Husten. Noch etwas hatte Carmen ihren Schützlingen geraten: bevor man in ein Taxi einstieg, sollte man mit dem Fahrer den Fahrpreis aushandeln. Jeremy fand ein Taxi und feilschte zuerst ein bißchen, doch er konnte nicht Spanisch, und der Fahrer sprach nur gebrochen Englisch, und als Jeremy in den Fond kletterte, war er überzeugt, übers Ohr gehauen zu werden. Der Fahrer sollte eine Stadtrundfahrt mit ihm machen.

Zuerst fuhren sie in die Vorstadt an der Straße nach Irazu, wo die elegantesten Häuser und die ausländischen Botschaften standen. Es war nicht die 11. Avenida, und auch das Haus von Manuels Mutter war nicht zu sehen. Der Fahrer wies Jeremy auf Sehenswürdigkeiten hin, für die sich Jeremy nicht interessierte. Er zeigte ihm die Universität und das Museum der schönen Künste, und dann entdeckte Jeremy in der Nähe des Kinderkrankenhauses einen Bungalow, der dem von Manuels Mutter sehr ähnlich sah, es vielleicht sogar war, von orangefarbenen Bougainvilleen überwuchert, mit goldfarbenen Fenstergittern zum Schutz gegen Einbrecher und einem kleinen weißen Hund, der neugierig aus dem Fenster schaute. Einmal fuhren sie auch die 11. Avenida entlang, aber in die Nähe von Nummer 1562 kamen sie nicht. Es war jedoch nicht weit vom *Latinoamericana* und leicht zu Fuß zu erreichen.

Sollte er warten, bis es dunkel war? Das war vielleicht das beste. Oder sollte er das Haus oder die Wohnung, was immer es sein mochte, beobachten, um festzustellen, wann niemand zu Hause war? Dann fiel ihm ein, daß er alles in allem nur zwei Tage Zeit hatte. Er bezahlte den Taxifahrer – seiner Meinung nach verlangte der Mann doppelt soviel wie sie ausgemacht hatten – und ging durch die Calle Central zur 11. Avenida. Sie hatte eine Abzweigung, an der, was Jeremy wie ein böses Omen vorkam, das Central-Gefängnis lag.

Als er das Haus fand, war er tief enttäuscht. Es hatte nicht einmal so viel Klasse wie das Haus von Manuels Mutter, sondern lag weit darunter. Er dachte an das Viertel in London, in dem seine Eltern lebten, in North Finchley. Dieser Bungalow, der allein am Straßenrand stand, hätte genausogut in North Finchley stehen können, wären die beiden Palmen davor und die rotblühende Dornenhecke nicht gewesen, die ihn von dem vernachlässigten Nachbargrundstück trennten, auf dem sich leere Ölfässer stapelten.

An den Fenstern hingen nicht allzu saubere Spitzenvorhänge. Die Farbe war ausgeblaßt. Es sah unbewohnt aus, doch er traute sich nicht, den Schlüssel zu benutzen. Er ging um das Grundstück herum und schaute sich hinter dem Haus um. Alles verschlossen. Eine leere Hundehütte und eine zerbrochene rostige Hundekette.

Er fand ein *McDonalds* und aß dort seinen Lunch. Die ungewohnte Höhenlage machte müde, und nach ein paar Drinks in der Hotelhalle schlief er ein. Um halb sieben war es stockdunkel. Er ging in die Calle Central zur 11. Avenida hinauf und zu dem Bungalow zurück. Dunkel lag er vor ihm, nirgends ein Licht. Der Straßenverkehr nahm allmählich ab, und mit ihm verzog sich auch der Smog, so daß man die Sterne und eine Mondsichel sehen konnte, die so dünn war wie Silberdraht. Jeremy beobachtete das Haus von der gegenüberliegenden Straßenseite. Eine Viertelstunde lang. Wieder ging er um das Grundstück mit den Ölfässern herum nach hinten und sah sich dort um. Nichts. Keine Menschenseele. Dunkelheit. Es waren jetzt auch weniger Leute auf der Straße. Jeremy ging weiter, er kam bis zum Zoo, machte dort kehrt und schlenderte durch die nunmehr fast menschenleere Straße zurück. Es tat ihm gut, die frische, saubere Luft einzuatmen. Das Haus sah genauso aus wie vorher. Er nahm den Schlüssel aus der Tasche, ging zur Haustür und schob den Schlüssel ins Schloß. Die Tür ließ sich mühelos öffnen.

Er zog sie hinter sich zu und blieb in der kleinen rechteckigen

Diele stehen. Es roch staubig, modrig und stickig, wie eben Häuser riechen, die in einem warmen Klima lange Zeit leerstanden und nicht gelüftet wurden. Es war nicht nur jetzt unbewohnt, sondern schon seit Monaten. Von der Straße fiel Licht herein, aber längst nicht genug. Jeremy knipste seine Taschenlampe an. Er stieß eine Tür auf und fand sich in einem Schlafzimmer wieder, unerträglich stickig und nach Kampfer riechend. Die Spuren an den Wänden verrieten ihm, daß hier Möbelstücke entfernt worden waren, und nur das große Bett mit dem geschnitzten Mahagonikopfbrett und einer weißen Spitzendecke war stehengeblieben. Der Bungalow war ein geräumiges Haus, viel größer, als er von außen wirkte. Es gab noch zwei Schlafzimmer, von denen eins völlig leer war. Entweder war der Verkehr auf der 11. Avenida völlig zum Erliegen gekommen, oder man hörte ihn hier drin nicht. Jeremy ging durch die dämmrige, muffige Stille der Räume und ließ den Strahl seiner Taschenlampe zwischen Wänden und Fußboden auf und ab wandern.

Das Vorder- oder Wohnzimmer war ebenfalls halb möbliert. An einer Wand hatte ein Klavier oder eine Kommode gestanden. Schäbige hölzerne Armsessel standen noch herum. Die Tapete war fleckig und vergilbt, und dort, wo früher gerahmte Fotos gehangen hatten, zeichneten sich jetzt kleine, blasse Rechtecke ab. Eins hing noch schief an der Wand, das Gruppenbild einer Familie.

Hier gab es nichts, das stehlenswert gewesen wäre. Das wertvollste Stück war wahrscheinlich die handgearbeitete Häkeldecke auf dem Bett, die allerdings – wie er feststellte, als er sie sich näher ansah – von Motten zerfressen war. Er ging ins Wohnzimmer zurück. Der Tisch hatte eine Schublade, aber Jeremy glaubte nicht, daß dort das Familiensilber versteckt war. Und wahrscheinlich auch keine Geldpäckchen – wie hieß die Währung hier? *Colones*. Aber er konnte ja mal nachsehen. Er hatte recht gehabt, da war nichts. Nur zwei Papierservietten und eine U.S.-Zehn-Cent-Münze. Er schloß die Schublade, hob die Taschenlampe, und ihr Strahl fiel auf das einsame gerahmte Foto. Irgend etwas machte Jeremy stutzig, er richtete den Lichtstrahl direkt auf das Bild und sah es sich genauer an.

Er schrie leise auf, als habe ihm jemand die Hand auf die Schulter gelegt. Das Foto zeigte einen verrunzelten alten Mann, eine untersetzte alte Frau und hinter ihnen stehend drei junge Männer, einer von ihnen spinnenartig dünn, sehr dunkel, mit scharfen Gesichtszügen. Jeremy starrte das Bild an, kniff die Augen zu, starrte wieder. Ich muß hier raus, dachte er, und das schnell. Vielleicht ist es schon zu spät. Vielleicht ist jetzt schon jemand im Haus, vielleicht war er die ganze Zeit hier, einer seiner Brüder ...

Er knipste die Taschenlampe aus. Horchte. Doch da waren nur Dunkel und Stille. Mit rasch klopfendem Herzen ging er in die Diele hinaus, der Schweiß stand ihm auf der Stirn. Wenn er die Haustür öffnete ... Aber er wagte es nicht. Ein Fenster? Der Hinterausgang war vermutlich die schlechteste Idee. Hinter dem Haus war es finster, öde, leer. Obwohl die 11. Avenida völlig verlassen schien, war die Haustür noch immer die beste Möglichkeit. Er sollte eine Waffe haben. Einen Schürhaken? In diesem Land war es für ein Feuer nie kalt genug. Er tastete sich zur Küche vor, öffnete die Tür und schrie laut auf. Zu spät preßte er sich die Hand auf den Mund.

Etwas Langes, Dünnes stand in der Nische zwischen Spülbecken und Schrank. Er wußte nicht, wofür er es gehalten hatte, doch dann sah er im Licht der Taschenlampe, daß es ein Kübel mit einer fast zwei Meter hohen, völlig vertrockneten Zimmerpflanze war. Auf dem Abtropfbrett lag ein Stück Metallrohr mit einem Wasserhahn. Jeremy nahm es mit.

Seine Waffe fest in der Rechten, öffnete er mit der Linken die Haustür. Es war niemand da, er hörte kein Geräusch, sah weder einen reglosen noch einen sich bewegenden Schatten. Ein Wagen, bei dem nur das Standlicht brannte, fuhr langsam die 11. Avenida entlang und bog in eine Seitenstraße ein. Die zehn Minuten, die Jeremy brauchte, um aus der unmittelbaren Nachbarschaft des Hauses wegzukommen und ein Taxi zu finden, waren die schlimmsten, die er je erlebt hatte. Er wußte, daß einer von Manuels Brüdern in irgendeiner Toreinfahrt auf ihn lauerte oder ihm folgte, bis er ein stockdunkles, völlig abgeschiedenes Straßenstück erreicht hatte.

Das Haus, in dem er gewesen war, hatte früher ganz offensichtlich Manuels Eltern gehört und sollte jetzt wahrscheinlich verkauft werden. Natürlich hatte Manuel seine Mutter in eine bessere Gegend verpflanzt. Jeremy durchschaute jetzt genau, wie er hierhergelockt worden war, aber er erlaubte sich nicht, allzuviel über die Strategie von Zug und Gegenzug nachzudenken, bis schließlich ein Taxi kam und er sicher im Fond saß.

Warum hatte Manuel das getan? Weil Jeremy ihm dreihundertzwanzig Dollar gestohlen hatte, kein Zweifel. Auf jeden Fall war es schiefgegangen. Vielleicht war er später oder früher als sie erwartet hatten in das Haus in der 11. Avenida gegangen, oder einer der Brüder hatte das Datum verwechselt. Vielleicht war Manuels Rachedurst auch Genüge getan, wenn er sich vorstellte, wie enttäuscht Jeremy sein mußte, daß es in dem Haus nichts gab, das zu stehlen sich gelohnt hätte. Denn vielleicht führte Manuel ihn nur an der Nase herum, spielte ihm nur einen Streich.

Der Gedanke erleichterte Jeremy. Wenn Manuel nur die Absicht gehabt hatte, ihm eine Lektion zu verpassen – dann war er damit einverstanden. Er hatte die Lektion verstanden. Wenn er wieder einmal irgendwo einen Schlüssel herumliegen sah, würde er ihn liegen lassen. Aber seine Furcht nahm mit jeder Kurve ab, die ihn näher zum *Latinoamericana* brachte. Alles war gut, er war jetzt in Sicherheit, er war sogar imstande, die komische Seite der Sache zu sehen – was für eine Ironie: in ein Haus einzubrechen und als einzige Diebesbeute einen alten eisernen Wasserhahn mitzubringen.

Am Empfang bat er um seinen Schlüssel. Der Angestellte sagte, Jeremy habe ihn nicht abgegeben, also durchsuchte er seine Taschen, aber der Schlüssel war nicht da. Zuerst hatte er das dumpfe Gefühl, daß er den Schlüssel gehabt und jemand ihn gestohlen hatte, und dann kam ihm die Idee, daß jemand während seiner Abwesenheit den Schlüssel aus seinem Fach genommen hatte. Das war nicht weiter schwierig, man brauchte nur an einem Ende des Empfangspults die Hand auszustrecken, während einem der Angestellte den Rücken kehrte oder sich um einen anderen Gast kümmerte.

Zum Glück gab es einen zweiten Schlüssel zu seinem Zimmer, und der zusammengeschrumpfte alte Page begleitete ihn hinauf. Die Tür war abgeschlossen. Der Page bückte sich und hob etwas vom Fußboden auf, etwas, das halb unter der Unterkante der Tür versteckt gewesen war.

«Hier ist der Schlüssel, Señor.»

Allmählich war Jeremy der Anblick von Schlüsseln verhaßt. Er schickte den Mann weg. War es möglich, daß ihm der Schlüssel hier heruntergefallen war? Als er das Zimmer betrat, sah er auf den ersten Blick, daß davon nicht die Rede sein konnte. Jemand hatte gewissermaßen das Oberste zuunterst gekehrt. Was ich geplant hatte, dachte er, haben sie jetzt mir angetan. Er setzte sich in den Korbsessel und betrachtete das Chaos. Das Bettzeug lag in einem Haufen auf dem Boden, die Matratzen waren zurückgeschlagen worden und ebenfalls halb auf den Boden gezerrt, alle Schubladen des kombinierten Frisier-Schreibtischs herausgezogen worden. Sein einziges Gepäckstück war eine Reißverschlußtasche, aber sie hatten alles herausgenommen und den Inhalt, ein zweites Paar Jeans, Sweat-Shirt, Toilettebeutel, eine halbe Flasche zollfreien Kahlua, auf dem Boden verstreut.

Aber nichts war beschädigt oder kaputt. Nichts fehlte – oder doch?

Halb versteckt unter dem Sweat-Shirt lag ein leerer Umschlag. Jeremy las, was darauf stand und erinnerte sich. *Liebevolle Gedanken von Lupe.* Er hatte ihr gesagt, daß man das so nicht schrieb. Es mußte heißen: *In Liebe von* oder: *Mit den besten Wünschen von* ... In dem Umschlag war eine Kassette mit lateinamerikanischen Liebesliedern gewesen, gräßliches Zeug. Er hatte sich nicht einmal die Mühe gemacht, sie aus der Reißverschlußtasche herauszunehmen, die er an dem Wochenende in der Hacienda Alameda bei sich gehabt hatte ...

Und ganz offensichtlich hatte er sie nie herausgenommen. Er hatte die Tasche samt Kassette neu gepackt. Soweit er sich erinnerte, war sie in rotes Seidenpapier eingewickelt und der Umschlag, in dem sie steckte, versiegelt gewesen. Also, wenn sie nicht mehr gewollt hatten als die Kassette, sollte sie ihnen von Herzen vergönnt sein. Doch warum wollten sie sie haben? Jeremy zog die Matratze ins Bett zurück. Er fühlte sich schrecklich unbehaglich, seine Hände zitterten, und an seiner Stirn zuckte ein Muskel. Er hätte einen Drink gebraucht, doch die Bar schloß um zehn, und es war schon später. Er zog den Korken aus der Kahluaflasche und dachte dann: ... und wenn sie was reingetan haben?

War das ganze Unternehmen nur darauf hinausgelaufen, eine Kassette zurückzubekommen, die Lupe ihm geschenkt hatte? Nein, natürlich nicht. Die Sache hatte nichts damit zu tun, daß er die dreihundertzwanzig Dollar gestohlen hatte, das war ihm jetzt klar. Er hatte auch Lupe gestohlen, und allein darum ging es. Manuel hatte sich das Geld wahrscheinlich mit Absicht von ihm stehlen lassen, hatte ihm eine Falle gestellt. Es war einfach nicht normal, daß ein Mann, egal wie reich er sein mochte, so sorglos mit Bargeld umging oder so gleichgültig blieb, wenn er es verlor ...

Jeremy war jetzt viel zu verschreckt, um den Kahlua nicht zu trinken. Hinterher konnte er wenigstens ein bißchen schlafen. Vorher zog er allerdings noch den schweren Schreibtisch quer vor die Tür. Er wurde wach, weil er glaubte, im Zimmer ein Geräusch gehört zu haben, und sprang mit einem Schrei auf. Aber das Geräusch kam aus dem Flur, seine Zimmernachbarn waren so lange unterwegs gewesen. Ein Kahlua-Kater begann seinen Kopf zu peinigen. Er hatte kein Aspirin und wagte sich nicht aus dem Zimmer, um den Nachtportier um eins zu bitten.

Dem Himmel Dank, daß er heute nach Miami zurückflog. Er verließ das Hotel nicht mehr. Obwohl es teuer war, frühstückte er im Speisesaal, saß dann den ganzen Vormittag auf dem Ledersofa in der Halle gegenüber der Rezeption und las eines der wenigen im *Latinoamericana* vorhandenen Bücher in englischer Sprache, ein Taschenbuch von James M. Cain. Es passierte nichts Außergewöhnliches. Trotzdem zuckte er zusammen, als ihm jemand seinen Namen ins Ohr rief. Es war nur Carmen, die Reiseführerin.

«Der Bus zum internationalen Flughafen geht um dreizehn Uhr. Schönen Tag noch!»

Konnte er überhaupt wieder bei Manuel arbeiten? Vielleicht würde Manuel kein Wort sagen, Vergangenes vergangen lassen, wie er es immer ausdrückte. Ich werde zumindest so lange bei ihm arbeiten, bis ich das Fahrgeld nach Kalifornien zusammenhabe, dachte Jeremy ... Bis zur Abfahrt des Busses waren es noch drei Stunden. Er hatte *Wenn der Postmann zweimal klingelt* ... schon ausgelesen und mußte sich jetzt mit Reiseprospekten begnügen. Auf den Lunch verzichtete er. Er wäre nur eine Geldausgabe mehr gewesen.

Niemand stampfte mit den Füßen oder klatschte in die Hände, als die Maschine zum Landeanflug auf Miami ansetzte. Aber Jeremy wurde es leichter ums Herz. Erstens würde ihm die Einwanderungsbehörde seine Aufenthaltserlaubnis in den Vereinigten Staaten bestimmt um sechs Monate verlängern. Seine letzte Aufenthaltsgenehmigung war längst abgelaufen, doch er hatte sie aus dem Paß herausgerissen und würde behaupten, sie sei herausgefallen und verlorengegangen. Diesen Trick hatte er schon einmal erfolgreich angewendet, als er über die mexikanische Grenze gekommen war. Sich, wenn auch nur für kurze Zeit, wie ein «Legaler» zu fühlen, gab einem innere Sicherheit.

Er kam zur Zollkontrolle. Junge Leute, die nach einem kurzen Aufenthalt aus Zentral- oder Südamerika zurückkamen, wurden gewöhnlich gründlich durchsucht. Das hatte ihm Josh erzählt. Er war daher völlig unbesorgt, als der Zollbeamte alles aus der Reisetasche holte, und nicht besonders überrascht, daß man seinen Toilettebeutel peinlich genau kontrollierte.

In der Bodennaht klaffte ein Riß. Der Zollbeamte steckte die Finger in die Öffnung, dann die ganze Hand und zog zwischen Obermaterial und Futter ein in rotes Seidenpapier gewickeltes Päckchen heraus. Das rote Seidenpapier, in das, als er es zuletzt gesehen hatte, Lupes Kassette eingepackt gewesen war, wurde vorsichtig auseinandergezogen, und dann sah man, was es enthielt: ein feines, weißes, kristallisches Pulver.

Jeremy hatte es noch nie gesehen, doch er wußte, was es war. Flüchtig dachte er an den neuen Wagen, der jedes Jahr mit schöner Regelmäßigkeit kam, an die Hacienda Alameda, und dann dachte er an sich selbst. Er brauchte sich jetzt keine Sorgen mehr zu machen, daß man ihm die Aufenthaltsbewilligung für die Vereinigten Staaten nicht verlängerte. Er würde sehr lange bleiben.

Die Uhr mit der Trichterwinde

«Ist das dein eigenes Haar, meine Liebe?»

Sybil lachte nur und verzog übermütig das Gesicht.

«Ich hab's auch nicht geglaubt», sagte Trixie. «Es ist so dicht, eine richtige Mähne.»

«Vor ein paar Tagen», sagte Sybil, «hat mich auf der Straße eine Frau angesprochen und gefragt, wo ich mir das Haar legen lasse. Ich hab sie nur angeschaut und dann meiner Perücke einen winzig kleinen Schubs gegeben. So. Du hättest ihr Gesicht sehen sollen.»

Sie brach wieder in schallendes Gelächter aus. Trixie lächelte ernst. Sie war für eine Woche zu Sibyl gekommen, und das war ihr erster Abend. Sibyl hatte sich ein Cottage in Devonshire gekauft. Trixie hatte Sibyl zwei Jahre nicht mehr gesehen und entdeckte Anzeichen des Älterwerdens an ihr. Wirklich jammerschade! Sibyl fragte nach dem Wohlergehen gemeinsamer Freunde. Wie ging es Mivvy? Sah sie die Fishers ab und zu? Was machte Poppy?

«Poppy wird langsam ein bißchen wunderlich», sagte Trixie.

«‹Wunderlich›?» Wie meinst du das?»

«Du weißt doch. Wunderlich eben. Nicht mehr ganz *compos mentis*.»

Gerade Sibyl mußte doch am besten wissen, was «wunderlich» bedeutet, dachte Trixie.

«Wir werden alle nicht jünger», sagte Sibyl lachend.

Trixie schlief nicht sehr gut. Sie stand um fünf Uhr auf und badete, damit Sibyl später ins Bad konnte. Um sieben Uhr brachte sie Sibyl eine Tasse Tee. Sie schrie leise auf und ließ fast das Tablett fallen.

«Ach, du meine Güte! Tut mir leid, Liebe, aber ich dachte, auf deiner Kommode sitze ein Eichhörnchen. Ich dachte, es sei durch das Fenster hereingekommen.

«Was, in aller Welt, war das mitten in der Nacht für ein Krach?» Wenn Sibyl nicht lachte, konnte sie richtig bissig sein. Ohne Perücke sah sie aus wie hundert. «Ich bin davon wachgeworden, ich dachte, der Tank läuft über.»

«Mitten in der Nacht! Was sagt man denn dazu? Die Sonne war

schon eine gute Stunde vorher aufgegangen, dessen bin ich sicher. Ich habe nur gebadet, um dir später nicht im Weg zu sein.»

Sie fuhren mit Sibyls Wagen weg, lunchten in Dawlish und tranken in Exmouth Tee. Am nächsten Tag brachen sie früh auf und fuhren übers Dartmoor. Als sie zurückkamen, lag ein Brief auf der Matte – von Mivvy an Trixie, obwohl Trixie erst zwei Tage fort war. Am Freitag sagte Sibyl, heute wollten sie zu Hause bleiben und sich ein bißchen im Dorf umsehen. Die Kirche war berühmt, der Park von Manor House war der Öffentlichkeit zugänglich, und außerdem gab es noch eine interessante kleine Galerie, in der gerade eine Ausstellung lief. Sie wollte den Wagen herausholen, aber Trixie fragte, warum sie nicht zu Fuß gingen. Es war doch nicht viel mehr als eine Meile. Sibyl sagte, es seien knapp zwei Meilen, war jedoch damit einverstanden, zu Fuß zu gehen, wenn Trixie es wirklich wollte. Ihr Knie hatte ihr in letzter Zeit keine größeren Beschwerden gemacht.

«Die Galerie nennt sich *Artefakte*, sagte Sibyl. «Sie wird von einem ganz reizenden jungen Paar geführt.»

«Ein Team aus Ehemann und Ehefrau?» fragte Trixie, sehr aufgeschlossen.

«Sie heißen Jimmy und Judy. Daß sie richtig verheiratet sind, glaube ich eigentlich nicht.»

«Du meine Güte, Sibyl, wie kann jemand ‹richtig› verheiratet sein? Entweder ist man's, oder man ist es nicht.» Trixie war einmal verheiratet gewesen, allerdings nur kurze Zeit, und es war lange her. Sibyl hatte nie geheiratet, und Mivvy und Poppy auch nicht. Vielleicht werden sie deshalb so wunderlich, dachte Trixie. «Zum Glück bin ich nicht engstirnig, ich werde kein Wort darüber verlieren. Ich glaube, im Wartehäuschen an der Bus-Haltestelle ist eine Bank. Möchtest du dich ein bißchen ausruhen, bevor wir weitergehen?»

Langsam kam Sibyl wieder zu Atem, und sie gingen langsamer weiter. Die Straße verlief zwischen verschwenderisch blühenden hohen Hecken auf hohen Böschungen. Sie überquerte auf einer gewölbten Brücke einen flachen Flußlauf, dessen klares braunes Wasser durch ein steiniges Bett plätscherte. Auf einer Anhöhe kam die Kirche mit dem granitenen Hauptschiff und Turm in Sicht. Dreiundfünfzig Stufen führten hinauf, sagte Sibyl. Vielleicht sollten sie lieber zuerst zu *Artefakte* gehen?

Die Galerie war in einem historischen Haus mit Bogenfenstern und einer Haustür unter einer Vorhalle aus der Zeit König Georgs.

Wenn man die Tür öffnete, ertönte eine Klingel, die Jimmy oder Judy herbeirief. An diesem Morgen brauchten sie jedoch nicht gerufen zu werden, denn sie waren beide vorn im ersten Ausstellungsraum. Judy staubte das Puppenhaus ab, und Jimmy richtete die Punktstrahler an der Decke. Sibyl machte sie mit Trixie bekannt, und Trixie war überaus freundlich zu Judy und behandelte sie genauso, als wäre die junge Frau verheiratet, wie es sich gehörte, und trüge einen Ehering.

Trixie war von den Ausstellungsstücken und den Gegenständen, die zum Verkauf bereitlagen, höchst angenehm überrascht. Einen so hohen Standard hatte sie nicht erwartet. Besonders bewunderte sie die kleinen handgestickten Bilder häuslicher Szenen, die Patchworkdecken und die mundgeblasenen Glasvasen, die entweder perlmuttfarben oder so bunt waren wie Schmetterlingsflügel. Am allerbesten gefiel ihr jedoch eine Uhr, und die wollte sie unbedingt haben.

Es gab vier von diesen Uhren, aber sie waren nicht gleich. Die Gehäuse waren aus Keramik, schlicht und glatt oder als Gitterwerk gearbeitet, in Blau- und Grüntönen lasiert, mit Blumen oder dem Mond und Sternen bemalt. Das Uhrwerk war aus Quarz, das Zifferblatt goldfarben umrandet. Sie waren alle wunderschön, aber eine gefiel Trixie doch am besten. Sie war blau, mit einem grünen Gitter über dem Blau, und an dem Gitter kletterte eine Trichterwinde mit grünen Blättern und hellroten Trompetenblüten hinauf. Ihr Zifferblatt war auch goldfarben umrahmt und die Zeiger vergoldet und blau. Die Trichterwinde erinnerte Trixie an das Muster auf ihrem besten Teeservice aus Porzellan. Neben jeder Uhr stand ein Preisschild, und an jedem Kärtchen steckte eine rote Scheibe.

«Ich möchte diese Uhr kaufen», sagte Trixie zu Judy.

«Tut mir schrecklich leid, aber sie ist schon verkauft», sagte Judy.

«Verkauft?»

«Alle Uhren wurden bei der Vernissage verkauft. Die Arbeiten von Roland Elm sind ungeheuer beliebt. Er kann von diesen Uhren nicht genug herstellen, und er lehnt es ab, Aufträge anzunehmen.»

«Ich verstehe noch immer nicht, warum ich diese Uhr nicht kaufen kann», sagte Trixie. «Das ist doch ein Laden, oder?»

Sibyl machte ihr bissiges Gesicht. «Du siehst doch den roten Sticker an den Preisschildern, ja? Und du weißt, was er bedeutet.»

«Ich weiß, was er in der Royal Academy bedeutet, aber doch wohl nicht hier.»

«Ich würde Ihnen die Uhr wirklich gern verkaufen», sagte Judy, «aber ich kann nicht.»

Trixie hob die Schultern. Sie war enttäuscht und wünschte, sie wäre nie hergekommen. Sie hatte Sibyl eine aus poliertem Birnbaumholz geschnitzte Birne kaufen wollen, doch jetzt überlegte sie es sich anders. Die Kirche war auch heruntergekommen, finster, klein und roch nach Moder.

«Weit haben wir's gebracht, wenn einem ein Ladenbesitzer nichts mehr verkaufen will, weil ihm dein Benehmen nicht paßt und er sich darüber ärgert.»

«Judy hat sich nicht über dein Benehmen geärgert», sagte Sibyl schnaufend. «Es geht ganz einfach um ihren guten Ruf, den sie aufs Spiel setzt, wenn sie dir etwas verkauft, das schon verkauft ist.»

«Ihren guten Ruf setzt sie aufs Spiel? Lachhaft!»

«Ich meine ihren Ruf als Besitzerin einer Galerie. *Artefakte* wird in unserer Gegend sehr geschätzt.»

«Ich hätte geglaubt, sie und ihr – nun ja, Partner, wären froh, ein solches Stück zu verkaufen. Zweiundsechzig Pfund sind kein Pappenstiel. Wahrscheinlich könnten die beiden, wenn es darauf ankommt, nicht einmal zwei Pennys zusammenkratzen.»

Wie Sibyl darüber dachte, erfuhr man nie, denn sie war so außer Atem, daß sie kein Wort herausbrachte, und als sie nach Hause kamen, mußte sie sich hinlegen. Am nächsten Morgen kam wieder ein Brief von Mivvy.

«Hat natürlich nichts zu berichten», sagte Trixie beim Frühstück. «Es ist praktisch ein Durchschlag des Briefes vom Donnerstag. Sie wird wirklich sehr wunderlich. Weißt du, daß sie mir manchmal weismachen will, daß sie wöchentlich fünfzig Briefe schreibt? ‹Was für ein Glück, daß du dir das finanziell leisten kannst›, habe ich geantwortet.»

Sie fuhren mit Sibyls Wagen nach Princetown und Widecombe-in-the-Moor. Trixie schickte Mivvy, Poppy, den Fishers und der Frau, die bei ihr putzte und die Pflanzen im Gewächshaus goß, bunte Ansichtskarten. Bevor sie abreiste, würde sie Sibyl ein Geschenk kaufen müssen. Eine Pflanze wäre das richtige gewesen, nur machte sich Sibyl nichts aus Gartenarbeit. Sie besuchten ein Vogelschutzgebiet und sahen sich ein paar uralte Menhire an. Trixie wollte am Dienstagnachmittag abreisen. Am Dienstagmorgen kam wieder ein Brief von Mivvy, in dem sie lang und breit davon erzählte, daß die Fishers nach Leighton Buzzard fuhren, wo die Königinmutter ein neues Kulturzentrum einweihen wollte. Die Fishers waren ganz närrisch mit der Königinmutter, wußten schon immer im voraus, welche Verpflichtungen sie wann und wo hatte, und fuhren innerhalb eines Radius' von hundertfünfzig Meilen überall hin, wo sie auch hinfuhr, um wenigstens einen kurzen Blick auf sie erhaschen zu können. Einmal hatten sie in der Menge in der ersten Reihe gestanden, und die Königinmutter hatte Dorothy Fisher die Hand gereicht.

«Wir werden alle nicht jünger», sagte Sibyl kichernd.

«Eins weiß ich sicher», sagte Trixie. «Die Tage hier sind wirklich wie im Nu verflogen.»

«Freut mich, daß es dir gefallen hat.»

«Oh, das hat es, das hat es wirklich, Liebe. Ich wäre nur glücklich, wenn du nicht ganz so gebrechlich wärst.»

Trixie ging allein ins Dorf. Da ihr nichts anderes eingefallen war, mußte sie Sibyl eben die hölzerne Birne schenken. Es war ein warmer, sonniger Vormittag, einer der schönsten Tage, die sie hier erlebte, und die Tür von *Artefakte* stand offen. Die Ausstellung war noch nicht zu Ende, und die Uhren (mit den roten Scheiben, die «verkauft» bedeuteten) immer noch da. Ein Sonnenstrahl wanderte von einer Patchworkdecke zu dem Puppenhaus aus der Zeit König Georgs. Weder Jimmy noch Judy waren zu sehen. Außer Trixie war keine Menschenseele in der Galerie.

Trixie schloß die Tür und öffnete sie wieder, damit die Glocke bimmelte. Sie nahm eine von den Birnen aus Birnbaumholz, hielt sie auf der flachen Hand auf Armeslänge von sich ab, wie sie es im Supermarkt tat, wenn sie eine Ware aus dem Regal genommen hatte, damit ja niemand auf die Idee kam, sie des Ladendiebstahls zu verdächtigen. Niemand kam. Trixie stieg die Treppe hinauf, trug die Birnbaumholz-Birne vor sich her und räusperte sich laut, um auf sich aufmerksam zu machen. Oben war auch niemand. Auf einem Regal lag zwischen einem ingwerfarbenen Krug und einem Becher mit einer gemalten Eule eine schlafende blaue Perserkatze. Trixie ging die Treppe wieder hinunter. Sie schloß die Ladentür und öffnete sie, damit die Glocke bimmelte. Jimmy und Judy müssen ein leichtsinniges Paar sein, dachte sie. Jeder X-beliebige konnte hier hereinkommen und stehlen, was ihm gefiel.

Natürlich konnte sie ihre Birnbaumholz-Birne nehmen und eine Fünf-Pfund-Note hinlegen. Aber die Birne kostete nur vier Pfund fünfundsiebzig. Warum sollte sie Jimmy und Judy fünfundzwanzig Cents schenken, nur weil sie zu faul waren, Kunden zu bedienen? Das sah sie wirklich nicht ein. Dann fiel ihr etwas ein. Als sie mit

Sibyl hier gewesen war, hatte am Ende des Flurs eine Tür offengestanden, und durch die Tür hatte man in einen Garten gesehen, in dem Terrakottagefäße ausgestellt waren. Wahrscheinlich waren Jimmy und Judy dort draußen und zeigten die Gefäße einem Kunden.

Trixie ging durch den zweiten Raum und den Flur entlang. Die Tür zum Garten war nur angelehnt, und sie stieß sie auf. Mitten auf dem Rasen lag Judy in einem Korbsessel und schlief fest. Ein Geschäftsbuch war ihr von den Knien gerutscht und lag neben einem ganzen Bücherstapel auf dem Rasen. Es waren Leitfäden für die Steuererklärung, und ein paar andere sahen wie die Geschäftsbücher der Galerie aus. Das Bild erinnerte Trixie an Poppy, die tagsüber immer einschlief, manchmal peinlicherweise bei Tisch oder sogar wenn sie auf den Bus wartete. Judy war bei ihrer Buchhaltung eingeschlafen. Trixie hustete. Sie sagte sehr laut: «Entschuldigen Sie», und sagte es noch einmal, aber Judy rührte sich nicht.

Was für eine Art, ein Geschäft zu führen! Es geschähe ihnen nur recht, wenn jemand den Laden ausräumte. Trixie zog die Tür hinter sich ins Schloß. Sie ertappte sich dabei, daß sie auf Zehenspitzen durch den Flur und den hinteren Raum ging. Im vorderen Raum nahm sie die Uhr mit der Trichterwinde vom Regal und steckte sie in ihre Handtasche. Und sie nahm auch die Karte mit dem roten Sticker, damit das Fehlen der Uhr nicht sofort ins Auge stach. Die Birne aus Birnbaumholz stellte sie auf ihren Platz zwischen die anderen geschnitzten Früchte zurück.

Die Straße schien verlassen. Trixies Herz schlug heftig. Sie ging in den kleinen Geschenkladen gegenüber und kaufte für Sibyl ein kleines Tischtuch, das mit der Landkarte von Devonshire bedruckt war. Als sie den Laden verlassen wollte und schon an der Tür stand, sah sie Jimmy, der mit zwei Einkaufstüten in einer Hand und zwei Milchpackungen in der anderen auf die Galerie zuging. Trixie wartete ab, bis er in *Artefakte* verschwunden war.

Sie hatte zwar keine besondere Lust, zu Fuß zurückzugehen, aber sie mußte in den sauren Apfel beißen. Als sie zu der Brücke kam, die über das Flüßchen führte, hörte sie Hufschläge hinter sich, und hatte sekundenlang das Gefühl, von mehreren Reitern verfolgt zu werden, aber nur ein Mädchen auf einem dicken weißen Pony ritt an ihr vorüber. Sibyl lachte, als sie das Tischtuch sah und sagte, es sei wirklich komisch, so etwas jemandem zu schenken, der in Devonshire wohnte. Trixie war nervös und würgte mühsam ihren Lunch hinunter. Jimmy und Judy würden die Uhr inzwischen vermissen, und der Mann aus dem Zeitungs- und Geschenkladen würde sich an eine Frau mit unstetem Blick erinnern, die sich bei der Tür herumgedrückt hatte, und würde ihnen ihre Beschreibung geben. Dann würde im Handumdrehen die Polizei hier sein. Wenn Sibyl sich nur mit dem Wagen beeilen wollte! Sie tat alles so langsam, sie hatte überhaupt kein Zeitgefühl. Wenn sie so weitermachte, erreichte Trixie nicht einmal in Exeter ihren Zug.

Sie erreichte ihn – im letzten Moment. Eine Zeitlang war die Polizei in einem Rover mit Blaulicht auf dem Dach hinter Sibyls Wagen hergefahren, und Trixie hatte das Herz ganz hoch oben im Hals geklopft. Warum hatte sie das getan? Was war ihr nur eingefallen? Wie hatte sie sich etwas nehmen können, das sie nicht bezahlt hatte? Sie, die beim Einkaufen im Supermarkt einen Joghurt für siebzehn Pence auf Armeslänge von sich abhielt?

Jetzt, da sie sicher im Zug saß und Paddington entgegenfuhr, begann sie die Dinge in einem anderen Licht zu sehen. Sie hätte die Uhr ja bezahlt, wenn sie sie ihr gegeben hätten. Was erwarteten sie denn, wenn sie sich weigerten, Sachen zu verkaufen, die zum Verkaufen waren? Und was konnten sie erwarten, wenn sie einschliefen und ihr Geschäft unbeaufsichtigt ließen? Ein paar Sekunden lang hatte sie das scheußliche Gefühl, die Polizei warte schon vor ihrer Wohnungstür, aber sie war natürlich nicht da. Drinnen war alles so, wie es sein sollte, und wie sie es verlassen hatte, außer daß Poppy eine Tüte mit frischer Milch in den Kühlschrank und jemand eine Vase mit Dahlien auf den Tisch gestellt hatte – nicht Poppy, die konnte keine Dahlie von einer grünen Bohne unterscheiden.

Der richtige Platz für die Uhr war im Nu gefunden – das Wandbrettchen, auf dem jetzt ein Foto von ihr und Dorothy Fisher stand, das 1949 in Broadstairs aufgenommen worden war. Trixie legte das Foto in eine Schublade und stellte die Uhr auf. Es sah sehr hübsch aus. Sie verschönte einen ziemlich tristen Winkel des Zimmers. Trixie stellte eine Tasse ihres Teeservices daneben, und es war erstaunlich, wie gut sie zusammenpaßten.

Mivvy besuchte sie gleich am nächsten Morgen. Bevor Trixie sie hereinließ, holte sie schnell die Uhr vom Wandbrett und schob sie in die Schublade zu dem Foto. Sie schien dort oben so exponiert, schien mit jedem Ticken ihre Geschichte zu erzählen.

«Wie fandest du Sibyl?»

«Sie hat mich in Exeter mit ihrem Auto vom Zug abgeholt», wollte Trixie sagen, doch wo sollte das enden, wenn man erst mal angefangen hatte, sich über die arme Mivvy lustigzumachen? «Sehr klapprig, Liebes. Leider wird sie auch schon ein bißchen komisch.»

«Ich muß ihr ein paar Zeilen schreiben.»

Mivvy sprach von ihren Briefen immer so, als seien es Allheilmittel. Wenn man einen bekam, half er einem über den Winter. Nachdem Mivvy gegangen war, überlegte Trixie, ob sie die Uhr wieder auf das Wandbrett stellen sollte, entschied sich jedoch dagegen. Sollte sie ruhig eine Zeitlang in der Schublade liegen. Sie hatte von südamerikanischen Millionären gelesen, die Alte Meister stehlen lassen, die sie nie zeigen dürfen und aus Angst vor Entdeckung für immer in tiefen Gewölben verstecken müssen.

Kurz vor Weihnachten kam ein Brief von Sibyl. Weihnachten schrieben sie sich immer. Wenn du das ganze Jahr über nicht dazu kommst zu schreiben, sagte Trixie immer, dann tu's wenigstens zu Weihnachten. Mivvy schrieb Hunderte von Briefen. Sibyl schrieb nicht, daß die Uhr gestohlen worden war, ja, sie erwähnte die Galerie überhaupt nicht. Trixie fand das verwunderlich. Die Uhr war noch immer in der Schublade. Manchmal lag Trixie nachts wach und dachte an sie, bildete sich ein, sie könne sie durch das solide Mahagoniholz der Schublade, die Zimmerdecke und die Dielenbretter ticken hören.

Seltsam, aber ihr Teeservice mit der Trichterwinde mochte sie überhaupt nicht mehr. Eines Tages machte sie sich daran, es in Seidenpapier zu packen, und dann räumte sie es in den Schrank unter der Treppe. Sie entfernte die Spaliergitter bei der Haustür, zog statt dessen Drähte und pflanzte Clematis. Im März schrieb sie an Sibyl und erkundigte sich, ob es bei *Artefakte* vielleicht eine neue Ausstellung gebe? Sibyl antwortete wochenlang nicht. Dann schrieb sie, daß vor Monaten eine der Keramikuhren und ein paar Tage später ein gesticktes Bild und Möbel aus dem Puppenhaus gestohlen worden waren. Habe sie tatsächlich vergessen, das zu erwähnen? Sie hatte sich eingebildet, sie hätte es getan, aber sie wurde in letzter Zeit recht vergeßlich.

Trixie holte die Uhr aus der Schublade und stellte sie auf das Wandbrett. Weil sie wußte, daß man ihr nicht dahinterkommen konnte, bekam sie allmählich das Gefühl, nichts Unrechtes getan zu haben. Die Fishers kamen zum Tee und brachten Poppy mit. Trixie packte das Teeservice mit der Trichterwinde wieder aus. Als sie Gordon Fishers Autotür zufallen hörte, verlor sie die Nerven und versteckte die Uhr wieder. Wenn man sie jetzt erwischte, schob man ihr vielleicht auch den Diebstahl des Bildes und der Puppenhausmöbel in die Schuhe. Sie würden behaupten, sie habe die Sachen verkauft. Wie konnte sie ihnen das Gegenteil beweisen?

Poppy schlief ein, als sie ihren kleinen gebutterten Teekuchen noch nicht einmal halb aufgegessen hatte.

«Sie wird von Mal zu Mal komischer», sagte Trixie. «Wirklich traurig. Auch Sibyl ist nicht mehr dieselbe. Demnächst vergißt sie noch ihren eigenen Namen. Ihr solltet ihre Briefe lesen. Ich zeige euch mal den letzten.» Ihr fiel ein, daß es unklug wäre, das zu tun, also tat sie so, als habe sie ihn verlegt.

«Fährst du dieses Jahr wieder hinunter, meine Liebe?» fragte Dorothy.

«O ja, ich glaube schon. Du weißt ja, wie das ist, man denkt jetzt immer häufiger, es könnte das letzte Mal sein.»

Poppy wachte mit einem lauten Schnarcher auf, sagte, sie habe gar nicht geschlafen und aß ihren Kuchen auf.

«Hättest du Lust, am Montag mit uns nach Rayleigh zu fahren?» wandte sich Gordon an Trixie. «Ihre Majestät eröffnet dort ein neues Freizeit-Zentrum.»

Trixie lehnte ab. Die Fishers brachen zu ihren Einkäufen auf und ließen Poppy bei ihr. Sie schlief schon wieder. Sie schlief bis sechs Uhr, und als sie aufwachte, fragte sie Trixie, ob sie ihr etwas in den Tee getan habe? Es sei, erklärte sie, höchst ungewöhnlich, daß sie am hellichten Tage einschlafe. Trixie brachte sie zum Bus, weil der Verkehr so schnell und dicht war, daß man seine fünf Sinne schon beisammen haben mußte; die Autofahrer respektierten Zebrastreifen längst nicht mehr so wie früher. Trixie spazierte so energisch über die Streifen wie Mary Poppins über das Dach, nur hatte sie keinen Regenschirm, sondern ihr Leben fest in der Hand.

Sie schrieb Sibyl, daß sie Ende Juli nach Devonshire kommen wolle und überlegte sich, daß es, wenn sie dort war, wohl am besten wäre, wenn sie sich unter irgendeinem Vorwand von der Galerie fernhielte. Die Uhr lag, jetzt jedoch in ein Stück alten Flanells eingeschlagen, noch immer in der Schublade. Trixie hatte eine Abneigung gegen die Farbe entwickelt und wollte sie nicht jedesmal sehen, wenn sie die Schublade öffnete. Sie hatte ein Sommerkleid im gleichen Ton und fragte sich, warum sie es eigentlich gekauft hatte, denn die Farbe stand ihr nicht, mochte sie auch der Königinmutter schmeicheln. Dorothy konnte es für ihren nächsten Flohmarkt haben.

Mivvy stürzte auf dem Rückweg vom Briefkasten und brach sich den Knöchel. Es dauerte Wochen, bis alles wieder normal war.

Aber, nun ja, man mußte sich damit abfinden, aber *normal* würde es nie wieder sein. *Es ist keineswegs übertrieben, wenn man behauptet, ihre Besessenheit fürs Briefeschreiben habe sie für immer zu einem Krüppel gemacht*, schrieb Trixie an Sibyl. Sibyl schrieb zurück, sie freue sich auf die letzte Juliwoche, und Trixie könne sich bestimmt nicht vorstellen, was geschehen sei. Sie hatten den Dieb erwischt, der die Sachen bei *Artefakte* geklaut hatte, als er versuchte das Bild einem Händler in Plymouth zu verkaufen. Vor Gericht stritt er zwar ab, die Uhr gestohlen zu haben, doch man konnte sich ja vorstellen, wieviel Glauben der Richter dieser Aussage schenkte.

Trixie packte die Uhr aus und stellte sie auf das Wandbrett. Am nächsten Tag holte sie das Porzellan heraus. Sie fragte sich, warum sie nur so voreilig gewesen war, das Gitterspalier von der Mauer zu nehmen? Es war viel hübscher gewesen als die Drähte an Metallhaken. Mivvy kam in einem Taxi vorgefahren, hinkte, auf zwei Stöcke gestützt, den Gartenweg hinauf und lehnte es ab, sich vom Taxifahrer helfen zu lassen, der ihr seinen Arm bot.

«Du fährst in ein oder zwei Tagen zu Sibyl, nicht wahr, Liebes?»

Trixie wußte nicht mehr, wie oft sie ihr schon gesagt hatte, sie fahre erst am Montag nächster Woche. Sie wartete darauf, daß Mivvy die Uhr bemerkte, doch da hätte sie wohl auch bis Weihnachten warten können.

«Wie gefällt dir meine Uhr?»

«Wie, dort oben? Ist das nicht deine Wedgewood-Kaffeekanne, Liebes?»

Trixie mußte die Uhr herunternehmen. Sie stellte sie Mivvy direkt vor die Nase und begann ihr zu erklären, was es war.

Aber Mivvy wußte es schon. «Natürlich weiß ich, daß das eine Uhr ist. Es ist auch nicht die erste ihrer Art, die ich sehe. Du meine Güte, nein! Der junge Mann, der sie herstellt, ist ein Freund meines Neffen Tony. Sie waren zusammen an der Kunstakademie. Wie heißt er nur? Laß mich mal überlegen. Es fällt mir gleich ein. Elf... Elm, richtig: Roland *Elm*.»

Trixie sagte nichts. Die lasierte Oberfläche der Uhr fühlte sich sehr kalt an.

«Er arbeitet nie auf Bestellung, weißt du? Er hat nur eine beschränkte Anzahl für ein paar ausgesuchte Galerien gemacht. Woher hast du denn die deine?»

Trixie sagte nichts. Es kam bestimmt noch schlimmer, und sie wartete drauf.

«Hier in der Nähe kannst du sie nicht bekommen haben, das weiß ich sicher. Es gibt nur zwei oder drei Geschäfte im ganzen Land, die er beliefert. Warte, ich sag dir's sofort, und ich schreibe Tony gleich morgen, daß du eine von Richards – nein, ich meine Raymonds oder vielmehr Rolands Uhren hast. Übrigens schreibe ich ihm ohnehin immer dienstags. Der Dienstag ist sein Tag. Ich schreibe ihm, daß du die mit der Ackerwinde hast. Sie sind alle verschieden, weißt du? Er macht nie zwei gleiche.»

«Es ist eine Trichter- keine Ackerwinde», sagte Trixie. «Und mir wäre lieber, wenn du Tony nichts davon schriebst.»

«Aber ich möchte es ihm schreiben, Liebes. Warum denn nicht? Ich kann ja deinen Namen verschweigen, wenn du willst. Ich schreibe nur, ‹die Dame, die Tantchen Sibyl in Devonshire besucht.›»

Trixie sagte, sie wolle Mivvy zur Hauptstraße begleiten. Hier draußen sei kein Taxi zu bekommen. Sie holte Mivvys Stöcke.

«Nimm meinen Arm, und ich trage deinen zweiten Stock.»

Die Autos fegten nur so über den Zebrastreifen. Man sei diesen Fahrern auf Gnade und Ungnade ausgeliefert, sagte Trixie, man müsse warten, bis sie sich herbeiließen, anzuhalten.

«Setz ja nie deinen Fuß auf diese Streifen, bevor die Autos halten», sagte sie zu Mivvy.

Mivvy setzte keinen Fuß auf die Streifen, daher hielten die Fahrer auch nicht. Ein Sattelschlepper, ein wahrer Moloch, kam donnernd näher, war aber noch ziemlich weit weg. Trixie fand, daß er viel zu schnell fuhr.

«Wenn wir jetzt schnell machen, schaffen wir's», sagte sie. «Lauf los!»

Über die Dringlichkeit in Trixies Stimme erschrocken, gehorchte Mivvy oder versuchte zu gehorchen, als Trixie ihren Arm losließ und ihr einen kleinen Schubs nach vorn gab. Die Bremsen des Sattelschleppers kreischten wie Menschen, die gefoltert wurden, und Trixie sprang, ebenfalls schreiend, zurück und bedeckte das Gesicht mit den Händen, um nicht zu sehen, wie Mivvy von den riesigen Rädern zermalmt wurde.

Dorothy Fisher sagte, sie verstehe durchaus, daß Trixie trotz allem auf ihren Urlaub bei Sibyl nicht verzichten wolle. Es sei wirklich das beste für sie, sie brauche Ruhe, brauche Abwechslung, eine Möglichkeit, zu vergessen. Trixie fuhr einen Tag nach der Beerdigung mit dem Zug nach Exeter. Die Uhr lag in ihrer Tasche, zuerst in Seidenpapier verpackt und dann in ihr himmelblaues Kleid eingewickelt. Bei der ersten Gelegenheit wollte sie sie in die Galerie zurückbringen und wieder in das Regal stellen, in das sie gehörte. Das sollte nicht allzu schwierig sein. Die Uhr war ein gefährlicher Besitz, das war ihr inzwischen klar, ähnlich den berüchtigten Diamanten, die mit einem Fluch beladen waren. Sie war zwar sehr hübsch, aber sie war eine Unglücksuhr, die von Anfang an nur Unheil über sie gebracht hatte.

Daß sie wieder zu Fuß ins Dorf gingen, kam nicht mehr in Frage. Dazu war Sibyl inzwischen wirklich zu klapprig. Seit dem letzten Jahr war es mit ihr stark bergab gegangen, und symptomatisch für ihren Verfall war die Tatsache, daß sie ihre graue Perücke gegen eine fliederfarbene mit einem Stich ins Blaue eingetauscht hatte. Sie fuhren mit dem Auto, obwohl Trixie nicht sicher war, ob man Sibyl noch ans Steuer lassen sollte.

Sobald sie die Galerie betreten hatten, wußte Trixie, daß sie die Uhr nicht zurückstellen konnte, ohne entdeckt zu werden. Im vorderen Raum stand jetzt ein Schreibtisch, an dem eine rundliche, lächelnde Dame saß. Judys Mutter, wie Sibyl erklärte. Wie seltsam, dachte Trixie. Eine Mutter, der es nichts ausmacht, daß ihre Tochter mit einem Mann in wilder Ehe lebt. Die, so konnte man es ausdrükken, bei einer Tochter wohnte, die in Sünde lebte. Jimmy war im Hinterzimmer. Er stand auf einer Leiter und stellte irgend etwas mit dem Fensterriegel an.

«Sie lasssen das obere Stockwerk renovieren», sagte Sibyl. «Du kannst nicht hinaufgehen.» Und als Trixie versuchte, zur Gartentür zu gelangen: «Unbefugten ist der Zutritt verboten.» Sie blinzelte Judys Mutter zu. «Wir werden eben alle nicht jünger, nicht wahr?»

Sie fuhren nach Hause, und die Uhr lag immer noch in Trixies Tasche. Sie schien schwerer geworden zu sein. Sie hörte sie durch das Leder und die Falten des himmelblauen Kleides ticken. Am Nachmittag, als Sibyl sich zu ihrem Schläfchen aufs Sofa legte, die fliederfarbene Perücke über eine Tonvase gestülpt, ging Trixie spazieren. Die Uhr nahm sie mit. Sie kam bis zu der buckligen Brücke, die über das Flüßchen führte. Das Wasser war hier sehr flach, denn es war ein trockener Sommer. Sie packte die Uhr aus und warf sie über das Brückengeländer ins Wasser. Sie zerbrach, aber das Gitterwerk und die Trichterwinde blieben unbeschädigt, und das Uhrwerk tickte genauso weiter wie vorher. Trixie merkte jedenfalls keinen Unterschied. Das Blau und das Grün, die pinkfarbenen Blüten und die vergoldeten Teile schimmerten durch das Wasser wie eine in Regenbogenfarben schillernde, exotische Muschel.

Trixie kletterte zum Ufer hinunter. Sie zog die Schuhe aus und watete ins Wasser. Es überraschte sie, wie kalt es war. Sie nahm einen großen flachen Stein und zertrümmerte das Zifferblatt der Uhr. Sie schlug mit hemmungsloser Wut zu, keuchte und knurrte bei jedem Schlag. Das grüne Gitter und der blaue Himmel, das Glas des Zifferblatts und die pinkfarbenen Blüten, alles zersplitterte. Aber sie waren noch da, Scherben, die wie Juwelen funkelten, für jeden sichtbar, der die Brücke überquerte.

Trixie ging in die Hocke, scharrte Sand und Kiesel zusammen und vergrub die zertrümmerte Uhr darin. Mit den Fingernägeln kratzte sie ein Loch ins Flußbett, schob die bunten Teile hinein und deckte sie mit Kieselsteinen zu. Ihre Hände bluteten, ihre Knie waren aufgeschürft, ihr Kleid naß. Obwohl sie sich solche Mühe gegeben hatte, war der Grund des Flusses noch immer mit Keramiksplittern, zerbrochenem Glas und vergoldeten Metallteilchen übersät. Trixie begann zu schluchzen und von einer Seite des Flusses zur anderen zu kriechen, durchpflügte mit den Händen den blauen, grünen und goldenen Kies, und so fand sie einer von Sibyls Nachbarn, als er auf dem Heimweg über die Brücke fuhr.

Er hob sie auf, trug sie zu seinem Wagen und setzte sie hinein.

«Ticke-tacke», sagte Trixie. «Ticke-tacke, kaputt ist Uhr, au Backe! Kacke!»

Wölfchen

Nach der letzten Vorstellung, als wir uns alle verbeugt hatten und der letzte Vorhang gefallen war, nahm Rotkäppchen mich an die Leine, und wir gingen mit dem übrigen Ensemble rüber ins Pub. Niemand hatte sich abgeschminkt oder umgezogen, dazu war keine Zeit, weil *The George* dann schon Sperrstunde gehabt hätte. Ich erinnere mich, daß ich über die Straße sprang und einen Radfahrer anknurrte. Im Pub war ich beliebt – das heißt, nur bei einigen. Anderen war ich ein Dorn im Auge. Das Komische war, daß ich mich – wäre ich einer von ihnen gewesen – selbst auch nicht gemocht hätte. Ich hätte mich ignoriert, hätte mein Glas ausgetrunken und wäre gegangen. Nur ist es wenig wahrscheinlich, daß ich dann überhaupt im Pub gewesen wäre. Gewöhnlich machte ich einen Bogen um solche Lokale. Aber unter dem Wolfspelz war es ganz anders, alles war ganz anders, wenn man drinsteckte. Ich stöberte eine Zeitlang herum, manchmal auf allen vieren, obwohl das für uns, die wir an einen aufrechten Gang gewöhnt sind, nicht leicht ist, manchmal trottete ich, die Vorderpranken fest an die Brust gedrückt, auf den Hinterbeinen umher. Ich ging zu den Tischen, an denen Leute saßen, beschnüffelte ihre Chipstüten und steckte die Schnauze hinein. Wenn sie rauchten, knurrte ich und wedelte mit den Vorderpranken, um die Luft zu reinigen. Viele waren nett, streichelten mich, neckten mich oder taten so, als fürchteten sie sich vor meinen roten Lefzen oder den kleinen, tückischen Augen. Eine Dame nahm sogar meinen Kopf und legte ihn auf ihren Schoß.

Auf dem Weg zur Bar, wo ich mir meinen kleinen trockenen Sherry holen wollte, hörte ich Bill Harkness (erster Holzfäller) zu Susan Hayes (Rotkäppchens Mutter) sagen:

«Der alte Colin ist heute abend wirklich aus sich herausgegangen.»

Und Susan, Gott segne sie, antwortete: «Er ist ein echter Schauspieler, nicht wahr?»

Ich gehörte zu den wenigen Mitgliedern unserer Truppe, die Schauspieler aus Berufung waren. Ich glaube, das ist bei Amateurbühnen immer so. Es gibt darunter immer ein oder zwei Schauspieler aus Berufung, die sich ihr Geld auf der Bühne verdienen könnten, wenn der Beruf nicht so überlaufen wäre, und die übrigen machten mit, weil es Spaß machte und gesellschaftliche Kontakte förderte. Hatte ich je ernsthaft in Betracht gezogen, zum Theater zu gehen? Mein Vater war Beamter gewesen, meine beiden Großväter Kolonialbeamte in Indien. Seit ich mich erinnern konnte, schien es beschlossene Sache zu sein, daß ich studieren, mein Examen machen und Beamter werden würde. Es gab für mich nie den geringsten Zweifel. Wenn man eine Mutter hat wie ich, eine unter Millionen, die mehr Freundin als «Elternteil» war, hatte man nie das Gefühl, rebellieren zu müssen. Außerdem unterstützte Mutter meine Theaterambitionen, wo sie nur konnte. So nähte sie mir zum Beispiel das Wolfsgewand, obwohl die Truppe übereingekommen war, die komplizierteren Kostüme für die diesjährige Weihnachtspantomime auszuleihen. Es war zehnmal besser als alles, was wir in einem Kostümfundus zu leihen bekommen hätten. Den Kopf mußten wir kaufen, aber Leib und Gliedmaßen arbeitete sie aus einem langhaarigen grauen Kunstfell, aus dem Damenmäntel genäht werden.

Moira hatte immer gesagt, ich spielte so gern Theater, weil ich mich dann selbst verlieren und für eine Weile jemand anders werden könne. Sie sagte, daß ich mich selbst nicht mag und nach einer Möglichkeit suche, mir selbst zu entkommen. Eine seltsame Art, über den Mann zu sprechen, den man heiraten will. Aber bevor ich mich dem Thema Moira zuwende, ja mit diesem Bericht fortfahre, sollte ich vielleicht erklären, was er für einen Zweck hat. Der Psychiater, der zu diesem Haus gehört oder hier Sprechstunde hält (ich weiß nicht, was richtig ist), ein gewisser Dr. Vernon-Peak, hat mich gebeten, ein paar von meinen Gefühlen und Eindrücken schriftlich festzuhalten. Das, sagte ich, könnte ich nur mit dem Kontext einer Geschichte. Sehr gut, sagte er, er habe nichts dagegen. Wie das Ganze aussehen wird, wenn es fertig ist, weiß ich noch kaum. Wird es ein Geständnis enthalten, das vor Gericht verwendet werden kann? Oder kommt es als Krankengeschichte unter vielen in Dr. Vernon-Peaks Ablage? Mir ist es egal. Ich kann nur die Wahrheit berichten.

Nachdem *The George* geschlossen hatte, schminkten wir uns ab, zogen uns um und machten uns in verschiedenen Richtungen auf den Heimweg. Mutter war noch auf und wartete auf mich. Das war aber nicht ihre Gewohnheit. Wenn ich ihr sagte, ich käme erst spät nach Hause, und sie solle um die übliche Zeit schlafen gehen, dann tat sie das auch. Aber selbstverständlich hatte ich nichts dagegen, nett empfangen zu werden, wenn ich nach Hause kam, ganz besonders nicht nach einem solchen Triumph. Außerdem hatte ich mich darauf gefreut, ihr zu erzählen, wie lustig es im Pub gewesen war.

Unser Haus ist spätviktorianisch mit zwei Fronten, aus grauem Kalkstein erbaut und alles andere als schön, aber gemütlich und solide. Mein Großvater hatte es gekauft, als er 1920 aus Indien zurückkam und sich zur Ruhe setzte. Mutter war damals zehn, sie hat also den größten Teil ihres Lebens in diesem Haus verbracht.

Großvater war ein berühmter Schütze und nahm an großen Jagden teil, bevor man diese Dinge so tief mißbilligte, wie man es – meiner Meinung nach mit Recht – heute tut. Ergebnis war, daß das Haus von Jagdtrophäen fast überquoll. Solange Großvater noch am Leben war, und er wurde sehr alt, blieb uns nichts anderes übrig, als uns mit den Gehörnen und Stoßzähnen abzufinden, die bei uns aus den Wänden zu sprießen schienen, ebenso wie mit dem Schirmständer in Form eines Elefantenfußes und den fauchenden Rachen von Tiger und Bär. Wir mußten es mit Bärenruhe und der Arroganz des Tigers ertragen, wie Mutter, die sehr witzig sein kann, oft sagte. Aber als Großvater sich schließlich zu seinen Ahnen versammelt hatte, nahmen wir ehrfürchtig und ohne ihn auch nur im geringsten zu mißachten, all die Köpfe und Hörner herunter und packten sie in Kisten. Die Pelzdecken ließen wir jedoch hängen. Sie sind heute ein Vermögen wert, und ich hatte immer das Gefühl, daß die Tigerfelle, die in der Halle kreuz und quer auf dem Parkett liegen, der Schneeleopard, der über die Sofalehne drapiert ist, und der Bär, in dessen Pelz man am Feuer die Zehen vergraben kann, dem Haus etwas Luxuriöses geben. Ich weiß noch, daß ich an diesem Abend die Schuhe auszog und die Zehen in den Pelz bohrte.

Mutter hatte die Show natürlich gesehen. Sie war zur Premiere gekommen und hatte miterlebt, wie ich mich auf das Rotkäppchen stürzte – es war ein so unerwarteter Angriff, daß das gesamte Publikum aufgesprungen war und aufgestöhnt hatte. (In unserer Version verspeist der Wolf das Rotkäppchen nicht. Wir waren alle der Meinung gewesen, daß das Weihnachten kaum das richtige gewesen wäre.) Mutter wollte mich aber noch einmal in ihrer Kreation bewundern, also zog ich das Wolfsgewand an und paradierte knurrend und heulend vor ihr hin und her. Wieder merkte ich, daß ich, sobald ich in der Wolfshaut steckte, alle Hemmungen verlor. So sprang ich zum Beispiel den Schneeleoparden an und begann ihn anzufletschen. Ich boxte ihm in das große grau-weiße Gesicht und tat so, als beiße ich ihn ins Ohr. Ich lief auf allen vieren zum Bären, kämpfte mit ihm und schlug ihm die Wolfszähne in den Hals.

Wie herzlich Mutter gelacht hat. Sie sagte, ich sei in der ganzen Pantomime der Beste und viel besser als so manches, das man vom Fernsehen her kannte.

Mutter wischte sich die Tränen aus den Augen. «Als ich jung war, gab's ein Lied: «Wer hat Angst vorm bösen Wolf, bösen Wolf, bösen Wolf ... Wie ging es weiter? Ich krieg's nicht mehr zusammen. – Du benimmst dich richtig wie ein Wolf. Wenn du das Kostüm wieder mal anziehst, sage ich: ‹Jetzt wirst du wieder der Wolf›.»

Wenn ich das Kostüm wieder mal anzog ... Hatte ich denn die Absicht? Ich hatte noch nicht darüber nachgedacht. Ja, vielleicht wenn ich einmal zu einem Kostümfest ging, eine sehr entfernte Möglichkeit. Aber wie jammerschade, es wegzupacken wie Großvaters Köpfe und Gehörne, nachdem Mutter sich so große Mühe damit gegeben hatte. An diesem Abend hängte ich es in meinen Schrank, und ich weiß noch, wie seltsam ich mich fühlte, als ich es zum zweitenmal auszog, nackter, als ich mir sonst ohne Kleider vorkam, fast als hätte ich mir die Haut abgezogen.

Das Leben ging ohne Höhen und Tiefen weiter. Seit ich keine Proben mehr hatte und keinen Text lernen mußte, kam ich mir irgendwie hohl vor. Weihnachten kam. Traditionsgemäß verbrachten Mutter und ich den ersten Feiertag allein, wir wollten es nicht anders. Aber am zweiten Feiertag kam Moira, und Mutter lud zwei oder drei von unseren Nachbarn ein. Ich glaube mich zu erinnern, daß irgendwann auch Susan Hayes mit ihrem Mann vorbeikam, um uns «frohe Weihnachten» zu wünschen.

Moira und ich waren seit drei Jahren verlobt. Wir hätten schon früher geheiratet. Daß wir's noch nicht getan hatten lag nicht etwa daran, daß wir es uns nicht leisten konnten. Die Schwierigkeit lag woanders: wir konnten uns nicht einigen, wo wir in Zukunft wohnen wollten. Ich denke aber, ich kann, ohne unfair zu sein, behaupten, daß nur Moira die schwierige war. Keine Mutter hätte ihre künftige Schwiegertochter mit offeneren Armen aufnehmen können als meine. Sie wollte wirklich und wahrhaftig, daß wir mit ihr in «Simla House» wohnten, sagte, wir müßten es als unser Heim betrachten und sie ganz einfach als unsere Haushälterin. Aber Moira wollte, daß wir uns ein eigenes Haus kauften, und so waren wir an einem toten Punkt angelangt, in eine Sackgasse geraten.

Es war sehr ungeschickt von Moira, daß sie am zweiten Weihnachtsfeiertag, als die anderen gegangen waren, wieder darauf zu sprechen kam. Ihr Bruder (ein Immobilienmakler) hatte ihr von einem Bungalow erzählt, der etwa auf halbem Weg zwischen «Simla House» und dem Haus ihrer Eltern zum Verkauf stand, und es war, was er eine «einmalige Gelegenheit» nannte. Zum Glück, fand *ich*, gelang es Mutter abzulenken, indem sie uns von dem Bungalow erzählte, in dem sie und ihre Eltern in Indien gewohnt hatten – einem Bungalow mit einer großen Säulenveranda, einem englischen Blumengarten und dem Pipalbaum *. Aber Moira unterbrach sie.

«Wir sprechen über *unsere* Zukunft, nicht über Ihre Vergangenheit. Ich dachte, Colin und ich wollten heiraten.»

Mutter erschrak richtig. «Ja, wollt ihr es denn nicht mehr? Colin hat doch nicht etwa Schluß gemacht?»

«Der Gedanke, daß *ich* Schluß machen könnte, kommt Ihnen wahrscheinlich nie.»

Arme Mutter, darüber mußte sie wirklich lächeln. Sie lächelte, um nicht zu zeigen, wie verletzt sie war. Moira konnte sie sehr leicht aus der Ruhe bringen. Aus irgendeinem Grund machte das Moira wütend.

«Sie meinen wohl, ich sei zu alt und zu unattraktiv, um das auch nur zu erwägen, nicht wahr?»

«Moira», sagte ich.

Sie beachtete mich nicht. «Es ist Ihnen vielleicht nicht klar», sagte sie, «aber wenn Colin mich heiratet, ist das ein Glücksfall für ihn. Er braucht nämlich mich, um ein Mann zu werden.»

Mutter tätschelte Moiras Knie. «Ich begreife durchaus, daß das eine fast unlösbare Aufgabe für Sie sein könnte», sagte sie unüberlegt. Es mußte ihr herausgeschlüpft sein, bevor ihr klarwurde, was sie da sagte.

Es gab keinen Streit. Mutter hätte sich nie in eine Auseinandersetzung hineinziehen lassen. Aber Moira wurde sehr gereizt und sagte, sie wolle nach Hause gehen. Also mußte ich den Wagen herausholen und sie fahren. Auf dem ganzen Weg zum Haus ihrer Eltern mußte ich mir eine Litanei des Unrechts anhören, das meine Mutter und ich ihr antaten. Als wir uns trennten, war ich niedergeschlagen und nervös. Ich fragte sogar, ob es richtig von mir war, im «reifen Alter» von zweiundvierzig noch an die Ehe zu denken.

---

* Indischer Feigenbaum, bemerkenswert durch seine Größe und Langlebigkeit (Ficus religiosa)

Mutter hatte aufgeräumt und war ins Bett gegangen. Ich verzog mich in mein Schlafzimmer und fing an mich auszuziehen. Als ich den Schrank öffnete, um meine Tweedhose aufzuhängen, entdeckte ich das Wolfskostüm und zog es aus einem Impuls heraus an. Kaum steckte ich im Wolf, wurde ich ruhiger und ja, glücklicher. Ich setzte mich in einen Lehnsessel, fand es nach einer Weile jedoch bequemer, auf dem Boden zu hocken und mich dann hinzulegen und lang auszustrecken. Während ich dalag und mir Bauch und Pranken vom Feuer wärmen ließ, erinnerte ich mich an Geschichten und Legenden über die Affinität zwischen Mensch und Wolf. Romulus und Remus, von einer Wölfin gesäugt, der uralte Mythos des Werwolfs, im Stich gelassene Kinder, die, sogar in unserer modernen Zeit, von Wölfen aufgezogen wurden. All das schien meine Gedanken von der Unstimmigkeit zwischen Moira und Mutter abzulenken, und ich konnte verhältnismäßig unbeschwert ins Bett gehen und gut schlafen.

Vielleicht erscheint es jetzt nicht mehr so merkwürdig und unbegreiflich, daß ich wieder in den Wolfspelz schlüpfte, wenn ich mich niedergeschlagen fühlte. Mutter war nicht zu Hause, daher hatte ich das ganze Haus für mich allein und mußte mich nicht auf mein Zimmer beschränken. Es war vier Uhr und dämmerte schon, aber ich machte kein Licht, sondern streifte im Zwielicht durch das Haus und erblickte manchmal eine schlanke graue Gestalt in einem der vielen großen Spiegel, die Mutter so liebt. Weil das Licht so schwach war und unser Haus mit sperrigen Möbeln und allem möglichen Schnickschnack vollgestopft ist, sah das Spiegelbild, das mir entgegentrat, nicht wie ein verkleideter Mann, sondern wie ein echter Wolf aus, der sich irgendwie in ein viktorianisches Zimmer verirrt hatte. Oder ein Werwolf, der tierische Teil der Persönlichkeit eines Mannes, der sich vom Körper löst und frei umherschweift, die leere menschliche Hülle zurücklassend.

Ich schlich mich an die aus Teakholz geschnitzte Antilope an und verschlang das kleine Wesen, bevor es wußte, wie ihm geschah. Ich nahm meinen Kampf mit dem Bären wieder auf, und wir rauften vor dem Kamin, in eine verzweifelte Umarmung verstrickt. Plötzlich hörte ich, daß Mutter die Hintertür aufsperrte. Die Zeit war schneller verstrichen, als ich geglaubt hatte. Ich flüchtete und konnte mit Hinterpfoten und Schweif gerade noch um die Biegung in der Treppe verschwinden, dann betrat sie auch schon die Halle.

Dr. Vernon-Peak scheint wissen zu wollen, warum ich mit zweiundvierzig Jahren damit anfing, oder vielmehr, warum ich es nicht schon früher getan hatte. Ich wünschte, es wäre mir selber klar. Es gibt natürlich die simple Erklärung, daß ich vorher kein Wolfsfell hatte, aber das ist nicht die ganze Antwort. Wußte ich vielleicht bis dahin nicht, was für Bedürfnisse ich hatte, obwohl ich sie zum Teil durch die Rollen befriedigt hatte, die ich in dramatischen Stücken spielte? Da ist noch etwas anderes. Ich habe ihm erzählt, daß ich mich erinnere, als sehr kleines Kind eine enge Beziehung zu einem großen Tier gehabt zu haben, einem Hund oder einem Pony vielleicht. Obwohl der gewissenhafte Vernon-Peak unsere Familiengeschichte gründlich durchforschte, stieß er nirgends auf einen Beweis dafür, daß wir je ein Tier im Haus hatten. Doch davon ein andermal mehr.

Mag es sein, wie es will, nachdem ich einmal in den Wolf hineingeschlüpft war, hatte ich das Verlangen, es immer häufiger zu tun. Aufrecht auf den Hinterbeinen, zu meiner vollen Höhe aufgereckt, glaube ich, mir nicht übertrieben zu schmeicheln, daß ich ein schönes, feines Tier darstellte. Und nachdem ich das geschrieben hatte, fällt mir ein, daß ich das Wolfskostüm ja noch gar nicht richtig beschrieben, sondern vorausgesetzt habe, daß alle, die diesen Bericht lesen, wahrscheinlich auch das Kostüm zu sehen bekommen. Aber das wird möglicherweise doch nicht der Fall sein. Sie haben es abgelehnt, es mir zu zeigen, und ich frage mich, ob es überhaupt gereinigt wurde, so daß man es wieder vorzeigen kann, oder ob es noch – doch nein, es hat keinen Sinn, auf unappetitliche Einzelheiten einzugehen.

Ich habe schon erwähnt, daß Körper und Gliedmaßen des Kostüms aus einem langhaarigen, pelzähnlichen grauen Wollstoff sind. Es war ein derber Stoff, für einen Mantel wohl kaum zu gebrauchen, wie mir schien, aber eben einem Wolfspelz sehr ähnlich. Mutter nähte die Pranken wie Pelzhandschuhe, polsterte und versteifte die Finger jedoch mit Lederhandschuhen, die dann wie Krallen aussahen. Den Kopf kauften wir in einem Scherzartikel- und Spielwarenladen. Er hatte große, spitze Ohren, kleine gelbe Augen und ein herrliches, halb offenstehendes Maul, rot, gefräßig aussehend und mit einer Doppelreihe weißer Fänge. Der Schlitz, duch den ich atmen konnte, war direkt unterhalb des Unterkiefers, wo der Kopf auf den kräftigen, graubehaarten Hals traf.

Im Frühling fuhr ich manchmal hinaus, parkte den Wagen und schlüpfte in die Wolfshaut. Ich wollte jedoch nicht gesehen werden. Ich suchte die Einsamkeit. Ob ich einen «tierischen» Begleiter um mich geduldet hätte, ist eine andere Frage. Damals wollte ich nur in meiner wölfischen Gestalt Wälder, Koppeln und Heckenwege durchstreifen. Und das tat ich auch, suchte mir Gegenden aus, in die nie jemand kam, mied alle Orte, an denen ich mit der menschlichen Rasse in Kontakt kommen konnte. Während ich das schreibe, versuche ich zu erklären, wie ich mich fühlte. Vor allem fühlte ich mich *nicht wie ein Mensch*. Und sich nicht wie ein Mensch zu fühlen, heißt, von der Verantwortung und den Sorgen frei zu sein, die dem Menschen aufgebürdet sind. Sobald ich in den Wolf hineingeschlüpft war, legte ich mit meiner Menschlichkeit meine Angst vor der Ehe ab, meine Angst davor, nicht zu heiraten, meine Angst, Mutter zu verlassen, meinen berechtigten Zorn darüber, daß ich in unserem neuen Stück nicht die Hauptrolle spielte. All das ließ ich mit der leeren Hülle des schlafenden Mannes zurück und verwandelte mich in eine glückliche, gedankenlose, wilde Kreatur.

Unsere Hochzeit war wieder verschoben worden. Der Kauf des Hauses, für das Moira und ich uns schließlich entschieden hatten, zerschlug sich im letzten Moment. Ich kann nicht behaupten, daß ich das sehr bedauerte. Es war ganz in der Nähe meines Heims, ja, sogar in derselben Straße wie «Simla House», aber ich hatte angefangen mich zu fragen, wie es sein würde, tagtäglich an unserem lieben alten Haus vorüberzugehen und zu wissen, daß ich den Kopf nicht unter seinem vertrauten Dach zur Ruhe legen würde.

Moira regte sich sehr darüber auf, daß wir das andere Haus nicht bekamen.

Aber: «Ich würde mit deiner Mutter nicht einmal drei Monate im selben Haus wohnen», hatte sie auf meinen Vorschlag erwidert. «Das wäre ein gewissermaßen vorprogrammiertes Desaster.»

«Mutter und Vati haben zwanzig Jahre lang mit Mutters Eltern unter einem Dach gewohnt», sagte ich.

«Ja, und schau dir das Ergebnis an.» Damals machte sie auch die Bemerkung, daß es mir so großen Spaß mache, Rollen zu spielen, weil ich mich selbst nicht so mag, wie ich bin.

Es gab nichts mehr zu sagen, nur, daß wir wieder damit anfangen mußten, ein Haus zu suchen.

«Aber wir können trotzdem nach Malta fahren, oder?» sagte Moira. «Wir müssen die Reise doch nicht absagen?»

Wir konnten natürlich reisen, aber eine Hochzeitsreise würde es nicht sein. Ich hatte die ehelichen Freuden bisher nicht ungeduldig herbeigesehnt und hatte nicht die Absicht, es je zu tun. Und ich war auf der Hut, als Moira – Mutter war bei ihrem Bridgeabend – darauf bestand, mit mir in mein Schlafzimmer zu gehen, angeblich, weil sie unbedingt sehen mußte, welchen Farbton der Anzug hatte, den ich mir für die Hochzeit gekauft hatte. Sie sagte, sie wolle mir eine Krawatte dazu schenken. Kaum waren wir oben, legte sie sich auf mein Bett und wollte mich schmeichelnd überreden, mich zu ihr zu setzen.

Ich schlüpfte, glaube ich, nur deshalb in die Wolfshaut, weil ich so niedergeschlagen war. Ich zog mein Jackett aus, nicht mehr natürlich, denn Moira war ja da, streifte die Wolfshaut über, zog den Reißverschluß zu und setzte den Kopf auf. Sie beobachtete mich. Sie hatte mich schon darin gesehen, in der Pantomime.

«Warum hast du das angezogen?»

Ich sagte nichts. Was hätte ich auch sagen können? Tiefe Zufriedenheit erfüllte mich, wie sonst auch, und ich gehorchte Moiras Befehl, zu ihr aufs Bett zu springen. Es schien mir ganz natürlich, sie schwanzwedelnd zu umschmeicheln, meine spitzen Ohren an ihrer Brust zu reiben, ihre Hände mit meinen Pranken zu umfassen. Alle möglichen Phantasien zogen durch mein wölfisches Gemüt, und sie waren von einer unglaublichen, mich bis in die letzte Faser durchdringenden Süße. Wenn wir da schon auf Urlaub gewesen wären, hätten mich, glaube ich, keine moralischen Bedenken zurückgehalten.

Doch anders als die Dame im *The George* nahm Moira nicht meinen Kopf und legte ihn in ihren Schoß. Sie sprang auf und schrie mich an, ich solle mit diesem Unsinn aufhören, sofort aufhören, sie finde ihn abscheulich. Ich tat, was sie mir sagte, natürlich tat ich es, stieg traurig aus dem Kostüm und hängte es in den Schrank zurück. Ich fuhr Moira nach Hause. Unterwegs hielten wir uns kurz bei ihrem Bruder auf und sahen uns die Häuser an, die er neu im Angebot hatte.

Nachdem wir einen weiteren Monat gesucht, überlegt und uns Bedenkzeit erbeten hatten, entschieden wir uns schließlich für eins dieser Häuser und setzten die Hochzeit für Mitte Dezember fest. Im Sommer hatte unser Theaterverein *Das fröhliche Gespenst* aufgeführt (in dem ich die magere Rolle des Dr. Bradman spielte. Bill Harkness gab den Charles Condomine), und für die diesjährige Pantomime hatten sie Aschenputtel ausgesucht, mit Susan Hayes in der Titelrolle; ich spielte den Vater der bösen Schwestern. Ich hatte mir ausgerechnet, daß ich gerade noch rechtzeitig von der Hochzeitsreise zurückkommen würde.

Und zweifellos wäre ich rechtzeitig zurückgekommen. Zweifellos hätte ich geheiratet, wäre auf Hochzeitsreise gegangen und wäre wiedergekommen, um meine komische Rolle zu spielen – wenn ich nur nicht an Moiras Geburtstag mit ihr einkaufen gegangen wäre. Was an diesem Tag geschah, änderte alles.

Es war ein Donnerstagabend. Die Läden im Westend haben am Donnerstag immer länger offen. Um fünf verließen wir unsere Büros, trafen uns am verabredeten Ort und gingen zusammen die Bond Street hinauf. Ich hatte ganz bestimmt nicht vor, mich wieder mit ihr zu zanken, obwohl wir in letzter Zeit kaum etwas anderes taten. Es begann damit, daß ich unsere Hochzeitsreise erwähnte. Da unser Haus vor Mitte Januar nicht fertig sein würde, schlug ich vor, die zwei Wochen von Ende Dezember bis zum Einzug in «Simla House» zu bleiben. Weihnachten würden wir ohnehin dort verbringen.

«Ich dachte, wir hätten beschlossen, in ein Hotel zu gehen», sagte Moira.

«Glaubst du nicht, daß das hinausgeworfenes Geld ist?»

«Ich denke», sagte sie mit grimmigem Unterton, «daß wir nicht wagen dürfen, dieses Geld *nicht* auszugeben.» Sie entzog mir ihren Arm.

Ich fragte sie, was sie, um Himmels willen, damit meine?

«Wenn du erst wieder bei deiner Mami bist, ziehst du nie aus.»

Ich strafte diese Bemerkung mit der Verachtung, die sie verdiente, und antwortete nicht. Schweigend gingen wir nebeneinander her. Dann begann Moira leise und monoton zu sprechen, benutzte Ausdrücke aus der Taschenbuch-Psychologie für jedermann, die ich glücklicherweise von Dr. Vernon-Peak nie zu hören bekommen habe. Wir überquerten die Straße und gingen zu Selfridge. Moira hatte es noch immer mit dem Ödipuskomplex und dem Unsinn, daß sie einen Mann aus mir machen wolle.

«Sprich leise», sagte ich. «Man hört dich ja meilenweit.»

Sie schrie mich an, ich solle den Mund halten, sie werde sagen, was sie wolle. Nun, sie hatte mir wiederholt gesagt, ich solle mich durchsetzen, solle mich wie ein Mann benehmen, also tat ich genau das. Ich ging zum nächsten Verkaufstisch, schrieb einen Scheck über eine, wie ich zugeben muß, viel höhere Summe aus, als ich ursprünglich beabsichtigt hatte, drückte ihn ihr in die Hand, ließ sie stehen und ging einfach weg.

Eine Zeitlang war ich recht zufrieden mit mir, doch auf der Heimfahrt im Zug überkam mich Niedergeschlagenheit. Ich hätte gern mit Mutter darüber gesprochen, aber sie würde nicht zu Hause sein, sie spielte Bridge. Daher mußte ich mich an meinen anderen

Trost halten, an meine Wolfshaut. Das Telefon klingelte ein paarmal, während ich durch die Zimmer tollte, aber ich ging nicht an den Apparat. Ich wußte, es war Moira. Als ich, Großvaters ausgestopften Adler in den Pranken, auf dem Boden lag und ihm eben die Fänge in den Hals geschlagen hatte, kam Mutter herein.

Der Bridgeabend hatte abgebrochen werden müssen. Eine der Damen war erkrankt und ins Krankenhaus gebracht worden. Ich war viel zu vertieft gewesen, um zu merken, daß das Licht anging, und auch die Tür hatte ich nicht gehört. Mutter stand in ihrem alten Pelzmantel vor mir und schaute auf mich herunter. Ich ließ den Adler fallen und zog den Kopf ein, am liebsten wäre ich auf der Stelle gestorben, so sehr schämte ich mich, so verlegen war ich. Wie wenig habe ich meine Mutter in Wahrheit gekannt! Meine liebe, treue Gefährtin, meine einzige Freundin. Kann ich nicht sogar sagen, mein zweites Ich?

Sie lächelte. Ich konnte es kaum glauben, aber sie lächelte tatsächlich. Es war dieses nur ihr eigene, wundervolle, durchtriebene Verschwörerlächeln. «Hallo», sagte sie, «bist du oder spielst du den großen Wolf?»

Im nächsten Moment kniete sie, in ihren Pelzmantel gehüllt, neben mir, und gemeinsam zerrten wir an dem Adler, kämpften mit dem Bären, fielen über die Antilope her. Zusammen liefen wir in die Halle und griffen die schlafenden Tiger an. Mutter lachte unaufhörlich (knurrte aber auch) und sagte, was für eine Erleichterung, was für eine Erleichterung! Ich glaube, wir umarmten uns. Als ich am nächsten Tag nach Hause kam, wartete sie schon auf mich, verändert und bereit. Sie hatte sich aus dem Fell des Schneeleoparden und einem weißen Pelzmaterial ein Tierkostüm geschneidert. Sie mußte den ganzen Tag daran gearbeitet haben. Durch den Schlitz an der Kehle sah ich ihre Augen funkeln.

«Du weißt nicht, wie lange ich mich schon danach gesehnt habe, wieder ein Tier zu sein», sagte sie. «Als du ein Baby warst, schlüpfte ich in verschiedene Tiergestalten. Ich war lange Zeit ein Hund und dann ein Bär, aber dein Vater kam dahinter, und er hatte etwas dagegen. Ich mußte es aufgeben.»

Daran hatte ich mich also unklar erinnert. Ich sagte, sie sehe wie die Königin der wilden Tiere aus.

«Wirklich, Wölfchen?» sagte sie.

Wir verbrachten ein herrliches Wochenende, Mutter und ich. An diesem Morgen frühstückten wir als Wolf und Leopard zusammen. Dann spielten wir. Wir spielten im ganzen Haus, manchmal kämpften und manchmal tanzten wir miteinander, wir jagten natürlich und schleppten unsere Beute in die Lager, die wir uns zwischen den Möbeln eingerichtet hatten. Wir fuhren mit dem Wagen weg, aufs Land hinaus und in einen Wald, zogen dort unsere Felle an und streiften stundenlang frei zwischen den Bäumen umher.

In diesen zwei Tagen gab es für uns keinen Grund, uns wieder in Menschen zu verwandeln, aber am Dienstag hatte ich Theaterprobe, und am Montagmorgen mußte ich zur Arbeit. Unsere Rückkehr auf die Erde, zu dem, was wir Realität nennen, vollzog sich sehr unsanft, wirkte wie ein böser Schlag auf mich. Sie hatte jedoch auch ihre amüsanten Seiten. Im Zug trat mir eine Dame auf den Fuß, und ich hatte sie angeknurrt, bevor ich merkte, was ich eigentlich tat. Hastig machte ich aus dem Knurren ein Husten.

Während des ganzen Wochenendes hatten wir uns nicht die Mühe gemacht, ans Telefon zu gehen. Aber im Büro blieb mir nichts anderes übrig, und dort erwischte mich Moira. Die Heirat war mir so weit entrückt, kam mir grotesk vor, war etwas, was andere taten, nicht ich. Tiere heiraten nicht. Aber das konnte ich Moira natürlich nicht sagen. Ich versprach, sie anzurufen und sagte, wir müßten uns noch diese Woche sehen.

Ich nehme an, sie hatte mir gesagt, daß sie am Donnerstagabend zu mir kommen wolle, um mir zu zeigen, was sie sich für das Geburtstagsgeld gekauft hatte. Sie wußte, daß Mutter donnerstags nie zu Hause war. Ich vermute, Moira hat es mir gesagt, und ich habe es überhört. Mir war nichts mehr wichtig, ich wollte nur noch Tier sein, zusammen mit meiner Mutter, Wölfchen und die Königin der wilden Tiere.

Sobald ich am Abend nach Hause kam, machten wir uns für unsere Spiele fertig, jeden Tag. Wie harmlos das alles war! Wie unschuldsvoll! Wir glichen den sanften Kreaturen aus jener Frühzeit der Welt, in der es Menschen noch nicht gab. Wir lebten wie im Garten Eden, nachdem Adam und Eva daraus vertrieben worden waren.

Die Dame, die am letzten Bridgeabend erkrankt war, war inzwischen gestorben, und der Abend wurde abgesagt. Aber wäre Mutter überhaupt weggegangen? Wahrscheinlich nicht. Unsere tierischen Kapriolen bedeuteten ihr genausoviel wie mir, vielleicht sogar noch mehr, weil sie sich sie so lange selbst versagt hatte. Wir saßen bei Tisch und aßen zu Abend. Mutter hatte das vordere Rippenstück vom Lamm gekocht, damit wir hinterher an den Knochen nagen konnten. Wir sind natürlich nie dazugekommen, es zu essen, und ich habe seither schon ein paarmal überlegt, was daraus geworden sein mag. Aber wir fingen mit der Suppe an. Das Brot lag auf dem Schneidebrett auf meiner Seite des Tischs. Daneben das lange, scharfe Messer.

Wenn Moira wußte, daß ich allein war, kam sie durch die Hintertür herein, für die sie den Schlüssel hatte. Wir hörten sie nicht, hörten sie beide nicht, obwohl ich mich erinnere, daß Mutter einen Sekundenbruchteil, bevor Moira hereinkam, zähnefletschend und die Ohren spitzend, den edlen Kopf hob. Moira öffnete die Eßzimmertür und trat ein. Ich sehe sie noch deutlich vor mir – sehe, wie ihr selbstgefälliges Lächeln erlischt und der Schrei sich ihr auf die Lippen drängt. Sie trug – wie ich annehme – mein Geburtstagsgeschenk, einen knöchellangen, weißen Schaffellmantel.

Und dann? Das ist es wohl, was Dr. Vernon-Peak ganz genau wissen möchte, aber ich habe keine klare Erinnerung daran. Ich erinnere mich, daß ich, als die Tür aufging, das Brotmesser in der Pranke hielt. Ich glaube, mich erinnern zu können, daß ich ein leises Knurren ausstieß und zum Sprung ansetzte. Aber was passierte dann?

Das letzte, woran ich mich erinnere, bevor man mich hierher brachte, ist das Blut auf meinem Pelz und die beiden wilden, raubgierigen Kreaturen, die auf dem Boden über einem toten Lamm kauern.

Fen Hall

Wenn Kinder einen Baum zeichnen, malen sie den Stamm immer braun an. Aber Baumstämme sind selten braun. Birken sind silbern, Buchen bleifarben und die Borken von Eichen, Kastanien und Platanen oft mit grünen Flechten bewachsen. Bevor Pringle nach «Fen Hall» gekommen war, war ihm das nie aufgefallen. Als ihm dann die Augen aufgingen und er sah, wie die Dinge wirklich waren, hätte er Bäume mit verschiedenfarbenen Borken gemalt, aber im nächsten Trimester hatte er keinen Kunstunterricht mehr. Das war nicht weiter schlimm, denn er war ohnehin nie besonders gut gewesen, und vielleicht wäre ihm auch nicht mehr danach zumute gewesen, Bäume zu malen. Oder sie oft zu betrachten.

Mr. Liddon holte sie in einem alten Volvo-Kombi vom Bahnhof ab. Sie schleppten ihre Camping-Ausrüstung, Zelt, Schlafsäcke, Kochtöpfe und einen Calor-Gasbrenner für den Fall, daß es zu windig sein sollte, um ein Feuer in Gang zu halten. Es war in letzter Zeit sehr windig gewesen, der Sommer kühl und ohne Sonne. Mr. Liddon war ein Freund von Pringles Vater, und Pringle hatte ihn bisher nur ein einziges Mal gesehen, und das war schon Jahre her, er war damals noch ziemlich klein gewesen. Trotzdem war es seine Aufgabe, die anderen vorzustellen.

«Das ist John und das Roger, sie sind Brüder», sagte er mit höflicher Zurückhaltung.

Pringle sagte nicht, daß sie Roger immer nur «Tölpel» nannten, denn er ahnte, daß Mr. Liddon weder Roger Tölpel noch ihn selbst Pringle rufen würde. Er hatte recht.

«Die Eltern sind doch gesund, nicht wahr, Peregrine?»

Pringle sagte ja. Er entdeckte in Johns Augen ein Funkeln, das immer verriet, was er zu erwarten hatte – John würde ihn wegen seines Vornamens unbarmherzig necken. Tölpel, der immer nur an seinen Magen dachte, sagte:

«Könnten wir unterwegs anhalten und uns etwas zu essen kaufen, Mr. Liddon?»

Mr. Liddon warf einen Blick zum Himmel, und Pringle wußte sofort, daß er «einer von diesen» Erwachsenen war. Sie verstauten ihren Kram im Wagen, stiegen ein, und ungefähr eine Meile außerhalb der Stadt hielt Mr. Liddon bei einem Selbstbedienungsladen an. Er ging nicht mit ihnen hinein, und das war ihnen nur recht. Er hätte, was sie sich kauften, ohnehin nur ungesundes Zeug genannt.

Bis nach «Fen Hall» waren es ungefähr sieben Meilen. Sie kamen durch ein Dorf namens Fedgford und bogen ein Stück dahinter auf eine schmale Straße ab, die durch einen Wald führte.

«Hier werdet ihr euer Lager aufschlagen», sagte Mr. Liddon.

Er fuhr langsam, weil die Straße eigentlich nicht viel besser als ein holpriger Waldweg war. Er zeigte auf die Bäume. Der Wald sah irgendwie geheimnisvoll aus, wie ein Märchenwald. Das Licht zwischen den Bäumen war grüngolden und gedämpft. Vögel zwitscherten leise, und Tauben gurrten. In Pringle stieg Erregung auf. Es war schöner, als er es sich vorgestellt hatte. Ein Stück weiter vorn ging der Wald in eine Pflanzung hoher, sehr aufrechter Bäume mit grünen Stämmen über. Zwischen den sehr gerade ausgerichteten Baumreihen bedeckte eine stark wuchernde Dornenpflanze den Boden, die merkwürdig prähistorisch wirkte.

«Diese Bäume sind Pappeln», sagte Mr. Liddon. Man merkte, daß er Lehrer war. «Sie werden später zu Nutzholz.»

«Zu Nutzholz?» wiederholte Pringle. «Ja, wozu denn?»

Zwanzig oder fünfundzwanzig Jahre nachdem sie angepflanzt wurden, werden sie gefällt und zu Streichhölzern verarbeitet. Falls sie nicht vorher zu Fall gebracht werden. Während der Stürme im vergangenen Winter haben wir ein paar verloren.»

Pringle hörte nicht zu. Er hatte das Haus gesehen. Es ist ein Haus, wie man es sonst nur im Traum sieht, dachte er, obwohl ihm selbst nicht ganz klar war, was er damit meinte. Die Häuser, die er in seinen Träumen sah, glichen seinem eigenen Heim oder dem Vorstadt-Reihenhaus in Surrey, in dem John und der Tölpel wohnten. Dieses Haus stand, nachdem sie alle Bäume hinter sich gelassen hatten, und kein Zweig, kein Baum, keine Ranken wilder Clematis den Blick behinderte, mit der Selbstsicherheit eines Lebewesens in der Sonne, als sei es von seiner eigenen Vollkommenheit überzeugt. Dunkel maulbeerfarben, aus kleinen Tudorsteinen erbaut, hatte es ein Dach, das sich aus vielen unregelmäßigen Flächen zusammensetzte, ein Dach mit Giebeln und unzähligen Kaminen, die wie Kerzen in die Höhe ragten. Wenn die Sonne in die Fenster schien, sahen sie wie gerahmte goldene Platten aus. Unter den Dachtraufen hingen dicke graue Schwalbennester.

«Laßt eure Sachen im Auto. Ich bringe euch in ungefähr zehn

Minuten in den Wald zurück. Ich dachte mir nur, ihr solltet zuerst einen Überblick bekommen, damit ihr wißt, wo alles ist. Ihr werdet selbstverständlich die Wasserleitung im Freien benutzen. Sie ist dort drüben. Und in dem Schuppen findet ihr Axt und Schaufel. Ich verlasse mich darauf, daß ihr sie zurückbringt.»

Es war das größte Haus, das Pringle bisher betreten hatte – öffentliche Gebäude wie Hampton Court und Woburn natürlich nicht mitgerechnet. «Fen Hall». Es sah aus wie ein Bilderbuch-Haus, und auch der Name klang so, als sei es ein Phantasiegebilde. Die Eingangstür war aus Eichenholz und hatte Eisenbeschläge. Ihr vorgelagert war ein dunkler Vorbau mit Rosenschnitzereien. Mr. Liddon führte sie durch die Hintertür ins Haus und in eine Küche, in der es aussah, wie Pringle sich eine Küche im ärgsten Slum vorstellte.

Er war geschockt. Anfangs sah er nicht viel, weil das Licht draußen so grell gewesen war, doch es roch modrig, feucht und kalt. Als sich seine Augen den veränderten Lichtverhältnissen angepaßt hatten, stellte er fest, daß sie sich in einem riesigen höhlenähnlichen Raum mit zwei kleinen Fenstern und ungefähr dreißig Quadratmetern Dreck dazwischen befanden. Ein weißer Elektroherd und ein kleiner weißer Kühlschrank bildeten zwei einsame Inseln. Der Boden war aus Ziegeln, sehr uneben, von den fleckig grün gestrichenen Wänden blätterte der Putz ab, und darunter kam blasenartiges Unkraut zum Vorschein. Schmutzige Teller stapelten sich in einem steinernen Spülbecken. Pringles Mutter hatte ein ähnliches gekauft, um einen Kakteengarten darin anzulegen. Der ganze Raum war total verdreckt, und überall lagen Haufen schmutziger Wäsche herum. John und Tölpel, die sich alles sehr aufmerksam angesehen hatten, standen mit ausdruckslosen Gesichtern und umherirrenden Blicken da.

Mr. Liddons Verhalten hatte sich leicht verändert. Er hatte den prahlerisch-herablassenden Ton von vorhin abgelegt. Während er ihnen erklärte, daß sie durch die Hintertür hereinkommen mußten, wenn sie etwas brauchten, begann er ziemlich wirkungslos aufzuräumen, stopfte Sachen in alte Holzschränke, wischte Krümel vom Tisch und ließ sie ins Spülbecken fallen.

«Dürfen wir draußen Feuer machen?» fragte John.

«Solange ihr vorsichtig damit umgeht. Nicht, wenn es wieder windig wird. Wo das Holz ist, brauche ich euch nicht zu sagen, es liegt genug herum.» Mr. Liddon öffnete eine Tür und rief: «Flora!»

Hinter der Tür sah man einen Flur mit einem Steinboden. Niemand kam. Pringle wußte, daß Mr. Liddon verheiratet war, aber keine Kinder hatte. Seine Eltern hatten ihm nur erzählt, Mr. und Mrs. Liddon hätten sich vor einem Jahr ein herrliches Haus auf dem Land gekauft, und wenn er wolle, könne er mit zwei oder drei Freunden hinfahren und dort campen. Als sie nicht wußten, daß er zuhörte, hatte er noch ein paar Dinge erfahren. Tony Liddon hatte nicht einmal einen Penny sein eigen genannt, den er zweimal umdrehen konnte, bevor er ihn ausgab. Dann war seine Tante gestorben und hatte ihm ein bißchen Geld hinterlassen. Sehr viel konnte es nicht gewesen sein. Er hatte jedenfalls die ganze Summe für «Fen Hall» ausgegeben, denn er hatte sich schon immer ein altes Haus gewünscht. Die Erhaltungskosten für das Haus waren fast unerschwinglich für ihn, und nur der Himmel wußte, woher er sie nehmen sollte.

Pringle hatte sich für diese Dinge nicht sonderlich interessiert. Jetzt fielen sie ihm wieder ein. Mr. Liddon und sein Vater waren zusammen an der Universität gewesen, aber damals hatte Mr. Liddon keine Frau gehabt. Weder Pringle noch seine Eltern kannten diese Frau. Es war jedoch offensichtlich, daß sie jetzt nicht auf sie warten würden. Sie stiegen wieder ins Auto und machten sich auf die Suche nach einem geeigneten Campingplatz.

Sie waren erleichtert, als Mr. Liddon wieder abfuhr und sie allein ließ. Der beste Platz zum Zelten war auf einer kleinen Anhöhe in einer Lichtung. Feuer konnten sie in einer Mulde am Fuß der kleinen Anhöhe machen, von der Mr. Liddon gesagt hatte, es sei wahrscheinlich eine aufgelassene Kiesgrube. Die Sonne stand tief, und ihre langen Strahlen drangen in die Birken- und Holzapfelbaumgruppen ein. In den Eichen hingen Misteln wie grüne Vogelnester. Es war warm, und die Fliegen summten. John war Experte im Zeltaufstellen und erteilte großspurig Befehle.

«Peregrine», sagte er. «Klingt nach einem verrückten Huhn.»

Tölpel hüpfte umher, steckte die Daumen in die Ohren und flatterte mit den Händen. «Zwitscher, zwitscher, komischer Vogel! Sein Herr kettet ihn wie einen Hund an. Zwitscher, zwitscher, Vögelchen!»

«Also, ich bin lieber ein Jagdfalke als Roger, der Schlaffi, Mamis Lieblingsaffi», sagte Pringle, gab Tölpel einen Stoß, beide fielen um und balgten sich auf der Erde, bis John ihnen einen Tritt gab und sie aufforderte, aufzuhören und ihm zu helfen. Er könne nicht alles allein machen.

An diesem Abend war es im Lager sehr angenehm, nicht windig, sondern still und mild nach dem schlechten Sommer, den sie gehabt hatten. Sie machten Feuer, wärmten sich Tomatensuppe und Fischstäbchen auf und aßen eine ganze Packung Biskuits. Sie lagen schon in ihren Schlafsäcken und lasen – John ein Buch über Insekten, Pringle einen Thriller, der in einem japanischen Kriegsgefangenenlager spielte und den ihm seine Eltern weggenommen hätten, hätten sie davon gewußt, und Tölpel hörte Radio –, als Mr. Liddon mit einer Taschenlampe kam, um nach ihnen zu sehen.

«Will mich nur überzeugen, daß ihr okay seid. Alles schiffsmäßig in bester Ordnung?»

Pringle fand es schon recht seltsam, daß Mr. Liddon so was sagte, nachdem sein eigenes Haus ein richtiger Saustall war. Außerdem machte er ein Geschrei wegen der Kerzen, die sie brannten, und sie versprachen, sie auszumachen, was sie aber natürlich nicht taten. In der Nacht war es sehr still hier oben im Wald. Es war die tiefste Stille, die Pringle je erlebt hatte, eine Stille, die irgendwie schwer war, als habe sich ein großes, dunkles wildes Tier auf den Wald niedergelassen und ersticke mit seinem dichten, weichen Pelz jeden Laut. Pringle dachte aber nicht allzu lange über die Stille nach, denn zwei Minuten, nachdem sie die Kerzen ausgeblasen hatten, war er schon eingeschlafen.

Am nächsten Morgen war das Wetter nicht so schön. Es war grau und kühl für August. John sah einen Zitronenfalter und freute sich riesig darüber, weil die Spezies immer seltener wurde. Sie gingen zu Fuß nach Fedgford, kauften Würstchen und stellten dann fest, daß sie keine Bratpfanne dabeihatten. Pringle ging allein zum Haus hinunter, um zu fragen, ob er sich eine leihen konnte.

Anders als andere Männer, würde Mr. Liddon um diese Zeit zu Hause sein. Es waren ja Schulferien. Pringle erwartete, ihn bei der Gartenarbeit zu finden, denn auch der Garten war ein Saustall, das merkte sogar er. Aber er konnte Mr. Liddon nirgends entdecken. Pringle hämmerte mit der Faust an die Hintertür – es gab weder Klingel noch Klopfer –, aber keiner kam. Die Tür war nicht abgeschlossen. Er überlegte, ob er einfach hineingehen durfte, und dann ging er hinein.

In der Küche herrschte eine noch wüstere Unordnung als gestern. Eine große, weiß getigerte Katze saß auf dem Tisch und fraß etwas aus einer Papiertüte, das sie wahrscheinlich nicht fressen sollte. Pringle hatte das merkwürdige Gefühl, daß er ungehindert weiter in das Haus vordringen durfte. Irgend etwas sagte ihm – obwohl dieses «Etwas» weder auf Beobachtung noch auf Vermutung beruhte –, daß Mr. Liddon nicht zu Hause war. Er betrat den

Flur, den er am Tag vorher durch die Tür gesehen hatte. Er führte in eine Halle mit Steinfußboden. Schwere Mauer- und Deckenbalken machten sie dunkel, es war kalt und roch nach Feuchtigkeit. Der Geruch ähnelte dem von Pilzen, die in einer Papiertüte ganz hinten im Kühlschrank lagen und vergessen worden waren. Pringle stieß eine Tür auf, die ihm vielversprechend erschien, und machte sich, aus einem Instinkt heraus, duch ein warnendes Husten bemerkbar.

Der Raum war riesengroß, die Decke nichts als geschnitzte Balken und Spinnenweben. Sogar Pringle sah, daß die wenigen kleinen Möbelstücke besser ins Wohnzimmer eines Bungalows gepaßt hätten. Vor dem hohen Fenster mit Längspfosten und kleinen rautenförmigen Scheiben stand eine Frau, die etwas Blaues, Funkelndes ins Licht hielt. Sie war merkwürdig angezogen, trug einen langen Rock, und das Haar fiel ihr offen über den Rücken. Sie stand so still und betrachtete den blauen Gegenstand in ihren erhobenen Händen, daß Pringle sekundenlang das unbehagliche Gefühl hatte, sie sei gar keine Frau, sondern nur der Geist einer Frau. Dann drehte sie sich lächelnd um.

«Hallo», sagte sie, «gehörst du zu unseren Campern?»

Sie war mindestens so alt wie Mr. Liddon, aber ihr Haar hing herunter wie bei einem Schulmädchen. Ihr Gesicht war blaß und nicht hübsch, doch wenn sie lächelte, war es ein wunderbares Gesicht. Pringle starrte sie an. Es war ein Gesicht, das Güte und Empfindsamkeit ausstrahlte. Es dauerte allerdings eine Weile, bevor er seine Empfindungen in Worte fassen konnte.

«Ich bin Pringle», sagte er, weil er fühlte, daß sie ihn verstehen würde. «Mit Vornamen Peregrine, aber ich will, daß man mich Pringle nennt.»

«Das kann ich dir nicht übelnehmen. An deiner Stelle täte ich das gleiche.» Sie hatte eine ruhige, ungekünstelte Stimme. «Ich bin Flora Liddon. Sag einfach Flora, ja?»

Er glaubte nicht, daß er das konnte, und so würde es darauf hinauslaufen, daß er jede Anrede vermied, das wußte er jetzt schon. «Ich wollte nur fragen, ob Sie uns eine Bratpfanne leihen können.»

«Aber selbstverständlich. Wenn ich eine finde», fügte sie hinzu. Sie streckte ihm den Gegenstand entgegen, den sie in der Hand hielt. Es war eine kleine Glasflasche. «Hübsch, nicht wahr?»

Er betrachtete sie zweifelnd. Es war doch nur eine Flasche. Hinter ihr auf dem Fenstersims standen noch mehrere, die meisten aus klarem, farblosem, aber auch ein paar aus dunkelgrünem gerippten Glas.

«Man kann die herrlichsten Dinge hier finden. Man braucht nur ein bißchen zu graben und stößt auf Abfallhaufen, die aus der elisabethanischen Zeit stammen. Und am Fluß war eine Römersiedlung. Möchtest du eine römische Münze sehen?»

Sie war schwarz, verformt, schwer, mit dem Kopf eines häßlichen Mannes darauf. Flora zeigte ihm einen Krug aus starkem, mit Bläschen durchsetztem grünen Glas und sagte, das sei das beste Stück Glas, das sie bis jetzt gefunden habe. Sie gingen in die Küche. Eine Bratpfanne zu finden, war nicht leicht, aber um so leichter ließ es sich mit Flora reden. Während sie eine Pfanne abspülte, in der noch altes geronnenes Fett war, erzählte er ihr alles über das Camp und daß sie in Fedgford gewesen waren und daß der Metzger gesagt hatte: «Ich hoffe, ihr wascht euch gründlich, bevor ihr meine guten, sauberen Würstchen bratet.»

Und sie erzählte ihm, wieviel noch in Haus und Garten getan werden mußte und daß sie alles selbst tun mußten, weil sie nicht viel Geld hatten. Sie war keine gute Anstreicherin, konnte nicht gut nähen, taugte nicht für die Garten- und – um ehrlich zu sein – auch nicht für die Hausarbeit. Am liebsten krame sie ein bißchen herum und sehe sich etwas an.

Was soll uns dieses Leben voller Sorgen, wenn uns keine Zeit bleibt innezuhalten und uns umzusehen.

Er wußte, woraus das Zitat stammte. W. H. Davies *Autobiographie eines Supertramps*. Sie hatten sie in der Schule behandelt.

«Ich wäre ein guter Tramp gewesen», sagte sie. «Es hätte mir gefallen.»

Das Lächeln brachte ihr schlichtes Gesicht zum Strahlen.

Zum Lunch brieten sie sich die Würstchen und gingen dann mit John auf Insektenjagd. Am Fluß fanden sie zwar keine Libellen, dafür zeigte er ihnen etwas, von dem er behauptete, es sei eine Köcherfliege. Pringles Meinung nach sah es eher wie ein Stückchen von einem Zweig aus. Der Tölpel verschlang im Lauf des Nachmittags fünf Marsriegel. Sie begegneten der weiß getigerten Katze, die eine Maus im Maul hatte. Sie ließ sich durch die Zuschauer nicht stören, zerbiß die Maus, und das winzige Herz fiel heraus. «Ich glaub, ich muß kotzen», sagte Tölpel und erbrach sich. Sie beschlossen trotzdem, morgen die Katze den ganzen Tag zu beobachten, um zu sehen, wie viele Mäuse sie an einem Tag fing.

Das Wetter war inzwischen besser geworden. Die Sonne war zwar nicht herausgekommen, doch es war wieder wärmer. Sie fanden die Katze in der Pappelpflanzung, wo sie in dem prähistorisch aussehenden Unkraut – das laut John angeblich Schachtelhalm hieß – auf der Lauer lag. Die Stämme der Pappeln waren fast grasgrün, und ihre Laubkronen, die sehr hoch oben im blauen Himmel schwebten, raschelten und wisperten im leichten Wind. Genau da stellte Pringle zum erstenmal fest, daß Baumstämme nicht braun waren. Die Stämme der Waldkiefern waren rötlich und leuchteten, wenn die Sonne für einen Augenblick herauskam, so hell wie Blüten. Er wies die anderen darauf hin, doch sie schienen nicht interessiert.

«Du redest wie unsere Tante», sagte Tölpel. «Sie macht Blumenarrangements für die Kirche.»

«Und kotzt wahrscheinlich, wenn sie ein bißchen Blut sieht», sagte Pringle. «Das liegt in eurer Familie.»

Tölpel sprang ihn an, und er stellte ihm ein Bein, und sie rollten sich balgend in den Schachtelhalmen hin und her. Bis vier Uhr nachmittags hatte die Katze sechs Mäuse gefangen. Flora kam heraus und sagte ihnen, die Katze heiße Tabby. Darüber freute sich Pringle seltsamerweise. Hätte sie «Schneeflocke» oder «Persephone» oder irgendeinen anderen idiotischen Namen genannt, den die Leute ihren Katzen gaben, wäre sie für ihn nicht mehr dieselbe gewesen. Warum das so war, hätte er nicht sagen können. Er hätte sie nicht mehr so gemocht.

Auf dem Rückweg ins Lager tauchte ein Mann mit einem Land-Rover auf. Er sagte, er sei beim Haus gewesen und habe geklopft, doch es scheine niemand da zu sein. Könnten sie Mr. oder Mrs. Liddon etwas von ihm ausrichten? Er heiße Porter, Michael Porter, und er sei etwas ähnliches wie ein Amateur-Archäologe, Mr. Liddon wisse Bescheid, und sie seien bei ihren Ausgrabungen auf der unteren Wiese auf einen Schuttplatz mit Sachen aus dem 19. Jahrhundert gestoßen. Er wolle tiefer graben und die nächste Schicht freilegen, und wenn Mrs. Liddon an der obersten interessiert sei, könne sie sich sie jetzt ansehen.

«Dürfen wir mitkommen?» fragte Pringle.

Aber gern, sagte Porter. Am nächsten Tag werde niemand dort arbeiten. Er habe eben im Autoradio die Vorhersage gehört, die stürmisches Wetter prophezeie. Sei das dort oben ihr Camp? Dann sollten sie ihr Zelt besonders fest verankern, sagte er und fuhr weiter.

Pringle kontrollierte das Zelt. Es schien sicher und fest. Sie gingen hinein, schnürten die Klappe zu, trauten sich jedoch nicht, die Kerzen anzuzünden, und John holte seine Sturmlaterne heraus. Der

Wald war jetzt nicht mehr still. Der Wind heulte laut und machte Geräusche, als zerreiße jemand Segeltuch. Zugleich begann das Zelt zu schwanken und blähte sich wie ein Schiffssegel. Manchmal hörte der Wind ganz auf, und dann war es ein paar Sekunden lang still und ruhig. Gleich darauf stürzte er sich aber wieder mit wildem Geheul auf den Wald. John las Frohawks Buch über die Schmetterlinge Großbritanniens, Pringle den Thriller aus dem japanischen Gefangenenlager, und Tölpel versuchte Radio zu hören. Aber irgendwie hatten sie nicht die richtige Muße dazu, und nach einer Weile machten sie das Licht aus und lagen im Dunkeln da.

Ungefähr fünf Minuten später kam die bisher stärkste Windbö, eine von denen, die sich anhörten wie ein reißendes Segeltuch, aber ungemein heftiger als die letzte. Und ihr folgte, südlich von ihnen, irgendwo unten beim Haus, ein ohrenbetäubendes Bersten.

«Ich glaube, wir müssen etwas tun», sagte John. Seine Stimme klang forsch, aber nicht ganz fest, und Pringle merkte, daß er sich genauso fürchtete wie Tölpel und er. «Wir müssen hier raus.»

Pringle zündete wieder die Laterne an. Es war Punkt zehn Uhr.

«Das Zelt hebt bald ab», sagte Tölpel.

Während er aus seinem Schlafsack kroch, überlegte Pringle, was sie tun sollten, ob sie ohne Schwierigkeiten zum Haus hinuntergehen konnten oder ob es gefährlich war? Im nächsten Moment wurde die Zeltklappe jedoch von außen beiseite geschoben, und Mr. Liddon steckte den Kopf herein. Er sah verärgert aus.

«Los, kommt mit, ihr alle. Hier könnt ihr nicht bleiben. Nehmt eure Schlafsäcke mit, wir finden im Haus schon einen Platz für euch.»

Seine Stimme hatte einen Unterton, als sei der Sturm ihre Schuld. Pringle fand seine Schuhe, schob die Füße hinein und rollte seinen Schlafsack zusammen. John trug die Laterne. Mr. Liddon hatte eine Taschenlampe und leuchtete ihnen. Der Wald bot einen gewissen Schutz, nicht aber die Straße, und der Wind zerrte an ihnen und stieß sie vor sich her. Man sah nicht viel, aber als sie an der Schonung vorüberkamen, schwenkte Mr. Liddon die Taschenlampe nach oben, und Pringle sah, woher das ohrenbetäubende Bersten gekommen war. Eine Pappel war gestürzt und lag jetzt, die Wurzeln in die Luft streckend, auf der Seite.

Aus irgendeinem Grund – vielleicht, weil sie genau an dieser Stelle Michael Porter begegnet waren – erinnerte John sich an die Nachricht, die sie weitergeben sollten. Mr. Liddon sagte okay und vielen Dank. Sie betraten das Haus durch die Hintertür. In dem

Moment, in dem die Tür hinter ihnen zufiel, krachte, vom Wind losgerissen, ein Dachziegel auf den Weg.

In den Schlafzimmern standen zwar Betten, aber ohne Decken und Laken, und die Matratzen waren klamm und feucht. Es waren gespenstische Schlafzimmer, fand Pringle, schmutzig und voller großer Spinnennetze, und er bedauerte nicht, daß sie nicht dort schlafen würden. Auch hier roch es nach alten Pilzen, aber außerdem auch nach frischer Farbe, weil Mr. Liddon angefangen hatte, eine Decke zu streichen.

Am Ende des Flurs stand Flora im Nachthemd und einem Tuch um die Schultern am Fenster und schaute hinaus. Pringle, der manchmal Gespenstergeschichten las, nannte sie bei sich die «Graue Dame von Fen Hall». Sie stand im Dunkeln, um die Blitze besser sehen zu können, die jenseits des Flusses über den Horizont zuckten.

«Es macht mir Spaß, ein Gewitter zu beobachten», sagte sie, drehte sich um und lächelte ihnen zu.

Mr. Liddon knipste das Licht an. «Wo sollen die Jungen schlafen?»

Sie tat, als gehe sie das gar nichts an. Sie war nicht unfreundlich, aber sie wollte auch nichts damit zu tun haben. «Oh, im Salon, meinst du nicht?»

«Wir haben sieben Schlafzimmer.»

Flora sagte nichts mehr. Ein langer, rollender Donner ließ das Haus erbeben. Mr. Liddon ging mit den Jungen nach unten und führte sie durch den Salon in eine Art Arbeitszimmer. Dort halfen sie ihm, auf dem Fußboden mit Kissen Betten zu bauen. Der Wind heulte ums Haus, und Pringle hörte, wie ein zweiter Dachziegel zerschellte. Er lag im Dunkeln und hörte dem Sturm zu. Die beiden anderen schliefen, sie atmeten tief und regelmäßig. Im Schlafsack war es warm, und er fühlte sich behaglich und sicher. Nach einer Weile hörte er Mr. Liddon und Flora hinter der Tür streiten.

Pringles Eltern stritten häufig, und er haßte es, es war das allerschlimmste auf der Welt, aber nicht mehr ganz so schlimm wie früher, als er noch klein gewesen war. Er konnte nur unzusammenhängende Worte hören, beleidigend und zornig von seiner Seite und gleichgültig und belustigt von der ihren, bis schließlich ein ganzer Satz sehr deutlich durch die Tür drang. Sie hatte eine tragende Stimme, obwohl sie nicht besonders laut sprach.

«Wir wollen so verschiedene Dinge!»

Er wünschte, sie würden aufhören. Und plötzlich, als der Regen einsetzte, schwiegen sie. Der Regen explodierte förmlich, schlug gegen die Fenster und auf das alte, einsturzgefährdete Dach. Merkwürdig, daß man bei einem solchen Lärm, diesem unaufhörlichen lauten Prasseln, einschlafen konnte ...

Als er am nächsten Morgen in die Küche kam, war sie schon da. John und Tölpel schliefen noch, obwohl heller, wäßriger Sonnenschein durch die schmutzigen Rautenfenster strömte. Die Welt draußen war rein, frisch gewaschen. Im Haus das alte Chaos, und obwohl die Fenster offen waren, roch es in der Küche nach alten Pilzen und schmutzigen Geschirrtüchern. Flora saß am Tisch, vor sich ein Durcheinander aus Tellern, nicht zu identifizierenden Kleidungsstücken, Brotrinden, Obstschalen und einer offenen Dose Katzenfutter. Sie trank Kaffee, und Tabby lag auf ihrem Schoß.

«Es ist noch reichlich in der Kanne, wenn du welchen willst.»

Sie war die erste Erwachsene in einem Haus, in dem er über Nacht geblieben war, die ihn nicht fragte, wie er geschlafen hatte. Auch würde sie ihm kein Frühstück machen. Sie sagte ihm, wo er Eier, Brot und Butter fand. Pringle fiel ein, daß er ihr die Bratpfanne noch nicht zurückgegeben hatte, die möglicherweise ihre einzige war.

Er hatte sich einen ganzen Stapel Toast gemacht und ein Glas Marmelade gefunden. Das Gras und die Wege, die er durch ein geöffnetes Fenster überblicken konnte, waren mit abgebrochenen Zweigen und Laub übersät. Über den zottigen Rasen stolzierte ein Fasanenhahn.

«Hat der Sturm großen Schaden angerichtet?» fragte er.

«Ich weiß nicht. Tony ist früh aufgestanden, um nachzusehen. Vielleicht sind noch mehr Pappeln geknickt oder entwurzelt.»

Pringle aß seinen Toast. Die Katze begann merkwürdig unregelmäßig zu schnurren. Flora kraulte ihr die Ohren und den Hals. Sie begann zu sprechen, doch vielleicht weder zu Pringle noch zu der Katze oder doch zu ihnen, wenn sie zuhören wollten.

«Viele Menschen sind so. Das ganze Leben ist nur eine Vorbereitung für das Leben und nicht das Leben selbst.»

Pringle wußte nicht, was er darauf sagen sollte, also sagte er nichts. Sie stand auf und ging weg, die Katze noch immer auf dem Arm, und nach einer Weile hörte er aus einem entfernten Teil des Hauses ganz leise Musik.

In der Schonung waren zwei Pappeln entwurzelt worden, und jede hatte einen fast mannstiefen Krater in den Boden gerissen. Auf dem Weg zu ihrem Lagerplatz sahen Pringle, John und Tölpel sich die Bäume sehr genau an, die niedergestürzten grünen Stämme, das in die Luft ragende Wurzelgeflecht. Im Lager hatte der Wind alles ein bißchen durcheinandergewirbelt, und ihre Sachen waren durchnäßt, aber einen ernsten Schaden gab es nicht.

Es schien eine gute Gelegenheit, die Bratpfanne zurückzugeben. Hinterher mußten sie wohl nach Fedgford, um sich Würstchen zu kaufen. Vielleicht boten Mr. Liddon oder Flora ihnen sogar an, sie mit dem Auto hinzubringen. Wenn nicht, mußten sie zu Fuß gehen. Aber Pringle brachte, das mußte er zugeben, die Pfanne jetzt nur zurück, weil er darauf spekulierte, daß man sie mit dem Auto ins Dorf fuhr.

Doch Mr. Liddon, der nie eine Minute vergeudete, arbeitete schon in der Plantage. Er hatte eine Kettensäge hinauftransportiert, weil er die Pappeln an Ort und Stelle schneiden wollte. Als er sie auf dem Weg entdeckte, ging er ihnen entgegen.

«Wie habt ihr geschlafen?»

«Ganz okay, vielen Dank», sagte Pringle. Aber Tölpel, der wütend gewesen war, weil er nichts Heißes zu trinken und nichts zu essen bekommen hatte, murmelte vor sich hin, er sei zu hungrig gewesen, um schlafen zu können. Mr. Liddon beachtete ihn nicht. Er schien zerfahren und nervös. Er sagte zu Pringle, wenn sie ins Haus gingen, sollten sie Mrs. Liddon – er nannte sie, wenn er mit ihnen sprach, nie Flora – ausrichten, er glaube, in dem Krater, der von der größeren Pappel stamme, eine Fundstelle mit viktorianischem Glas entdeckt zu haben.

«Sie müssen die Bäume dort eingepflanzt haben, ohne zu wissen, was darunter steckt.»

Pringle warf einen Blick in den Krater, und tatsächlich ragten bunte Glassplitter, ein Flaschenhals und der Henkel einer Kanne oder eines Trinkkrugs aus der aufgewühlten Erde. Pringle ließ die beiden anderen, die von der Kettensäge fasziniert waren, bei Mr. Liddon und machte sich auf den Weg, um die Bratpfanne zurückzubringen. Flora war im Salon und spielte Platten mit lebhafter Klaviermusik. Als er ihr von der Fundstelle berichtete, sprang sie wie elektrisiert auf.

Sie gingen miteinander zur Plantage zurück. Tabby lief mit, hielt sich aber immer ein paar Schritte hinter ihnen wie ein Hund. Pringle wußte, daß es sinnlos gewesen wäre, jetzt noch auf eine Autofahrt zu hoffen. Mr. Liddon hatte inzwischen die Krone der großen Pappel abgesägt. In der kurzen Zeit, die seit dem Sturm vergangen war, hatten die matten, silbrig grünen Blätter schon angefangen zu welken. John fragte, ob sie die Säge auch einmal ausprobieren dürften, und Mr. Liddon antwortete, das sei selbstverständlich nicht drin, glaubten sie denn, er sei verrückt? Und wenn sie wirklich noch zum Metzger wollten, bevor er über Mittag zumachte, sollten sie lieber losziehen.

Flora hatte ihren langen Rock hochgeschürzt und war in den Krater geklettert. Hätte sie aufrecht darin gestanden, hätten Kopf und Schultern über den Rand hinausgeragt, denn Pappeln haben flache Wurzeln. Aber sie stand nicht aufrecht. Sie ging in die Hocke und scharrte mit ihrem kleinen Spaten kleine Glasgegenstände aus der lockeren Erde. Die Kettensäge jaulte und schnitt in das obere Ende des Baumstamms. Pringle, der mit den anderen zusah, hatte das Gefühl, daß Mr. Liddon es irgendwie falsch machte. Er konnte jedoch nicht sagen, was ihn störte. Ihm fiel nur ein komischer Film ein, den er einmal gesehen hatte, und in dem ein Mann, der auf einem Ast saß, das Stück zwischen ihm und dem Baumstamm durchsägte und natürlich hinunterfiel, als der Ast ab war. Aber Mr. Liddon saß ja nicht oder so. Er zersägte nur einen entwurzelten Baum von der Krone zum Stamm. Die Säge schnitt wieder ins Holz und teilte es in vier kurze Abschnitte und den langen Stamm.

«Verschwindet, Jungs», sagte er. «Ihr wollt doch nicht eure Zeit damit vergeuden, daß ihr hier herumlungert.»

Flora sah auf und zwinkerte Pringle zu. Nicht unfreundlich, nur verschwörerisch. Sie lächelte und hielt eine kleine, schimmernde rote Glasflasche in die Höhe, damit er sie sah. Er, John und Tölpel gingen langsam los, widerwillig und trödelnd, weil der Weg, der vor ihnen lag, lang und langweilig war. Durch die Schachtelhalme, die Böschung hinauf. Als die Säge wieder losjaulte, drehten sie sich automatisch um.

Aber als es passierte, sah Pringle gerade nicht hin. Keiner von ihnen sah es. Sie hatten sich ein letztes Mal umgeschaut und trotteten jetzt den Weg entlang. Das Geräusch ließ sie herumfahren, ein pfeifendes Sausen und dann ein lautes, dumpfes Krachen, bei dem man bis ins Mark erschrak. Sie schrien auf, alle drei, sonst aber niemand, weder Flora noch Mr. Liddon. Sie blieben beide ganz still.

Mr. Liddon stand mit ausgebreiteten Armen, den Mund offen, und seine Augen waren starr aufgerissen. Die Holzklötze lagen neben ihm, aber der Baumstamm war nicht mehr da. Beim letzten Schnitt der Säge hatte der untere Teil mit den Wurzeln das Übergewicht bekommen und war in den Krater zurückgeschnellt. Pringle preßte die Hand auf den Mund. Tölpel, der nicht nur aussah wie ein dickes Baby, begann zu weinen. Ängstlich, langsam, näherten sich alle vier dem jetzt aufrecht stehenden Baum, dessen Wurzeln Flora unter sich begraben hatten.

Die Polizei kam und ein Farmer mit seinem Sohn und ein paar Männer aus der Umgebung. Gemeinsam schafften sie es, den Baum wieder auf die Seite zu kippen, aber inzwischen war Flora tot. Vielleicht war sie schon gestorben, als der Stamm und die Masse der Wurzeln sie getroffen hatten. Pringle war nicht dabei, er sah sie nicht. Mr. Liddon hatte ihnen die Schonung verboten und gesagt, sie müßten im Lager bleiben, bis jemand sie abholte, um sie zum Bahnhof zu fahren. Es war Michael Porter, der am Spätnachmittag kam und nachsah, ob sie alles eingepackt und den Zeltplatz gesäubert hatten. Er sagte ihnen, daß Flora tot war. Sie erreichten den Bahnhof so rechtzeitig, daß sie den Zug um siebzehn Uhr fünfzehn nach London nehmen konnten.

Auf dem Weg zum Bahnhof erwähnte er die Fundstelle, von der er ihnen erzählt hatte, mit keinem Wort. Pringle hätte gern gewußt, ob Mr. Liddon Flora etwas davon gesagt hatte. Während der ganzen Zugfahrt ging ihm etwas Merkwürdiges im Kopf herum. Als er an diesem Morgen den Weg hinauf zum Lager gegangen war, war in dem Baumkrater kein Glas gewesen, dessen war er sicher. Er hätte den Glanz nicht übersehen. Aber er sagte John und Tölpel nichts davon. Was hätte es auch für einen Sinn gehabt?

Drei Jahre später bekamen Pringles Eltern eine Einladung zu Mr. Liddons Hochzeit. Er heiratete die Tochter eines reichen ortsansässigen Bauunternehmers, und der Empfang fand in «Fen Hall», dem Haus im Wald statt. Pringle fuhr nicht mit, er war schon zu alt, um seinen Eltern immer am Rockzipfel zu hängen. Für Bäume interessierte er sich ohnehin nicht mehr.

Vatertag

In einer Erzählung eines viktorianischen Autors hatte Teddy einmal gelesen, daß ein bestimmter Charakter «um sich herum alles friedlich, harmonisch und angenehm» haben wolle. Der Satz war ihm im Gedächtnis haften geblieben. Auch er wollte es um sich herum friedlich, harmonisch und angenehm haben.

Man konnte nur hoffen, daß das Angenehme überwog, wenn sie alle zusammen auf Urlaub fuhren. Teddy begann zu fürchten, daß sie sich gegenseitig auf die Nerven gehen könnten. Aber schließlich war es für viele Jahre das letzte Mal, daß sie im Oktober zu viert verreisen konnten, denn im Frühling würden Emma und Andrew in die Schule kommen.

«Ein Jammer», sagte Anne, «denn Mai und Oktober sind die absolut besten Zeiten auf den griechischen Inseln.»

Sie und Teddy hatten das Haus von dem Geld gekauft, das Teddy von seiner Mutter geerbt hatte. Im vergangenen Jahr waren sie zweimal dagewesen und noch einmal im letzten Mai. Leider hatten sie abends nicht ausgehen können, denn sie hatten keinen Babysitter. Zusammen mit Michael und Linda sollte es möglich sein, daß jedes Paar an jedem zweiten Abend ausgehen konnte.

«Wenn Michael uns seine Kinder anvertraut.»

«Also so schlimm ist er auch wieder nicht.»

«Ich habe nicht gesagt, daß er schlimm ist. Er ist mein Schwager, und ich muß mit ihm auskommen. Er ist schon in Ordnung. Aber bei diesem Getue um seine Kinder wundere ich mich manchmal, daß er sie ihrer Mutter überläßt, wenn er zur Arbeit muß.»

Er erinnerte sich, daß Michael ihnen im Juli den gemeinsamen Abend in Chichester gründlich verdorben hatte, weil er darauf bestand, den Babysitter vor der Vorstellung, in der Pause und vor der Rückfahrt anzurufen. Und wenn er nicht telefonierte oder im Theater gezwungen war, den Mund zu halten, hatte er ununterbrochen in leicht gereiztem Ton über Andrew und Alison geredet.

«Er steht stark unter Stress», hatte Linda ihrer Schwester zugeflüstert. «Hat berufliche Schwierigkeiten.»

Teddy fand es unnatürlich, daß ein Mann ein solches Getue um seine Kinder machte. Er liebte seine Kinder auch, selbstverständlich liebte er sie, und er war auch besorgt, aber sie waren noch klein und, wenn er ehrlich sein wollte, manchmal lästig und ermüdend. Wenn sie erst einmal älter waren, konnte er mit ihnen gut Freund sein, und darauf freute er sich schon jetzt. Michael war einer Mutter ähnlicher als einem Vater – er war die reinste Glucke. Wenn Teddy aus irgendeinem Grund ein schlechtes Gewissen hatte, hatte er schon mal die Windeln gewechselt oder das Fläschchen gegeben, aber Michael schienen diese Prozeduren tatsächlich Spaß zu machen, und es gab für ihn kaum ein anderes Thema. Teddy hoffte nur, daß er auf Stamnos nicht nur Diskussionen über Kindernahrung und Säuglingspsychologie zu hören bekommen würde.

Etwa eine Woche vor ihrer Abreise ging Valerie Wiltons Ehe in die Brüche. Valerie war zwar mit Anne in die Schule gegangen, aber mit Linda eng befreundet und hatte beiden lange Briefe geschrieben, in denen sie alles erklärte und um ihr Verständnis bat. Sie hatte in ihrem Abendkurs in Wirtschafts-Französisch einen Mann kennengelernt, mit dem sie jetzt weggegangen war. Anscheinend hatte die Affäre schon lange gedauert, aber Valeries Mann war völlig ahnungslos gewesen, und als sie ihn verließ, war es ein schrecklicher Schock für ihn. Er kam vorbei, schüttete Anne sein sorgenvolles Herz aus, trank eine Menge Scotch, brach zusammen und weinte. Soweit Teddy wußte, machte er es bei Linda genauso. Teddy hielt sich aus der Sache heraus, er hatte keine Lust, sich hineinziehen zu lassen. Da ihm Frieden und Harmonie über alles gingen, lehnte er es sogar freundlich, aber energisch ab, mit Anne darüber zu sprechen.

«Linda sagt, Michael habe es furchtbar mitgenommen», sagte Anne. «Er identifiziert sich mit George, verstehst du? Er ist so feinfühlig.»

«Ich habe mir vorgenommen, nicht darüber zu reden, Liebling, und, verflixt, das werde ich auch nicht!»

Während des Fluges hatte Michael Alison auf dem Schoß, und Andrew saß neben ihm. Anne meinte vorwurfsvoll, Linda habe es gut. Teddy sah, daß Linda fast die ganze Zeit schlief. Sie war schön – sah besser aus als Anne, wie die meisten Leute fanden, nur Teddy nicht –, und hatte sich, nachdem Michael zuletzt mehr verdiente, eine Menge neuer Sachen gekauft und sich einen modisch schicken Haarschnitt machen lassen. Teddy, ein guter Beobachter, vor allem, wenn es sich um schöne Dinge handelte, hatte festgestellt, daß sie seit einiger Zeit keine Hosen mehr trug. Anerkennend betrachtete er über den Mittelgang hinweg ihre langen, schlanken Beine.

In Athen mußten sie in eine andere Maschine umsteigen. Es war ein schöner, klarer Tag, und während des Landeanflugs übersah man sehr gut die ganze Insel, die die Form eines Weinkrugs und von dieser Form ihren Namen abgeleitet hatte. Stamnos war nur etwa zwanzig Meilen lang, aber die Straße war schlecht und voller Furchen. Sie schlängelte sich dicht mit Olivenbäumen bepflanzte Berge hinauf und hinunter, und bis Votani, am oberen Rand des Krugs gelegen, brauchte der Wagen eine Stunde. Der Fahrer, ein Einheimischer, war einer jener Griechen, die ihre Jugend in Australien verbringen, dann nach Hause zurückkehren und mit dem ersparten Geld irgendein Geschäft eröffnen. Er sprach während der ganzen Fahrt in einem rauhen griechisch-australischen Slang, sein Radio spielte Bouzoukimusik, und Alison wimmerte in Michaels Armen. Es war heiß für die Jahreszeit.

Tim, dem es im Auto immer schlecht wurde, mußte sich auf der Fahrt zweimal übergeben. In Votani angekommen, erfuhren sie, daß der Wagen die schmale, gepflasterte Straße nicht hinauffahren konnte. Sie mußten aussteigen und ihr Gepäck tragen. Der Fahrer half ihnen, in jeder Hand einen Koffer und einen auf dem Kopf. Michael trug keinen Koffer, denn er hatte Andrew auf den Schultern sitzen und Alison auf dem Arm.

Die Häuser von Votani bedeckten einen flachen konischen Hügel und sahen von weitem wie ein Haufen pastellfarbener Kiesel aus. Aus der Nähe gesehen, waren die Häuser sauber, eng, ineinander verschachtelt, von Jasmin und Bougainvilleen überwuchert, und auf dem Hügel selbst erhob sich die ungewöhnlich malerische Ruine einer Kreuzfahrerburg. Teddys und Annes Haus bestand aus drei Fischerhäuschen, die der vorhergehende Besitzer zu einem einzigen umgebaut hatte. Da es auf dem steilen Hügel stand, hatte es eine Unmenge kleiner Treppen. Von dem Zimmer, in dem die vier Kinder schlafen sollten, sah man die östlichen Mauern der Festung, eine weite Fläche dunkelblauer See und, verwischt am Horizont, die türkische Küste. Wenn die Sonne untergegangen war, wurde es schnell dunkel. Teddy fand das nach den langen englischen Abenddämmerungen immer ein bißchen verwirrend.

Schon eine Stunde nach ihrer Ankunft in Votani schlenderte er die Hauptstraße hinunter – eine von Steinmauern gesäumte Schlucht, in der es nach Jasmin duftete, und die von Lampen auf schmiedeeisernen Trägern beleuchtet wurde – zu Agamemnons Bar. Er hatte ein schlechtes Gewissen, weil er ausging und es Anne überließ, die Kinder ins Bett zu bringen. Aber es war Annes Vorschlag gewesen, ja, sie hatte sogar darauf bestanden, daß er mit Michael vor dem Abendessen einen Schluck trinken ging. Bei einem im Flüsterton abgehaltenen Kolloquium hatten sie übereinstimmend festgestellt, daß Michael «total erledigt» (so Anne wörtlich) aussah und – wie Teddy es ausdrückte – «die Nase vollzuhaben scheint». Was auch kein Wunder war, nachdem er sich den ganzen Tag um Andrew und Alison gekümmert hatte.

Michael zu überreden, war nicht leicht gewesen, er hatte bei Linda bleiben und ihr helfen wollen, und daher war Teddy ziemlich überrascht, als er eine nörgelnde Tirade gegen die Emanzipation der Frau begann.

«Manchmal frage ich mich, was sie damit meinen, wenn sie erklären, sie seien nicht ‹gleichberechtigt›», sagte er. «Sie bekommen die Kinder, oder? Wir können sie nicht bekommen, und deshalb finde ich, daß die Frauen uns *über-* und nicht *unterlegen* sind.»

«Also, ich weiß, daß ich kein Baby bekommen möchte», sagte Ted leichthin.

«Und deshalb», fuhr Michael fort, als habe Teddy kein Wort gesagt, «müssen wir sie beherrschen. Um unseretwillen. Wo kämen wir denn hin, wenn sie die Babys kriegten und auch sonst die Oberhand hätten?»

Teddy antwortete unbestimmt, mit Oberhand und so habe er nicht viel im Sinn, aber irgend jemand habe gesagt, die Hand an der Wiege regiere auch die Welt. Inzwischen waren sie in Agamemnons Bar angekommen und saßen an einem Tisch auf der von Weinlaub umrankten Terrasse. Die anderen Gäste waren Einheimische. Ein paar erkannten Teddy, nickten ihm zu und lächelten. Die meisten Touristen waren um diese Zeit schon abgereist und die Hotels geschlossen, bis auf eins. Dem hedonistischen Teddy, dem Harmonie über alles ging und der nicht gern Probleme wälzte, hatte die Wendung nicht gefallen, die das Gespräch nahm. Er erzählte Michael, wie lustig Anne und er es gefunden hätten, daß der Besitzer der Bar nach dem großen Helden der griechischen Antike getauft worden sei, ironischerweise jedoch klein und dick war. An dieser Stelle mußte er sich unterbrechen, denn der kleine, dicke Agamemnon kam lächelnd an ihren Tisch, um ihre Bestellung entgegenzunehmen.

Michael ließ es jedoch nicht zu, daß Teddy noch einmal auf die klangvollen Namen der Inselbewohner zu sprechen kam. Er begann sofort wieder zu reden, schnell und heftig, das magere dunkle Gesicht angespannt und verkniffen.

«Ein Mann kann seine Kinder jederzeit ohne eigene Schuld verlieren. Hast du dir das schon mal überlegt?»

Teddy sah ihn an, dachte an tödliche Krankheiten, an Kidnapping. «Wie meinst du das?»

«Es könnte dir oder mir passieren, jedem von uns. Ein Mann kann seine Kinder über Nacht verlieren, ohne etwas dagegen tun zu können. Er kann ein guter, treuer Ehemann, ein guter Ernährer, ein liebevoller Vater sein, das alles zählt nicht. Schau dir George Wilton an. Was hat George falschgemacht? Nichts. Trotzdem hat er seine Kinder verloren. Heute hier, morgen fort – gestern noch in seinem Haus, heute mit Valerie bei diesem Wirtschafts-Französisch-Typen in Gerrards Cross, und wenn George Glück hat, darf er sie einmal in vierzehn Tagen sehen.»

«Ich verstehe, worauf du hinauswillst», sagte Teddy. «Aber er könnte sie schließlich nicht versorgen, nicht wahr? Er muß arbeiten gehen. Ich meine, ich sehe ja ein, daß es unfair ist, aber der Mutter kann man die Kinder nicht wegnehmen, nicht wahr?»

«Anscheinend nicht. Aber dem Vater schon.»

«Ich würde mir an deiner Stelle wegen eines Einzelfalls nicht den Kopf zerbrechen», sagte Teddy, der sich sehr unwohl fühlte. «Du solltest diesen ganzen Kram vergessen, so lange wir hier sind. Entspann dich ein bißchen.»

«Ein Einzelfall? Genau das ist es eben nicht. Einem meiner Arbeitskollegen, John Frost, geht's genauso. Er und seine Frau haben sich getrennt – auf das Verlangen seiner Frau, natürlich, – und ganz selbstverständlich hat sie ihr Baby mitgenommen. Und George hat mir erzählt, mit der Ehe seines Bruders ging's vor ungefähr zwei Jahren genauso. Drei Kinder hatte er und lebte nur für sie, und jetzt darf er alle vierzehn Tage mit ihnen in den Zoo gehen.»

«Vielleicht», sagte Teddy, der oft hellsichtige Momente hatte, «wäre das nicht passiert, wenn er ein bißchen mehr für seine Frau gelebt hätte.»

Er war froh, als er endlich wieder zu Hause war. Nachts, im Bett, sprach er mit Anne darüber. Anne sagte, Michael sei ein Mensch, der zur Besessenheit neige. Als er Linda kennenlernte, war er von ihr besessen gewesen, jetzt sei er's von Andrew und Alison. Sie habe festgestellt, er sei zur Zeit nicht besonders nett zu Linda, sondern beobachte sie auf eine unangenehme Weise. Und als Linda ihm vorgeschlagen hatte, morgen mit den Kindern zur Burg hinaufzugehen, wenn er zum Hafen wolle, um die Fischerboote einlaufen zu sehen, habe er gesagt:

«Glaub ja nicht, daß ich dir erlaube, allein mit *meinen* Kindern dort raufzugehen.»

Ein paar Tage später gingen alle gemeinsam. Man mußte die Kinder jede Minute im Auge behalten, so viele Plätze gab es, wo sie hinunter- oder hineinfallen konnten – Mauersprünge, bröckelndes Gemäuer, Löcher, die sich ins Nichts öffneten. Aber die Aussicht von den östlichen Mauern, die an ein paar Dutzend Stellen dort eingestürzt waren, wo die Klippe fast senkrecht zu einem kremfarbenen und silbernen Sandstrand und braunen Felsen abfiel, war die schönste auf ganz Stamnos. Man überblickte die weite Bucht, gewissermaßen die Tülle des Weinkrugs, das Meer mit den daraufgetupften Inseln und die niedrigen Berge der Türkei. Und hinter ihnen, dachte der romantische Teddy, liegt vielleicht die Ebene von Troja. Das Gras war hier sehr glatt, trocken wie sauberes, frisiertes Haar. In Stamnos hatte es seit fünf Monaten nicht geregnet. Der Himmel war von einem weichen malvenfarbenen Blau, wolkenlos und klar. Emma und Andrew, die beiden größeren, liefen auf dem glatten Gras umher, fanden es besonders lustig, daß es so rutschig war, kugelten herum, schlitterten die Abhänge hinunter.

Seit ihrem Gespräch in der Bar war Teddy seinem Schwager mit Erfolg aus dem Weg gegangen, aber im Lauf dieses Tages gelang es Michael, ihn zu erwischen. Er nannte es bei sich so, obwohl es eigentlich eher andersherum gewesen war: ahnungslos hatte er Michael erwischt. Er war ins Lebensmittelgeschäft hinuntergegangen, um die roten Äpfel, den Schafskäse und das Olivenöl zu besorgen, die Anne haben wollte, und hatte dann kurz in den nächsten Raum hineingeschaut, in dem eine Second-hand-Buchhandlung untergebracht war. Die Regale waren mit Taschenbüchern in allen nur erdenklichen europäischen Sprachen vollgestopft. Sie waren von den abertausend Touristen zurückgelassen worden, die im Sommer in Votani gewesen waren. Der Raum war leer, nur Michael stand in einer entfernten Ecke und hatte eben einen Roman vom Regal genommen, der als Titel den Namen seiner Heldin trug.

«Das ist eine schwedische Übersetzung», sagte Teddy freundlich.

«Ach, tatsächlich? Ja, du hast recht.»

«Die englischen Bücher sind alle dort drüben.»

Michaels Gesicht sah in dem Dämmerlicht, das im Laden herrschte, eingefallen aus. Obwohl er so dunkel war, wurde er nur langsam braun. Sie traten hinaus in den Sonnenschein. Sein Einkaufsnetz mit den Äpfeln, dem Schafskäse und dem Olivenöl in der

Hand, blieb Teddy ab und zu stehen, schaute über eine Mauer oder durch einen Torweg. Unter ihnen erstreckten sich die Wiesen bis ans Meer, kauerten Olivenbäume, unter denen schwarze Netze ausgelegt waren, in denen die Ernte aufgefangen wurde, ragten bleistift-dünne Zypressen steif in die Höhe. Der Hirtenhund trieb die Herde zusammen, und das Bimmeln der Schafsglocken klang wie ferne Musik. Michaels Schatten fiel über die sonnenhelle Mauer.

«Ich hab geträumt», sagte Teddy. «Ist das nicht schön? Ich liebe es. Es macht mich ganz traurig zu denken, daß wir für – wie lange? – vielleicht zwölf oder vierzehn Jahre nicht mehr im Oktober herkommen können.»

«Also, ich kann nicht behaupten, daß es mir etwas ausmacht, meinen Kindern ein paar Opfer zu bringen.»

Teddy fand diesen Vorwurf ungerecht und hätte gern entsprechend scharf geantwortet. Aber er hatte keine besondere Begabung für versteckte Andeutungen und Sticheleien. Außerdem hatte Michael, bevor ihm etwas einfiel, ein anderes Thema angeschnitten.

«Die griechischen Gesetze gestehen den Frauen seit ein paar Jahren viel größere Rechte zu – im Hinblick auf Eigentumsrechte, Scheidungen und so weiter.»

«Und das ist auch gut so, findest du nicht?» antwortete Teddy nicht ohne Bosheit.

«Das sind die ersten Risse in einer Gesellschaftsordnung, die schließlich zum Zusammenbruch dieser Gesellschaft führen werden.»

«Unsere Gesellschaftsordnung ist auch nicht zusammengebrochen.»

Michael lachte schneidend über die Naivität dieses Kommentars. «Im 19. Jahrhundert», fuhr er ernst und lehrerhaft fort, «und auch in unserem noch über eine lange Zeit hinweg, sind die Kinder beim Vater geblieben, wenn seine Frau ihn verlassen hat, das war ganz selbstverständlich. Die Kinder durften nie beim schuldigen Teil aufwachsen. Und vor noch nicht allzulanger Zeit konnte ein Mann seine Frau mit Hilfe des Gesetzes zwingen, zu ihm zurückzukehren.»

«Du sehnst dich doch nicht etwa danach?»

«Ich sag dir eins, Teddy, es kommt eine Zeit, in der Kinder keine Väter haben werden – das heißt, es wird nicht mehr wichtig sein, wer dein Vater ist. Du wirst deine Mutter kennen, und das wird genügen. Dahin kommt es, daran gibt es keinen Zweifel. Im Mittelalter waren die Männer überzeugt, daß bei der Fortpflanzung die Frau nur das Gefäß und daß allein der Samen des Mannes es war, der das Kind zeugte. Inzwischen hat sich das Rad um fast dreihundertsechzig Grad gedreht, wir sind bei der fast totalen Oberhoheit der Frau angelangt, und Männer wie du und ich sind nur noch ein austauschbares Mittel zum Zweck.»

«Ist es möglich, daß er ein bißchen verrückt ist?» sagte Teddy am Abend zu Anne. «Ich meine, vor Überanstrengung übergeschnappt?»

«Hier überanstrengt er sich doch wirklich nicht.»

«Noch etwas, worüber ich mir den Kopf zerbrochen habe. Sag mal, hat Linda vielleicht etwas vor? Ich meine, hat sie vielleicht ein Techtelmechtel mit einem anderen Typen? Sie zieht sich in letzter Zeit besonders schick an, und sie hat abgenommen. Sie sieht um Jahre jünger aus. Wenn sie einen anderen hat, wäre es eher erklärlich, warum der arme alte Michael sich so aufführt.»

Es war ihr «freier» Abend gewesen, und sie kamen aus dem letzten Restaurant, *Krini*, das nach Mitte Oktober noch geöffnet hatte. Die Nacht war voller Sterne und der Mond eine leuchtend weiße, fast runde Scheibe.

«Es muß irgendeinen Grund dafür geben, daß er so ist. Es ist nicht normal. Ich verbringe doch meine Zeit auch nicht damit, mich zu sorgen, du könntest mich verlassen und die Kinder mitnehmen.»

«Ach, das ist es also! Er hat Angst, daß Linda ihn verlassen könnte?»

«Das muß es sein. Er kann doch nicht derart ausflippen, nur weil George und irgendein Mensch namens Frost Eheprobleme haben.» Teddy nickte weise. «So ist die menschliche Natur nicht», sagte er. «Gehen wir zur Burg hinauf, Liebling. Wir waren noch nie bei Mondschein oben.»

Sie kletterten den Hügel hinauf. Teddy schnaufte ein bißchen, weil er im *Krini* zuviel Ouzo getrunken hatte. Im Sommer wurde die Burg von Scheinwerfern angestrahlt, aber wenn die Hotels zumachten, gingen auch die Lichter aus. Das Mondlicht war fast ebenso hell, und zwischen den schwarzen Schatten, die die geborstenen Mauern warfen, schimmerte silbern der Rasen. Die Inselbewohner warteten jetzt, nach der Touristensaison verzweifelt auf Regen, denn nur wenn es noch einmal regnete, konnten sie auf eine gute Olivenernte hoffen. Teddy stieg die letzte noch vorhandene Treppe in die Überreste des einzigen noch vorhandenen Turms hinauf. Er blieb stehen und wartete auf Anne. Er schaute hinunter, konnte sie aber nicht sehen.

«Das ägäische Meer ist nicht immer so ruhig», drang ihre Stimme zu ihm herauf. «Hier unten gibt es eine kreisförmige Strömung von der Küste fort und wieder zurück.»

Er spähte von seinem Ausguck hinunter, sah sie aber noch immer nicht. Und dann entdeckte er sie. Eben noch. Ihre Silhouette hob sich vom Purpur des bestirnten Himmels ab.

«Paß auf!» schrie er. «Du stehst zu dicht am Rand.»

Sie zuckte vor Schreck zusammen, fuhr herum und glitt sofort auf dem Gras aus, rutschte auf dem Rücken, die Beine in der Luft über den Abhang. Teddy raste die Treppe hinunter, über den Rasen, stürzte selbst um ein Haar, hob sie auf und preßte sie an sich.

«Stell dir vor, du wärst auf die andere Seite gefallen.»

Ihre Handflächen waren sandig, stellenweise abgeschürft, weil sie vergeblich versucht hatte, sich seitlich an die Mauerrisse zu klammern. «Ich wäre überhaupt nicht gefallen, wenn du nicht geschrien hättest.»

Als sie nach Hause kamen, schliefen die Kinder, Linda war schon im Bett, aber Michael noch auf. Zwei leere Weinflaschen standen auf dem Tisch und drei Gläser. Ein Mann, den sie am Abend vorher in Agamemnons Bar kennengelernt hatten, sei auf ein Glas vorbeigekommen, sagte Michael. Ein Deutscher aus Heidelberg. Ein verspäteter Urlauber, und allein.

«Er hat uns von seiner Scheidung erzählt. Seine Frau hat jetzt einen Jüngeren mit besseren Berufsaussichten, der Werners Kindern einen Swimmingpool und Reitstunden bieten kann. Werner wollte sich umbringen, aber jemand hat ihn rechtzeitig gefunden.»

Na, das muß ja ein schöner Abend gewesen sein, dachte Teddy und wollte etwas Fröhliches sagen, als aus dem Kinderzimmer ein schriller Schrei kam. Und wenn's um sein Leben gegangen wäre, hätte Teddy nicht sagen können, welches Kind geschrien hatte, aber Michael wußte es genau. Er kannte Alisons Stimme und lief hinauf, um sie zu trösten. Linda kam im Morgenrock aus ihrem Schlafzimmer.

«Ist dieser gräßliche Mensch weg? Er sieht wie eine Kröte aus. Warum scheinen wir überhaupt niemanden mehr zu kennen, dessen Ehe nicht kaputtgegangen ist?»

«Ihr kennt uns.»

«Ja, Gott sei Dank!»

Michael ging fast jeden Morgen mit seinen Kindern an den

Strand. Teddy auch, aber er wäre lieber auf die andere Seite der Landspitze gegangen, aber Emma und Tim wollten mit Cousin und Cousine zusammensein, und Tim fing an zu brüllen, als Teddy Einwände machte. Also mußte Teddy so tun, als freue er sich, Michael zu sehen. Die Kinder tummelten sich abwechselnd am Strand und in dem klaren grünen Wasser. Es war mittags noch immer sehr heiß.

«Wie im August», sagte Teddy. «Im August ist es hier wie im Backofen.»

«Hitze und Kälte bedeuten mir nicht besonders viel», sagte Michael.

Teddy widerstand der Versuchung, etwas ähnliches zu sagen wie: «Is ja schön für dich» oder «so glücklich wollt ich auch sein», und begann statt dessen Pläne für den nächsten Tag zu machen: sie könnten, meinte er, mit dem Mietwagen nach Likithos fahren, das Mönchskloster mit den byzantinischen Relikten und den Apollo-Tempel besuchen. Michael wandte ihm ein so unglückliches, so zerquältes Gesicht zu, in dem die Augen buchstäblich vor Schmerz zusammengekniffen waren, daß Teddy seine schuljungenhafte Abneigung vergaß und tiefes Mitleid mit ihm empfand. Der arme Junge, dachte er, der arme Teufel! Was fehlt ihm denn nur?

«Wenn ich Andrew und Alison um mich habe, wie jetzt, ist es nicht so schlimm», fing Michael leise und hastig zu sprechen an, «weil ich da immer das Gefühl habe, ich könnte sie packen, mit ihnen weglaufen und sie verstecken.» Er sah Teddy ernst an. «Ich bin kräftig, ich bin noch jung. Ich könnte sie ohne Schwierigkeiten beide sehr weit tragen. Ich könnte sie verstecken. Aber in unserer zivilisierten Welt gibt es keinen Ort, wo man sich lange verstecken kann, nicht wahr? Doch, wie ich schon sagte, ist es nicht so schlimm, wenn ich sie bei mir habe, wenn wir zu dritt allein sind. Aber wenn ich weggehen und sie bei *ihr* lassen muß – ich kann dir nicht sagen, wie ich mich auf der Heimfahrt fühle; im Zug und dann auf dem Weg vom Bahnhof nach Hause stelle ich mir vor, daß ich heimkomme und sie nicht höre, daß nur Stille mich erwartet. Stille und ein Zettel auf dem Kaminsims. Ich fürchte mich vor dem Nachhausegehen, Teddy, das sage ich dir ganz offen, und sehne mich zugleich danach, zu Hause zu sein. Selbstverständlich tu ich das. Ich sehne mich danach, sie zu sehen und mich davon zu überzeugen, daß sie mir noch gehören. Noch einmal davongekommen, sage ich mir. Manchmal rufe ich ein halbes dutzendmal zu Hause an, weil es mich beruhigt zu wissen, daß *sie* nicht mit ihnen weggegangen ist, sie mir nicht weggenommen hat.»

Teddy war entsetzt. Er wußte nicht, was er sagen sollte. Es war, als sei die Sonne verschwunden, als sei alles kalt und trostlos und abscheulich. Das Meer funkelte, sah hart und endlos aus, ein Feind.

«Seit wir hier sind, ist es nicht ganz so schlimm», sagte Michael. «Oh, wahrscheinlich bin ich dir mit meinem Gerede auf die Nerven gegangen. Tut mir leid, Teddy, ich weiß, was ich für ein Jammerlappen bin. Aber ich kann nur noch daran denken, daß alles wieder von vorn anfängt, sobald wir zu Hause sind.»

«Hat denn Linda ...» Teddy stotterte vor Aufregung. «Ich meine, Linda ist doch nicht ...»

Michael schüttelte den Kopf. «Noch nicht, noch nicht. Aber sie ist jung, nicht wahr? Sie ist attraktiv. Sie hat noch viele Jahre vor sich – Jahre der Qual für mich, Teddy, bevor meine Kinder erwachsen sind.»

Anne erzählte Teddy, sie habe mit Linda darüber gesprochen. «Sie schaut keinen anderen Mann an, würde es nie tun. Michael bricht ihr das Herz. Sie hat abgenommen und sich neue Kleider gekauft, weil sie das Gefühl hatte, sie habe sich nach Alisons Geburt gehenlassen und sollte versuchen, sich für ihn so attraktiv wie möglich herzurichten. Seine fixe Idee macht sie ganz fertig. Sie möchte, daß er zu einem Psychiater geht, aber das lehnt er ab.»

«Das Vertrackte daran ist, daß er nicht ganz unrecht hat», sagte Teddy. «Sein Wahnsinn hat Methode. Wenn Linda einen Mann kennenlernte und sich in ihn verliebte und mit ihm wegginge – ich meine, Michael könnte sie sogar dazu treiben, wenn er so weitermacht –, *würde* sie die Kinder mitnehmen, und Michael *würde* sie verlieren.»

«O nein, nicht auch du!»

«Aber nein, weil ich ja nicht so verrückt bin wie der arme Michael. Ich bin hoffentlich ein vernünftiger Mann. Doch nachdenklich kann man schon werden. Eine Frau kommt zu dem Schluß, daß es in ihrer Ehe nicht mehr klappt, und der Mann verliert die Kinder, sein Heim und möglicherweise die Hälfte seines Einkommens. Also, wenn ich noch mal fünfundzwanzig und nicht dir begegnet wäre, würde ich es mir zweimal überlegen zu heiraten, das kannst du mir glauben.»

An ihrem letzten Abend waren Anne und Teddy an der Reihe, auf die Kinder aufzupassen. Michael und Linda aßen mit Werner im

Hotel Daphne. Linda trug ein Seidenkleid, das so grün war wie flaches Meerwasser.

«Ein weiteres gemütliches Plauderstündchen über Ehebruch und Selbstmord, nehme ich an», sagte Teddy. Da er es gern gemütlich hatte, machte er es sich mit einem großen Glas Ouzo auf der Terrasse unter dem Weinlaub bequem. «Diesmal tut es mir nicht besonders leid, nach Hause zu fahren. Und ich sag dir was. Nächstes Jahr könnten wir zu Ostern herkommen, in Emmas Schulferien.»

«Allein», sagte Anne.

Michael kam gegen zehn Uhr zurück. Er war allein. Teddy sah, daß seine Handflächen blaue Druckstellen hatten, als habe er sich an etwas Rauhem und Steinigem festgeklammert. Anne stand auf.

«Wo ist Linda?»

Er zögerte mit der Antwort. Ein verschlagener Ausdruck, wie geistig gesunde Menschen ihn nie zustande bringen, breitete sich auf seinem Gesicht aus. Sein unsteter Blick schweifte über die Terrasse, nach rechts, nach links. Dann schaute er auf seinen rechten Handteller hinunter und begann ihn mit dem Daumen zu reiben.

«Im Hotel», sagte er. «Bei Werner.»

Anne hatte schneller begriffen als er, daß merkte Teddy. Sie machte einen Schritt auf Michael zu.

«Was in aller Welt heißt ‹bei Werner›?»

«Sie hat mich verlassen. Sie fährt morgen mit ihm nach Deutschland.»

«Das ist nicht wahr, Michael. Sie kann ihn nicht ausstehen, das hat sie mir gesagt. Sie hat gesagt, er sieht aus wie eine Kröte.»

«Das stimmt», sagte Teddy. «Ich habe es auch gehört.»

«Na schön, dann ist sie eben nicht bei Werner. Denkt, was ihr wollt. Sind die Kinder in Ordnung?»

«Vergiß die Kinder, Michael, die sind okay. Sag uns, wo Linda ist, bitte! Halt uns nicht zum Narren!»

Er antwortete nicht. Er ging ins Haus, und der Perlenvorhang klapperte auch noch, als er verschwunden war. Anne und Teddy sahen sich an.

«Ich habe Angst», sagte Anne.

«Also offen gesagt, ich auch», entgegnete Teddy.

Der Vorhang klapperte wieder, als Michael mit seinen Kindern aus dem Haus kam. Er trug Andrew auf der Schulter und Alison auf dem Arm; beide waren völlig schlaftrunken.

«Ich habe mir dort oben die Hände zerkratzt», sagte er. «Der Rasen ist so glatt wie Glas.» Er sah Anne und Teddy mit einem breiten und leeren Lächeln an. «Wollte mich nur überzeugen, daß es den Kindern gutgeht, ich bringe sie wieder ins Bett.» Er begann mit einer Art triumphierender Erleichterung vor sich hinzukichern. «Jetzt werde ich sie nicht mehr verlieren. Jetzt nimmt *sie* sie mir nicht mehr weg.»

Die grüne Straße nach
Quephanda

Vor noch nicht allzulanger Zeit fuhr in London eine Vorortbahn von Finsbury Park nach Highgate und möglicherweise auch noch weiter, doch das kann ich nicht sagen. Sie wurde stillgelegt, bevor ich nach Highgate zog, und irgendwann wurden auch Gleise und Schwellen abmontiert. Aber die Spur ist geblieben, und es ist eine sehr interessante Spur. Manche Leute, die an der ehemaligen Bahnlinie wohnen, behaupten steif und fest, sie hörten nachts, wenn der Wind richtig steht, noch immer den Zug die Steigung nach Highgate hinaufkeuchen, hörten sein langes melancholisches Pfeifen, kurz bevor er in den alten Bahnhof einfährt. Ein Geisterzug wahrscheinlich, auf Gleisen, die längst abmontiert und abtransportiert wurden.

Aber das ist keine Geistergeschichte. Wer könnte sich den Geist vorstellen, nicht den eines Menschen, sondern eines Ortes, der in der natürlichen Welt nicht existiert? Wer könnte vermuten, daß einem Mann wie mir, der völlig phantasielos ist und mit Scheuklappen umherläuft, etwas Übernatürliches und Paranormales widerfahren könnte?

Ein Mensch mit einer besseren Beobachtungsgabe, zum Beispiel, hätte kaum drei Jahre nur zwei Minuten vom alten Bahnhof entfernt wohnen können, ohne zu wissen, daß es hier einmal eine Bahnlinie gegeben hatte. Tag für Tag ging ich auf dem Weg zur Untergrundbahn daran vorbei, schaute, ohne hinzusehen, auf die von Unkraut überwucherten Bahnsteige, die geborstenen Schutzdächer hinunter. Wo, glaubte ich eigentlich, wuchsen all die Bäume, Ebereschen, spanische Kastanien und Linden, die klebrigen, schwarzen teerähnlichen Saft absondern, und deren Kronen sich in einer langen Allee hoch in der Luft wiegten? Wofür hielt ich eigentlich das Tal, in das ich gelegentlich einen Blick warf, dieses zwischen vorstädtischen Hintergarten liegende Tal? Man kann es bei den Brücken betreten oder verlassen, denn dort gibt es immer wieder Möglichkeiten, hinunter- oder heraufzuklettern; man erreicht es auch über ein paar richtige, stark überwachsene Stufen und durch Gartenpforten – oder durch die von den Pforten übriggebliebenen Pfosten. Ich bin unter oder auf diesen Brücken gegangen (das kam natürlich darauf an, ob die Straßen, die ich benutzte, über die Brücke oder unter der Brücke hindurchführten, ohne mich jemals zu fragen, was diese Brücken trugen oder überquerten. Mir kam, ich muß es sagen, so leid es mir tut, auch nicht ein einziges Mal der Gedanke, daß es hier eigentlich eine Menge Brücken gab, zumal in diesem Teil von London die einzige Bahnlinie, die Untergrundbahn, tief unter der Erde fuhr. Ich dachte nicht über sie nach. Wenn ich durch einen Tunnel aus braunen Ziegelsteinen ging, schaute ich nicht hinauf und zerbrach mir den Kopf, wieso er da war, ich warf auch nie einen Blick über ein Brückengeländer. Es war Arthur Kestrell, der mir von der Bahnlinie erzählte, als ich ihn eines Abends in seinem Haus besuchte.

Arthur war Romanautor. Ich schreibe «war» nicht etwa, weil er seinen Beruf aufgegeben und einen anderen ergriffen hat, sondern weil er tot ist. Ich weiß nicht einmal sicher, ob man seine Bücher Romane nennen kann. Sie gehören in diese ziemlich kuriose Kategorie, ein ziemlich populäres Genre, eine Verschmelzung von Science Fiction, Märchen, Horror und Fantasy.

Aber Arthur, der unter dem Pseudonym Blaise Fastnet schrieb, war kein Mervyn Peake und auch kein Lovecraft. Nicht etwa, daß ich in der Zeit, über die ich schreibe, schon ein Buch von ihm gelesen hätte. Doch Elizabeth, meine Frau, kannte sie. Arthur schenkte uns gelegentlich eins bei Erscheinen, mit Widmung natürlich. Und er überreichte, nein, präsentierte es, als sei es etwas unerhört Kostbares und einzigartig Erstrebenswertes.

Ich brachte es nicht fertig, sie zu lesen. Schon die Titel widerten mich an: *Kallinarth, der Wölking, Kallinarths Suche, Der Herr von Quephanda, Der Lohn des Gralssuchers* und so weiter. Irgendwie schaffte ich es jedoch immer, ohne direkt zu lügen, bei Arthur den Eindruck zu erwecken, daß ich sein neuestes Buch gelesen hatte; zumindest bildete ich mir das ein. Vielleicht durchschaute er mich auch, denn er fragte nie, ob es mir gefallen habe oder ob ich etwas daran zu kritisieren hätte. Liz sagte, es mache «Spaß», sie zu lesen, und manchmal erwähnte sie – mit freundlicher Absicht, wie ich weiß – eine Szene oder zitierte etwas aus einem Dialog, wenn Arthur zugegen war. «Wie Kallinarth es wohl ausgedrückt hätte», sagte sie zum Beispiel; oder: «Sind das nicht die gleichen Blumen, die Kallinarth für Valaquen pflückte, als sie aus ihrem langen Schlaf erwacht war?» Auf diese Weise brachte sie den armen Arthur zum Erröten. Er sah dann aus, als wäre er vor Verlegenheit am liebsten in den Boden gesunken. Ich glaube, daß Arthur Kestrell im tiefsten Innern davon überzeugt war, große Literatur zu schreiben, was vielleicht zu seinen Lebzeiten nie anerkannt, ihm aber posthumen Ruhm verschaffen würde. Liz nannte ihn, natürlich nur für uns privat, den «Tolkien der Armen».

Er litt unter schwarzen, schweren Depressionen. Wenn sie über ihn herfielen, konnte er weder schreiben noch lesen, noch unternahm er seine Marathon-Spaziergänge durch Nord London, die er leidenschaftlich liebte, wenn er sich wohl fühlte. Er schloß sich in seinem gothischen Haus ein, das in dem Bezirk lag, in dem Highgate und Crouch End ineinander übergehen. Dort verkroch er sich, litt, lief auf und ab, ging nicht an die Tür und schon gar nicht ans Telefon, bis er, ungefähr nach fünf oder sechs Tagen, die Stimmung quälender Verzweiflung und Hoffnungslosigkeit überwunden hatte.

Seine Bücher wurden nie in der Presse besprochen. Wie es kommt, daß das Werk einiger Autoren der Aufmerksamkeit der Kritiker entgeht, ist ein Rätsel, doch selbstverständlich nimmt jeder an, sie hielten es für unter ihrer Würde, davon Notiz zu nehmen. Daß sie eine neue Veröffentlichung ignorieren, ihr weder ein Lächeln gönnen, noch sie mit Spott übergießen, sondern einfach zur Tagesordnung übergehen, bedeutet wohl, daß dieses Werk des Autors nur eine kommerziell motivierte Wiederholung seines letzten Buchs ist, eine unwesentliche Abwandlung des letzten Themas, ein weiteres Werkstück profitbringender, trivialer Fließbandarbeit. Arthur nahm das, glaube ich, sehr schwer. Nicht daß er mir's gesagt hätte. Aber bald nachdem Liz die Zeitung nach einer einzigen Zeile über den neuesten Fastnet-Roman durchforscht hatte, überkam ihn eine seiner Depressionen, und er verkroch sich wieder hinter seine mit Zinnen versehenen grauen Mauern.

Tauchte er wieder auf, trug er eine Zeitlang eine Art bedächtiger Fröhlichkeit zur Schau und klammerte sich geradezu verbissen ans Leben. Mit ihm zusammenzusein, war immer ein Vergnügen, und sei es nur um seiner unglaublichen und ungewöhnlichen Phantasie willen, deren bunte Vielfalt sich in seinen Büchern niederschlug, und die, wenn man mit ihm sprach, seinen Beobachtungen und den Meinungen, die er vertrat, einen exotischen Reiz verlieh.

London sei, behauptete er immer, eine seltsame, glanzvolle und unheilvolle Stadt, im Norden der Welt auf Hügeln und Tälern angesiedelt. Begriff ich denn nicht den Zauber, den es für Ausländer besaß, die es sehnsüchtig als graues Eldorado betrachten? Ich, der ich in London geboren war, sah weder seine Wunder noch seine Gegensätze, noch seine Verruchtheit. Im Sommer überredete mich Arthur, mit ihm das Grab von Marx zu besuchen, zeigte er mir das Haus, in dem Housman *A Shropshire Lad* geschrieben hatte, und schleppte mich zu dem Teich im Vale of Health, auf dem Shelly gesegelt war. Wir durchstreiften die Heath und die Vorortwälder, und als ich mich eines Tages beklagte, jetzt seien wir überall gewesen, erzählte mir Arthur von der alten Eisenbahnlinie. Ein langer grüner Weg, sagte er, ein Weg wie auf dem Land, zwischen Zäunen, Hecken und Bäumen, viereinhalb Meilen lang, und dann erklärte er mir, auf seine zurückhaltende Art lächelnd, wie dieser Weg verlief. Über der Northwood Road, über der Stanhope Road, unter Crouch End Hill, über der Vicarage Road, unter Crouch Hill, unter Mount View, über Mount Pleasant Villas, über Stapleton Hall, unter Upper Tollington Park, über Oxford Road, unter der Stroud Green Road bis zum Bahnhof in Finsbury Park.

«Und wie kommt man dahin?» fragte ich.

«An jeder Brücke. Oder von der Holmesdale Road aus. Und sogar vom Ende meines Gartens.»

«In Ordnung», sagte ich. «Gehen wir. Es ist ein herrlicher Tag.»

«Am Sonntag gibt es dort eine wahre Massenprozession», sagte Arthur. «Die Sonne wird vom Himmel brennen, und wir werden ganze Horden Wilder mit übermütigen Hunden und Kindern, Transistorradios und Bierbüchsen begegnen.» Das war Arthurs Art sich auszudrücken, wobei er die Worte genießerisch oder verträumt aussprach. «Sie müssen abwarten und dürfen erst hinaufgehen, wenn es still ist, im Zwielicht, in der Abenddämmerung, wenn die Luft fliederfarben ist und Ihnen der bittere Duft des Rainfarns in die Nase steigt.»

«Dann also morgen abend. Ich bringe Liz mit, wir holen Sie ab, und Sie gehen mit uns hinauf.»

Aber als wir am nächsten Abend unter dem steinernen Torbogen der Vorhalle seines Hauses standen und klingelten, öffnete er nicht. Ich trat zurück und sah zu dem schmalen vergitterten Fenster hinauf, das die Form eines auf dem Kopf stehenden Schildes hatte. So etwas hatte ich unter solchen Umständen noch nie getan. Hinter dem Fenster erschien Arthurs Gesicht, verschwommen und durch das dunkle, rautenförmig geschnittene Glas leicht verzerrt, aber unverkennbar sein kleines, runzliges Gesicht, blaß und mit dem kurzen, spärlichen Bart. Es ist irgendwie beklemmend, so von einem Freund angesehen zu werden, der auf Gruß und Lächeln überhaupt nicht reagiert und einen mit einem toten, leeren Blick ohne eine Spur des Erkennens anstarrt. Ich glaube, ich begriff in diesem Moment, daß der arme Arthur nicht mehr ganz bei Verstand war. Es war Liz und mir auch völlig klar, daß er tief in einer seiner Depressionen steckte und wir nicht erwarten durften, von ihm eingelassen zu werden.

Wir gingen nach Hause, den Plan, an diesem Abend die Bahnlinie zu erforschen, ließen wir fallen. Aber am nächsten Tag machte ich früher Feierabend – um diese Jahreszeit gab es im Büro ohnehin nicht viel zu tun – und stieg schon um halb fünf in Highgate aus der Untergrundbahn. Liz war nicht zu Hause, das wußte ich. Aus einem Impuls heraus überquerte ich die Straße und bog in die Holmesdale Road ein. Schon oft hatte ich, wenn ich hier entlanggegangen war, am Nordende der Straße eine Wiese gesehen, ein unerwartet ländlicher Anblick in dieser Gegend, eine Wiese, von breiten Baumkronen überschattet, höchstens fünfzig Meter vom Lärm und dem Gestank der Archway Road entfernt. Jetzt begriff ich, was es war. Ich stieg den Abhang hinunter, wandte mich nach Südosten, wo die Wiese schmäler wurde und kam zu einem mit Gras bewachsenen Heckenweg.

Er war ungefähr so breit wie die Heckenwege bei uns auf dem Land und wurde von Schmetterlingssträuchern gesäumt, auf denen Pfauenaugen und Füchse saßen. Ich wäre mir wirklich ganz wie auf dem Land vorgekommen, wären die Hinterfronten der Häuser nicht gewesen, die auf dem ganzen Weg zwischen den langen Blättern und den purpurnen Blütenröhren der Sträucher auftauchten. Arthurs fliederfarbene Stunde war noch nicht gekommen. Es war windstill, und die Sonne schien auf den breiten grünen Weg – es war das klare weiße Licht einer Sonne, die noch lange nicht untergehen würde.

Eine wunderbar warme ländliche – oder vielleicht sollte ich sagen ländlich heitere Atmosphäre herrschte hier. Leider fehlt mir Arthurs Wortgewandtheit und Phantasie, um den Ort richtig zu schildern, und die habe ich nicht. Ich kann nur sagen, mir war, als sei dort oben die Zeit stehengeblieben, als seien das Hasten und Rennen, die Hetze und das Durcheinander, die Gier nach Leben, denen ich eben entronnen war, noch nicht bis hierher gedrungen.

Ich ging über die Brücke an der Northwood Road und über die an der Stanhope Road, und ich schämte mich, weil ich so oft gedankenlos unter ihnen durchgegangen war. Bald bekam die Strecke ein leichtes Gefälle, wurde der Damm zum Tal mit Böschungen zu beiden Seiten, auf denen kleine zarte Birken, Weidenröschen und der riesige Knöterich wuchsen. Aber nirgends konnte ich die langstieligen, leuchtend gelben Blütenstände des Rainfarns entdecken, die wie Chrysanthemen duften. Vielleicht gehören sie sogar zur Familie der Chrysanthemen, ich weiß es nicht. Jedenfalls sah ich keine, und ich sah auch keinen Flieder, aber vielleicht hatte Arthur das nur symbolisch gemeint, und außerdem blühte der Flieder nicht im Juli. Ich ging dieses erste Mal bis Crouch End Hill und auf der Straße zurück. Falls ich den Eindruck erweckt haben sollte, es seien auf der alten Bahnstrecke keine Menschen gewesen, dann ist dem nicht so. Ich kam an zwei Frauen vorüber, die einen Labrador spazierenführten, begegnete zwei Jungen mit Fahrrädern und einem kleinen Mädchen in Schuluniform, das Schokoladeeis schleckte.

Liz zeigte sich sehr interessiert, als ich ihr erzählte, wo ich gewesen war, schien aber auch ziemlich verstimmt, weil ich nicht gewartet hatte, bis sie auch mitkommen konnte. Daher zogen wir nach dem Abendessen gemeinsam los, nahmen denselben Weg, gingen genausoweit wie ich am Nachmittag und legten am nächsten Abend ein längeres Stück des Wegs zurück. Ein mit Stacheldraht versperrter Tunnel hinderte uns daran, bis ans Ende zu kommen, wir waren jedoch fast die ganze Strecke abgegangen und versicherten uns gegenseitig, daß uns wahrscheinlich nicht viel entgangen war.

Mit der ländlich heiteren Atmosphäre war es hinter Crouch End Hill ohnehin vorbei. Hier stand ein alter Bahnhof, von dem nur noch die Bahnsteige übrig waren, und jemand hatte ein altes Federbett unter die Brücke geworfen oder ein Dutzend Gänse gerupft. Auf einer Länge von etwa hundert Metern wurde die Strecke zu einem Abfallhaufen und weitete sich dann zu einem Kinderspielplatz mit Wandbildern und Graffiti auf den alten Ziegelmauern.

Liz blickte hinter sich in das grüne Tal. «Wie gewonnen, so zerronnen», sagte sie. Ein Kind, das auf einem Seil schaukelte, schrie und stieß uns beinahe um.

Alle Schönheit und die Atmosphäre, die ich beschrieben habe, fand man im ersten Abschnitt zwischen dem Bahnhof Highgate und Crouch End Hill. Als ich Arthur das nächste Mal sah, nachdem er der Welt wiedergegeben war, erzählte ich ihm, daß wir die ganze Strecke ausgekundschaftet hätten. Er wurde ganz aufgeregt.

«Sie haben es also gesehen, von Anfang bis zum Ende? Es ist wunderschön, nicht wahr? Haben Sie aauch den Fingerhut gesehen? Es müssen jetzt unendlich viele Fingerhüte dort sein, mindestens eine ganze Meile. Und Mimosen. Unglaublich, daß Mimosen einen englischen Winter überstehen, und ich wüßte auch nicht, wo sie sonst noch blühen, aber dort oben gedeihen sie. Es ist ein geschütztes Fleckchen, geschützt vor Frost und eisigen Winden.»

Arthur sagte das so wehmütig, als seien Frost und eisige Winde, von denen er sprach, nicht rauhe Wirklichkeit, sondern eine Metapher, die sich auf die Kälte des Lebens, des Schicksals und der Zeit bezog und nicht auf das Klima. Ich machte wegen der Mimosen jedoch keine Einwände, obwohl ich überzeugt war, daß er sich irrte. Die Strecke war nicht geschützt, sondern den Unbilden der Witterung eher ausgesetzt, und selbst wenn sie geschützt gewesen wäre, wenn wir hier in Cornwall oder auf den warmen Scilly Inseln gewesen wären, wäre es für Mimosen immer noch zu kalt gewesen. Mit Fingerhüten war das etwas anderes, obwohl ich auch keine gesehen hatte, nur den Knöterich mit seinen hochblättrigen schmutzigweißen Blüten, den Lauchhederich, Schachtelhalme, Kletten, wilde Azalee und die blassen, lederartigen Blätter des Huflattichs. Als die Strecke hinter Mount View wieder ländlich wurde, wuchsen Weißdornbüsche und nicht Mimosen an den Böschungen.

«Das Land gehört der Gemeinde Haringey.» Arthurs Stimme war immer sehr ausdrucksvoll, und jetzt bebte sie vor Verachtung. «Sie wollen dort Häuser bauen. Sie wollen die Strecke mit einer großen roten Gemeindesiedlung bepflastern, einem entstellenden Feuermal.» Das schriftstellerische Talent des armen Arthur war gewiß bei weitem nicht so genial, wie er zu glauben schien, aber wortgewaltig war er.

Im August sollte, wie in jedem Jahr, sein neuer Roman erscheinen. Liz hatte ein Vorausexemplar bekommen und pflichtgetreu gelesen. Wieder das gleiche, sagte sie zu mir: Kallinarth, der Heldenkönig, in seinem aus Wolken bestehenden Zufluchtsort. Valaquen, die schlafende Jungfrau, die nur in einem Traumleben existiert, bis alles Böse aus dieser Welt verschwunden ist. Xadatel und Finrael, Zauberer und Krieger, die himmlischen Zwillinge. Der Titel lautet diesmal *Die Brunnen von Zond*.

Bald nachdem Liz es gelesen hatte, kam Arthur zum Abendessen zu uns. Wir hatten noch drei andere Gäste, und als wir bei Kaffee und Cognac saßen, erwähnte ich ganz nebenbei, ich bedauerte, keinen Drambuie im Haus zu haben, da ich wisse, daß er ihn besonders liebe.

«Wir müßten Xadatel hier haben, Arthur», sagte Liz, «er könnte Ihnen Ihr Lieblingsgetränk aus den Brunnen von Zond hervorzaubern.»

Es war eine harmlose, irgendwie sogar rührende Bemerkung. Sie bewies, daß sie Arthurs Werk kannte und mit den Wunderbrunnen vertraut war, aus denen, wie es schien, auf ein Wort des Zauberers Nektar, phantastische Elixire und andere Köstlichkeiten strömten, die man sich wünschte. Arthur wurde jedoch feuerrot und war tief gekränkt. Und hinterher machte sich Liz, in der Rückschau auf das, was geschehen war, wegen ihrer Worte unendliche Vorwürfe.

«Woher hättest du es wissen sollen?» fragte ich.

«Ich hätte es wissen müssen. Ich hätte begreifen müssen, wie leidenschaftlich ernst es mit seinem Werk war. Aus dem Brunnen strömte – nun ja, geweihtes Wasser, und ich redete davon, daß sich dieses Wasser in Drambuie verwandeln sollte ... Oh, ich weiß, es ist absurd, aber es *war* absurd, und was er schrieb, bedeutete ihm alles. Die gleiche Leidenschaft und Inspiration – und Muse, wenn du willst, beflügelte Shakespeare und Arthur Kestrell, nur die Endprodukte sind verschieden.»

Nachdem sie die Bemerkung gemacht hatte, sagte Arthur sehr steif: «Leider scheinen Sie nicht das richtige Empfinden für die phantastische Literatur zu haben, Elizabeth.» Er verließ uns sehr früh. Liz und ich waren damals ziemlich verärgert, und sie sagte, sie sei sicher, Tolkien hätte nichts dagegen gehabt, wenn jemand vor ihm einen kleinen Scherz über Frodo gemacht hätte.

Eine Woche später erschien in der Abendzeitung ein Artikel, in dem es hieß, der Umweltminister habe sich endgültig dafür entschieden, Haringey zu untersagen, auf der Strecke der alten Bahnlinie Gemeindehäuser zu errichten. Auf dem Parkland-Weg, wie es in der Zeitung hieß. Viereinhalb Meilen einer stillgelegten Strecke der North-Eastern Railway, lautete die nähere Beschreibung, von Finsbury Park nach Highgate und ehemals Zubringer zum Alexandra-Palast.

Die Strecke solle für immer ein Spazierweg bleiben. In der Zeitung stand auch etwas von Kleinwild, das in der Umgebung der Strecke lebt. Sogar von Füchsen war die Rede. Liz und ich sagten, wir wollten an einem Herbstabend hinaufgehen und nachsehen, ob uns ein Fuchs über den Weg lief. Wir führten unseren Entschluß nicht aus, denn ich hatte gute Gründe, nie wieder in die Nähe der

Bahnlinie zu gehen, aber als wir die Sache planten, ahnte ich nicht, daß ich etwas zu fürchten hatte.

Jetzt hatten wir August, Ende August. Das launische englische Wetter war plötzlich sehr kalt geworden, und bei dem starken Nordwind kam man sich eher wie im November vor. Doch während der letzten Tage des Monats war es wieder warm und der Himmel blau. Wir hatten von Arthur nach jenem Abendessen einen förmlichen Dankesbrief bekommen, ein paar kühle Zeilen, aus reiner Höflichkeit geschrieben, aber gesehen oder gehört hatten wir nichts mehr von ihm.

Die Brunnen von Zond waren erschienen und wie immer von den Kritikern ignoriert worden. Arthur Kestrell oder Blaise Fastnet war ein glückloser Autor. Ich vermutete, daß er in einer tiefen Depression steckte, war aber dennoch der Meinung, ich sollte versuchen ihn zu sehen, um diesen unseligen Bruch zwischen uns zu kitten. Am 1. September, einem Samstag, machte ich mich am Nachmittag auf, um über die alte Bahnlinie zu seinem Haus zu gehen.

Ich rief zuerst an, aber es meldete sich niemand. Es war ein schöner Nachmittag, und Arthur saß vielleicht im Garten, wo er das Telefon nicht hören konnte. Ich schlug zum erstenmal diesen Weg zu seinem Haus ein, obwohl er der kürzeste und die Straße ein Umweg war, und zum erstenmal ging ich an einem Samstag über den Parkland-Weg. Ich merkte bald, was Arthur mit den Menschenmassen gemeint hatte, die an den Wochenenden hier ausschwärmten. Teenager mit Transistorradios, kichernde Schulmädchen, Horden gammelnder junger Leute, Liebespaare, Leute im mittleren Alter, die picknickten. An der Northwood Road lehnten Jungen und Mädchen am Brückengeländer, ein paar hatten Gitarren und einer eine Trommel, und die machten Krach für hundert.

Ich erinnere mich, daß ich mich auf dem Weg ganz auf Arthur Kestrell konzentrierte, weil ich wegen des Lärms und der vielen Menschen weder Natur noch Aussicht genießen konnte. Und plötzlich wurde mir bewußt, daß ich ihn zwar als engen Freund betrachtete, ihn gern hatte und auch sehr gern mit ihm zusammen war, jedoch nie versucht hatte, mich in seine Gefühle hineinzuversetzen oder ihn zu verstehen. Wenn ich mich auch nicht über seine Bücher lustiggemacht hatte, war ich doch so anmaßend gewesen, sie oberflächlich, ja, fast verächtlich abzutun. Ich hatte mir nie die Mühe gemacht, ein einziges oder auch nur eine Seite zu lesen. Während ich so auf die Stanhope Road Bridge zuschlenderte, hatte ich das Gefühl, daß es schrecklich sein müsse, sein ganzes Leben, seine

Seele, seine Energie und Leidenschaft in Werke einzubringen, die in Buchläden verramscht, von den Kritikern ignoriert, von Taschenbuch-Verlegern abgelehnt und in Bibliotheken nur von solchen Leuten aus dem Regal geholt wurden, die ein Buch nach dem Schutzumschlag aussuchen und nur auf oberflächliche Unterhaltung aus sind.

Ich beschloß daher an Ort und Stelle, jedes Buch von Arthur zu lesen, das wir hatten. Ich schwor mir, ihn mein Interesse auch merken zu lassen, ihn dazu zu bringen, mit mir über seine Bücher zu diskutieren. Und mein Entschluß beflügelte mich derart, daß ich beschloß, sofort damit anzufangen. Ich würde mich sofort bei Arthur für Liz' ungeschickte Bemerkung entschuldigen und ihm dann sagen (natürlich ohne preiszugeben, daß ich bisher noch keine Zeile von ihm gelesen hatte), daß ich die Absicht hatte, mich eingehend mit seinen Büchern zu beschäftigen, ihnen den Respekt entgegenzubringen, der einem Lebenswerk zustand; anfangen wollte ich mit *Kallinarth, der Wölkling* und mir eins nach dem anderen vornehmen, bis ich alle fünfzehn – oder wie viele es sein mochten – bis *Die Brunnen von Zond* gründlich kannte. Vielleicht würde er mit Sarkasmus reagieren, doch würde er ihn nicht beibehalten, wenn er merkte, daß es mir ernst war. Meine Begeisterung tat ihm vielleicht so gut, daß sie etwas Positives bewirkte und ihn von den furchtbaren Depressionen heilte, die in letzter Zeit immer häufiger aufzutreten schienen.

Arthurs Haus stand auf dieser – der Highgate-Seite von Crouch End Hill. Von der Bahnlinie sah man es nicht, aber man konnte es über sie erreichen. Das kam daher, daß die Strecke jetzt im Tal verlief und man vor der Crouch End Hill Bridge zur Crescent Road hinaufsteigen mußte. Ich stieg hinauf, ging bis zu Arthurs Haus zurück und klingelte. Aber niemand öffnete. Also sah ich zu dem gotischen Gitterwerk hinauf wie an dem Tag, an dem ich mit Liz hiergewesen war. Zwar zeigte sich Arthur diesmal nicht, aber ich war sicher, daß der Vorhang sich bewegt hatte. Ich rief nach ihm, was ich bisher noch nie getan hatte, aber ich hatte auch noch nie das Gefühl gehabt, daß es wichtig war, aber nun fühlte ich eine beklemmende Vorahnung.

«Lassen Sie mich rein, Arthur!» rief ich. «Ich möchte mit Ihnen reden, verstecken Sie sich nicht! Seien Sie nett, und machen Sie auf! Es ist wichtig.»

Kein Laut, und auch der Vorhang bewegte sich nicht mehr. Ich klingelte wieder und hämmerte mit der Faust an die Tür. Das Haus blieb still und schien darauf zu lauern, daß ich wieder ging.

«Na schön», sagte ich durch den Briefschlitz. «Bleiben Sie ruhig so. Aber ich komme wieder und erwarte, daß Sie mich hineinlassen.»

Ich ging zur Bahnlinie zurück und begegnete den Musikanten von der Northwood Bridge, die in Richtung Finsbury Park marschierten, ihre Trommel schlugen und durch zwei westindische Jungen mit Zithern Verstärkung erhalten hatten. Ein Kind war von einer Biene gestochen worden, die auf einem Schmetterlingsstrauch gesessen hatte, und unter der Brücke rauften ein Deutscher Schäferhund und ein gelber Labrador. Ich ging rasch auf die Stanhope Road zu, denn ich hatte beschlossen, Arthur anzurufen, sobald ich nach Hause kam, und das Telefon so lange klingeln zu lassen, bis er sich meldete.

Warum war ich plötzlich so darauf erpicht, ihn zu sehen, ihm näherzukommen, ihn wissen zu lassen, daß ich ihn verstand? Ich weiß nicht, warum, und ich nehme an, ich werde es auch nie wissen, aber ich denke, es gehörte dazu, stand in einem bestimmten Zusammenhang mit dem, was geschah. Es war, als sei ich in jenen Momenten, vielleicht eine halbe Stunde, alles in allem, mit Arthur Kestrell eins geworden, als sei er ein Teil von mir oder ich ein Teil von ihm. Für kurze Zeit und nur dieses eine Mal war er der wichtigste Mensch in meiner Welt.

Ich habe ihn nie wiedergesehen. Ich ging nie mehr zu ihm. Ein paar Meter vor der Stanhope Bridge, wo die Bahnlinie wieder anstieg, bis sie höher lag als die Straße, gehorchte ich einem Impuls, mich umzudrehen und zurückzuschauen, ob ich von hier aus vielleicht seinen Garten oder sogar ihn selbst in seinem Garten sehen konnte. Aber Weißdorn und kleine Birken und die endlosen Schmetterlingssträucher waren hier dichter und übermannsgroß. Ich ging auf die rechte oder nördliche Seite hinüber, drängte mit den Armen die langen purpurnen Blüten und derben dunklen Blätter auseinander. Eine Wolke schwarzer und orangefarbener Schmetterlinge flog auf.

Anstatt der Gärten und Rückseiten der Häuser, die ich zu sehen erwartete, erstreckte sich vor mir lang und schnurgerade und aufgeschüttet wie ein Damm, eine grüne Straße, die von der alten Bahnlinie in nördlicher Richtung abzweigte, und zwar direkt vor meinen Füßen. Ganz zufällig war ich an der Stelle ins Gesträuch eingedrungen, an der die Strecke sich teilte. Die Abzweigung war jetzt von Unkraut und wildem Gesträuch überwuchert.

Ich blieb stehen und sah mich staunend um. Wie war es möglich, daß ich das bisher übersehen, daß Arthur es nie erwähnt hatte? Dann erinnerte ich mich, daß in der Zeitung etwas von Zubringer für den Alexandra Palast gestanden hatte. Ich hatte angenommen, das bedeute, daß die Strecke über Highgate hinaus bis zum Alexandra Palst geführt hatte, aber vielleicht stimmte das gar nicht, nein, es stimmte sicher nicht, denn hier war eine Nebenstrecke, die direkt nach Norden, direkt zum Palast und zum Park führte.

Ich hatte sie natürlich nicht bemerkt, weil sie hinter dichtem Laub verborgen war. Im Winter, wenn die Sträucher nicht belaubt waren, konnte jeder sie sehen. Ich beschloß, weiterzugehen und mich zu überzeugen, ob ich richtig vermutete, und dann vom Alexandra Palast den Bus nach Hause zu nehmen.

Das Gras war hier grüner und weniger niedergetreten als auf der Hauptstrecke. Daraus konnte man schließen, daß viel weniger Leute hier entlangkamen, und plötzlich fiel mir auf, daß ich die Menschen hinter mir zurückgelassen hatte. Niemand war zu sehen, nicht einmal in der Ferne.

Die gar nicht so fern war. Bald fragte ich mich, wieso ich, als ich die Büsche teilte, den Eindruck gehabt hatte, die Nebenstrecke sei schnurgerade und baumlos. Denn zu beiden Seiten des Wegs standen hohe Bäume, Eichen und Buchen, wie sie auf der Hauptstrecke nirgends zu sehen waren. Hoch über mir trafen sich ihre Äste, und die dünnen Zweige waren ineinander verflochten. Hier entdeckte ich auch den Fingerhut und den Rainfarn, die Arthur erwähnt hatte, und je weiter ich vordrang, um so stärker wurde der Duft.

Die grüne Straße – spontan und mir selbst unerklärlich nannte ich diese Zweigstrecke die grüne Straße – nahm allmählich das Aussehen eines Hains oder einer Allee an und wurde breiter. Es war inzwischen Spätnachmittag geworden, und Nebel stieg auf, wie das in London nach einem warmen Spätsommertag oder im Frühherbst häufig vorkommt. Die Schieferdächer, die ein Stückchen unter mir lagen, schimmerten wie mattes Silber durch diesen müden, golddurchwirkten Nebel. Vielleicht, dachte ich, habe ich das Glück, einen Fuchs zu sehen. Aber ich sah nichts, weder Tier noch Mensch. Niemand kam mir entgegen oder überholte mich, und wenn ich zurückblickte, sah ich nur den grasbewachsenen grünen Damm, der weit zurückreichte, verlassen, still, heiter und ländlich, mit feinen Nebelschwaden zu beiden Seiten. Keine Vögel sangen und keine Brise bewegte die federleichten, flaumigen, süß duftenden goldenen Büschel der Mimosen. Denn ja, hier gab es Mimosen. Ich blieb stehen, bewunderte sie und staunte.

Sie wuchsen zu beiden Seiten des Wegs genauso üppig wie am Mittelmeer. Die Luft war von ihrem Duft erfüllt, und die bescheidenen Düfte von Fingerhut und Rainfarn gingen darin unter. Schirmten die Eichen sie gegen den ärgsten Frost ab? Sprudelte hier zufällig eine unterirdische warme Quelle, in diesem Teil von Nord-London, in dem es so viele Wälder und grüne Fleckchen gibt? Ich pflückte ein Mimosenbüschel für Liz als Beweis, daß ich hiergewesen war und die Mimosen wirklich gesehen hatte.

Es kam mir so vor, als müsse ich sehr weit gehen, bevor ich nach Alexandra Park kam. Ich kenne den Park kaum, und abgesehen davon, daß ich öfter mit dem Auto vorbeikam, war ich bisher nur einmal hiergewesen – als ich Liz vor ein paar Jahren zu einer Gemäldeausstellung im Palast begleitet hatte. Die Stelle im Park, zu der meine grüne Straße mich geführt hatte, hatte ich noch nie gesehen, und wo sie war, wußte ich auch nicht. Ebensowenig hatte ich mir den Alexandra Palast so vorgestellt. Er sah eher nach dem Schloß von Versailles als nach einem viktorianischen Treibhaus aus (so hatte ich den Palast immer genannt), und in den länglichen Wasserbecken, die sich zu beiden Seiten der Freitreppe erstreckten, rauschten mindestens hundert Springbrunnen. Ich blickte die Treppe hinauf, sah Säulen und Bögen und zum Himmel strebende Türme. Also bis hierher, dachte ich, direkt bis an die Mauern des Palstes, waren die Züge gefahren. Die Leute hatten die Bahnlinie benutzt, um Theatervorstellungen, Ausstellungen und Konzerte zu besuchen. Ich betrat die steinerne Treppe, stieg ein Dutzend Stufen bis in Bodennähe hinunter und blickte über den Park hinweg.

London war unsichtbar geworden, vom weißen Nebel verschluckt, der wie Zirrusgewölk darüberlag. Die Wirkung war seltsam, etwas Ähnliches hatte ich, auf festem Boden stehend, noch nie gesehen. Es war ein Ausblick, wie man ihn aus einem Flugzeug hatte, das über den Wolken flog. Es sah so aus, als schwebe man über flaumiger Watte. Langsam schlenderte ich über weite grüne Rasenflächen. Noch immer sah ich keine Menschen, doch ich war überzeugt, daß das Tor zu einer bestimmten Zeit für Fußgänger geschlossen wurde.

Aber als ich am Fuß des Hügels ankam, war das schmiedeeiserne Tor zwischen seinen ionischen Säulen noch offen. Ich kam auf eine Straße, in der ich noch nie gewesen war, in einer Gegend, die ich nicht kannte, und fand dort ein Taxi, das mich nach Hause brachte. Ich erinnere mich, daß ich auf der Fahrt dachte, ich müsse Arthur nach dieser merkwürdigen Endstation der Zweigstrecke fragen. Vielleicht konnte ich ihn auch überreden, mir etwas über die Geschichte dieser ganzen Pracht zu erzählen – die weitläufigen Rasen, majestätischen Säulen und Wasserspiele ...

Ich sollte nie wieder Gelegenheit haben, ihn etwas zu fragen. Arthurs Putzfrau, die einen Schlüssel zu seinem Haus hatte, fand ihn am Montagmorgen in seinem Schreibzimmer. Er hatte sich an einem Deckenbalken erhängt. Man vermutete, daß er seit dem Samstagnachmittag tot war. Er hatte einen Abschiedsbrief hinterlassen – in seiner präzisen Handschrift und der pedantischen, wortreichen Ausdrucksweise. *Bittere Enttäuschung darüber, daß es mir nicht gelingt, eine einfühlsame Leserschaft anzusprechen oder zu erreichen, daß meine Art zu schreiben verstanden wird, hat mich dazu gebracht, meinem Leben ein Ende zu setzen. Niemand wird unter meinem Tod besonders leiden, niemand darüber verzweifelt sein. Das Leben ist unerträglich geworden, und das Maß meiner Verzweiflung ist voll.*

Elizabeth sagte mir, daß der arme Arthur sich wahrscheinlich wegen der einzigen Kritik umgebracht hatte, die er ihres Wissens überhaupt je bekam. Sie hatte sie am Samstagnachmittag, als ich nicht zu Hause war, in der Zeitung entdeckt, und ihr sei, sagte sie, richtig schlecht geworden, als sie sich überlegte, wie Arthur wohl darauf reagieren würde. Der Kritiker hatte *Die Brunnen von Zond* – vermutlich weil es im Moment kein anderes Buch gab, in das er seine Zähne schlagen konnte – förmlich in Fetzen gerissen und die Fetzen ausgespuckt.

Er begann mit dem Geständnis, daß er normalerweise sein Farbband (wie er es ausdrückte) nicht an Science Fiction- und Fantasy-Mist verschwende, er finde jedoch, es sei höchste Zeit, etwas dagegen zu unternehmen, daß der Buchmarkt mit solchen Machwerken überschwemmt werde. Besonders nötig sei es in einem Fall wie diesem, in dem über die Handlung ein Fluidum großer epischer Erzählkunst ausgebreitet und stereotype oder sogar vulgäre Charaktere zu Helden mit edlen Motiven hochstilisiert wurden, so daß arglose junge Leser dem Irrtum unterliegen mußten, es handle sich um «wertvolle» Literatur. Es kam noch mehr im gleichen Stil. Mit spitzfindiger Grausamkeit hatte der Kritiker einen Charakter nach dem anderen seziert und ins Lächerliche gezogen. Wenn Arthur das gelesen hatte, und das war sehr wahrscheinlich, war es kein Wunder, daß er das Gefühl gehabt hatte, das Leben keine Stunde länger zu ertragen.

All das lenkte meine Gedanken natürlich von der grünen Straße ab. Ich hatte Liz davon erzählt, bevor wir von Arthurs Tod erfuhren, und wir hatten die Absicht gehabt, zusammen hinaufzugehen, doch irgendwie brachten wir es nach der furchtbaren Entdeckung, die im Schreibzimmer des gotischen Hauses gemacht worden war, nicht fertig, so dicht an seinem Garten vorbeizugehen oder die Plätze aufzusuchen, die er uns, wie wir wußten, gern gezeigt hätte. Ich rätselte ständig daran herum, ob ich tatsächlich gesehen hatte, daß sich der Vorhang bewegte, als ich bei Arthur klopfte, oder ob es nur der aufblitzende Widerschein der Sonne gewesen war. War Arthur um diese Zeit vielleicht schon tot? Oder hatte er vielleicht über sein Vorhaben nachgedacht? Ebenso wie Liz sich wegen ihrer Bemerkung über die Brunnen Vorwürfe machte, warf ich mir vor, daß ich weggegangen war, nicht mit Fäusten an die Tür gehämmert, ein Fenster eingeschlagen, mir irgendwie Zugang zum Haus erzwungen hatte. Und doch, wie ich zu ihr sagte, wer hätte das voraussehen können?

Im Oktober ging ich über die alte Bahnlinie. Ein Bekannter, der in Milton Park wohnte, wollte sich meinen elektrischen Bohrer ausleihen, und ich brachte ihn zu Fuß zu ihm, wobei ich den Weg von der Südseite der Stanhope Road Bridge nahm. Peter bot mir an, mich nach Hause zu fahren, aber es war ein warmer Nachmittag kurz vor Sonnenuntergang, und ich hatte Lust, mir noch einmal die Nebenstrecke anzusehen. Ich stieg zur Brücke hinauf und wandte mich nach Osten.

Die meisten Blätter hingen noch an Sträuchern und Bäumen, färbten sich jetzt aber rot und golden. Ich hatte mir einigermaßen ausgerechnet, wo die Abzweigung begann und arbeitete mich durch die Fliederbeersträucher. Das heißt vielmehr, ich hattte geglaubt, es gut berechnet zu haben, aber als ich auf der Böschung hinter den Sträuchern stand, sah ich nur die Gärten der Stanhope Road und der Avenue Road. Ich bin an der falschen Stelle, dachte ich, die richtige muß weiter vorn sein. Aber nicht viel weiter vorn, denn bald wurde der Damm flacher und mündete in ein Tal. Die Abzweigung meiner Nebenstrecke hatte nicht in einer Senke gelegen, ich hatte zu ihr hinaufklettern müssen.

Hatte ich mich geirrt und war sie auf der anderen Seite der Stanhope Road Bridge gewesen? Ich machte kehrt, ging langsam, drängte mich immer wieder durch die Schmetterlingssträucher, um in nördliche Richtung zu schauen, aber ich fand die Stelle einfach nicht, an der sich die alte Bahnlinie gabelte. Dann kam es mir so vor, als sei ich – gleichgültig, woran ich mich zu erinnern glaubte – den Damm hinaufgestiegen, als ich die Abzweigung entdeckte, die demnach viel näher bei der Brücke in Crouch End Hill sein mußte, als ich gedacht hatte. Inzwischen wurde es allmählich dunkel. Es war zu dunkel, um zurückzugehen, ich hätte nichts mehr gesehen.

«Nächste Woche finden wir sie», sagte ich zu Liz.

Sie warf mir einen seltsamen Blick zu. «Ich habe damals nichts gesagt», erwiderte sie, «weil wir uns beide wegen des armen Arthur so aufgeregt hatten, aber ich habe mit jemandem von der Highgate Society darüber gesprochen, und er hat gesagt, es habe nie eine Nebenstrecke gegeben. Die Strecke zum Alexandra Palast führte über Highgate.»

«Was für ein Unsinn! Ich versichere dir, ich bin über die Nebenstrecke zum Palast gegangen. Habe ich dir damals nicht davon erzählt?»

«Bist du ganz sicher, daß du dir das nicht nur eingebildet hast?«

Eingebildet? Du weißt, daß ich mir nichts einbilde. Ich habe keine Phantasie.»

Liz lachte. «Das behauptest du zwar immer, aber du hast von allen Leuten, die ich kenne, die ausschweifendste.»

«Das mag sein, wie es will», antwortete ich ungeduldig. «Ich bin gute zwei Meilen über die Nebenstrecke gegangen und im Alexandra Park herausgekommen, direkt unter dem Palast. Dann ging ich weiter nach Wood Green oder Muswell Hill oder sonstwohin und hab mir ein Taxi nach Hause genommen. Willst du samt deinen Freunden von der Highgate Society behaupten, ich hätte mir Eichen, Buchen und Mimosen eingebildet? Hör zu, ich habe einen Beweis. Ich habe einen Mimosenstengel mit Blüte abgepflückt und in die Tasche meines grünen Jacketts gesteckt.»

«Dein grünes Jackett habe ich letzten Monat zum Reinigen gebracht.»

Ich war nicht bereit zu akzeptieren, daß ich mir die grüne Straße eingebildet oder geträumt hatte. Tatsache ist jedoch, daß ich sie nie wiedergefunden habe. Sobald das Laub von den Bäumen gefallen war, brauchte ich nicht mehr unter den Sträuchern herumzukriechen, um danach zu suchen. Die ganze Nordseite der alten Bahnlinie lag allen Blicken und den Elementen offen da und verlor damit viel von ihrem Zauber. Sie wurde wieder, was sie ursprünglich gewesen war – ein aufgeschütteter Damm, ein langer Streifen Ödland, der quer durch Nord London verlief: über die Northwood und die Stanhope Road, unter Crouch End Hill, über die Vicarage

Road, unter Crouch Hill und Mount View, über Mount Pleasant Villas und Stapleton Hall, unter Strod Green Road und weiter zum Bahnhof in Finsbury Park. Und auf der ganzen Strecke zweigte keine Seitenlinie nach Norden zum Alexandra Park ab; ich weiß es, ich habe sie Zentimeter für Zentimeter abgesucht.

«Du hast sie dir eingebildet», sagte Liz, «und der Schock über Arthurs Selbstmord hat dazu geführt, daß du deine Phantasie für Realität gehalten hast.»

«Aber da war Arthur ja noch nicht tot», sagte ich. Oder ich hab's zumindest nicht gewußt.»

Meine Einbildung – oder was immer es gewesen war –, daß die grüne Straße existierte, wäre eines jener Rätsel geblieben, die es, wie ich annehme, im Leben eines jeden Menschen gibt – obwohl ich nicht behaupten kann, daß ich so etwas häufiger erlebt habe –, wäre es nicht im Winter zwischen Liz und unseren Freunden aus Milton Park zu einem seltsamen und sehr beunruhigenden Gespräch gekommen. Trotz des Entschlusses, den ich an jenem denkwürdigen Samstag gefaßt hatte, brachte ich es nicht fertig, Arthurs Bücher zu lesen. Was hätte es jetzt auch noch für einen Sinn gehabt? Ich konnte nicht mehr mit ihm darüber reden. Und es gab noch einen zweiten Grund. Ich fürchtete, meine Erinnerung an ihn könnte darunter leiden, wenn der Kritiker die Wahrheit gesagt hatte und Arthurs Romane von falschem Heldentum strotzten und schwülstiger Stil dem Leser als literarisch verkauft werden sollte. Ich hielt mich lieber an das, was irgendein Dichter schrieb:

Ich weinte, wenn ich daran dachte, wie oft du und ich Gespräche führten, die so lange währten, daß sogar die Sonne müde wurde und sich zurückzog ...

Liz' Interesse für die *Chroniken von Kallinarth* war von neuem erwacht, sie hatte jedes Buch noch einmal gelesen und sie, als sie damit durch war, an Peter und Jane weitergegeben. Als wir an jenem Winternachmittag im Wohnzimmer unserer Freunde in Milton Park saßen, kannten die drei kein anderes Thema – Kallinarth, Wolkenland, Valaquen, Xadatel und so weiter, und diesmal waren sie es, die mit ihren Gesprächen die Sonne ermüdeten. Ich saß schweigend dabei, hörte im Grunde gar nicht zu, beteiligte mich nicht am Gespräch, sondern dachte an Arthur, dessen Haus nicht weit entfernt war und der über diese ins einzelne gehenden Kenntnisse seiner Werke gestaunt hätte.

Ich weiß nicht mehr, welches ihrer Worte meine Aufmerksamkeit erregte, oder welcher elektrisierende Satz mich aus meiner

Nachdenklichkeit aufschreckte. Was es auch war, ich hatte im ganzen Körper einen leichten Schauer gespürt. Plötzlich fror ich in dem warmen Zimmer.

«Nein, das steht nicht in *Kallinarth, der Wölkling*», sagte Jane. «Es ist aus *Kallinarths Suche*. Kallinarth geht am frühen Morgen zur Jagd und begegnet Xadatel und Finrael, die auf der grünen Straße zum Palast geritten kommen.»

«Aber dort wird sie nicht zum erstenmal erwähnt. Im ersten Band findest du eine lange Beschreibung der Allee, auf der die Prozession Kallinarth entgegengeht, der bei den Brunnen von Zond gekrönt werden soll und ...»

«Sie kommt bestimmt in jedem Band vor», sagte Peter. «Sie ist sein Grundthema, sein Leitmotiv, diese grüne Straße mit den gelben australischen Akazien, die zum königlichen Palast von Quephanda führt ...»

«Fehlt dir was, Liebling?» fragte Liz hastig. «Du bist auf einmal so weiß wie ein Gespenst.»

«Weil er sich langweilt», sagte Peter. «Es muß schlimm für ihn sein, uns über diesen Schmarrn reden zu hören, zumal er ihn nicht einmal gelesen hat.»

«Irgendwie habe ich das Gefühl, die grüne Straße zu kennen, ohne daß Buch gelesen zu haben», brachte ich mühsam heraus.

Sie wechselten das Thema. Doch auch jetzt beteiligte ich mich kaum am Gespräch, ich konnte nicht. Ich konnte nur denken: Es ist absurd, es ist phantastisch, ich kann mich nicht in seinen Geist hineinversetzt haben und er nicht in meinen, auch im Augenblick seines Todes kann das nicht geschehen sein. – Aber, was war dann geschehen?

Und ich sagte mir immer wieder und immer wieder vor: Er hat seine Leser erreicht, endlich hat er seine Leser doch erreicht.

Killer-Ladies

Paula Gosling
Töten ist ein einsames Geschäft
(2533)
Die Dame in Rot
(2681)

Patricia Highsmith
Venedig kann kalt sein
(2202)

Ruth Rendell
Dämon hinter Spitzenstores
(2677)
Durch das Tor zum Himmlischen Frieden
(2684)
Der Pakt
(2709)
Flucht ist kein Entkommen
(2712)
Die Masken der Mütter
(2723)
Alles Liebe vom Tod
(2731)
Die Grausamkeit der Raben
(2741)

Helga Riedel
Einer muß tot
(2656)
Wiedergänger
(2682)
Ausgesetzt
(2715)

C 2165/3

Serientäter

Colin Dexter
Eine Messe für all die Toten
(2764) September 86
Der letzte Bus nach Woodstock
(2728)
. . . wurde sie zuletzt gesehen
(2726)
**Die schweigende Welt des
Nicholas Quinn**
(2748)

Henry Farrell
Was geschah wirklich mit Baby Jane?
(2727)
Scheußlich, die Sache mit Allan
(2736)

Thomas Henege
Tod eines Reeders (2650)
Drahtseilakt (2713)

Marcus P. Nester
Das leise Gift (2697)

Klugmann/Mathews
**Beule oder
Wie man einen Tresor knackt** (2675)
Ein Kommissar für alle Fälle (2700)

Peter Schmidt
Die Regeln der Gewalt (2686)
Ein Fall von großer Redlichkeit (2701)
Erfindergeist (2719) Juni 85

Werner Waldhoff
Des einen oder anderen Glück
(2648)
Querschläger
(2730)
Der Schattenboxer
(2692)

C 2115/5

Dorothy L. Sayers

Der Mann mit den Kupferfingern
«Lord Peter Views the Body» (5647)

Der Glocken Schlag
«The Nine Tailors» (4547)

Fünf falsche Fährten
«The Five Red Herrings» (4614)

Keines natürlichen Todes
«Unnatural Death» (4703)

Diskrete Zeugen
«Clouds of Witness» (4783)

Mord braucht Reklame
«Murder must Advertise» (4895)

Starkes Gift
«Strong Poison» (4962)

Zur fraglichen Stunde
«Have His Carcase» (5077)

Ärger im Bellona-Club
«The Unpleasantness at the Bellona Club»
(5179)

Aufruhr in Oxford
«Goudy Night» (5271)

Die Akte Harrison
«The Documents in the Case» (5418)

Ein Toter zu wenig
«Whose Body?» (5496)

Hochzeit kommt vor dem Fall
«Busman's Honeymoon» (5599)

rororo

C 1070/6